UN SOUPER DE NEIGE

Jean Anglade

UN SOUPER DE NEIGE

Roman

Production Jeannine Balland
Romans Terres de France

PRESSES DE LA CITÉ

ISBN 2-258-05271-8

Quoique inspiré par la contiguïté de Saint-Santin-de-Maurs (Cantal) et de Saint-Santin (Aveyron), ce roman est une œuvre de fiction dont les événements et les personnalités sont purement imaginaires.

Dans bien des cas, la ligne frontière tracée sur la carte et sur le sol est bizarrement dessinée : elle sépare des contrées qui se ressemblent, elle en réunit qui diffèrent grandement ; elle introduit dans les relations humaines des difficultés et des complications dont la guerre qui en résulte n'est jamais une solution, mais au contraire un nouvel ensemencement.

Paul VALÉRY, *Regards sur le monde actuel*

Première partie

1

L'étal de Méroninque occupait toute la largeur du trottoir et s'avançait jusqu'à la chaussée ; de sorte que les piétons devaient s'arrêter devant ou passer de profil. A Saint-Coutain, personne n'aimait ce marchand de fruits, légumes, œufs, beurres, fromages. Trop gros de ventre, trop rouge de trogne. Les vieilles personnes l'accusaient d'avoir profité de la guerre pour s'enrichir, pendant que d'autres se faisaient casser la figure. Le monument aux morts de 14-18 publiait quarante-huit noms, une belle liste pour un total de cinq cents habitants en additionnant les deux moitiés du village. De plus, avec les déchets de ses produits, Méroninque engraissait des cochons. Sa porcherie en territoire aveyronnais parfumait l'Auvergne, alors qu'il déposait ses économies à la Société Générale, en territoire rouergat. Dernier grief : il fumait des cigares bagués pareils à ses bâtons de chaise ; véritable provocation aux yeux des paysans fumeurs de gris qu'ils roulaient entre leurs doigts, comme le voulait la chanson, léchant le papier Job du bout de la langue, autrement dit en l'enduisant de colle de baveux.

Son étalage voulait dire à peu près . « Arrêtez-vous, bande de pèdezouilles ! Voyez ce que je vous offre ! Enrichissez-moi ! »

Léonce Bros posa les yeux dessus. Il reconnut les pommes de diverses espèces, grises, ou verdâtres, ou rougeaudes, y compris ces pommes lisses, odorantes, pommes de Comte que sa grand-tante Alice, un peu dure d'oreille, appelait autrement. Elle venait les voir de temps en temps, sa mère et lui, déposait sur la table un petit panier, en disant sans aucune malice : « Je vous ai apporté quelques pommes de Cons. »

Elle déformait souvent les mots : « J'ai pas pu venir la semaine passée, j'ai eu deux nempêchements… Les gens des villes achètent l'eau en bouteille et boivent de l'eau bidérale… »

Méroninque exposait aussi des noix, des châtaignes, des fruits exotiques pareils à d'énormes pignes et surmontés d'un plumet, dont Léonce ignorait le nom d'ananas. Sur le devant, un bataillon d'oranges luisantes, astiquées, qu'on devinait gonflées de jus, avec cette étiquette : *Oranges d'Algérie, 8 francs le kilo.* Il passa devant, s'en remplit les yeux et poursuivit son chemin.

En principe, Léonce ne mangeait qu'une orange par an : celle que le petit Jésus – ou son envoyée Mélanie Bros – déposait la nuit de Noël dans sa galoche. Elle restait ensuite plusieurs jours en exposition sur le buffet. Il n'osait y toucher, se contentant de la manger des yeux. Jusqu'au moment où sa mère s'étonnait :

— Est-ce que tu vas la laisser pourrir ?

Alors il l'ouvrait, en donnait une tranche à Mélanie qui n'en voulait pas davantage ; il la consommait les yeux fermés, comme les femmes pieuses l'hostie de la communion. Sa mère recueillait les peaux dont elle parfumait le riz au lait, par petits morceaux. Elle n'avait pas les moyens d'acheter les oranges au kilo. Elle gagnait leurs deux vies en lavant chez elle le linge des dames fortunées, l'institutrice, la postière, la notairesse, les commerçantes ; en faisant des travaux de couture et de ravaudage. On peut très bien vivre en mangeant une orange par an. Madame Méroninque la lui concédait avec un sourire de mépris :

— Ça fait vingt-quatre sous.

Mélanie payait avec des pièces percées.

Quand Léonce mettait dans sa bouche la tranche ultime, il lui disait mentalement : « A l'année prochaine. »

Il avait eu l'occasion de manger une mandarine. En des circonstances douloureuses qu'il se rappelait très exactement. Quatre ans plus tôt. Le maître d'école, monsieur Cholet, l'avait chargé d'une commission :

— Pour rentrer chez toi, tu passes devant la maison de madame Laroussinie, d'accord ?

Léonce approuva de la tête. Madame Laroussinie, veuve d'un général, était une cliente de sa mère.

— Alors, si tu veux bien, tu sonnes à sa porte et tu lui remets ce livre de ma part. Tu es capable de faire ça pour moi ? Est-ce que tu es assez grand, ou faut-il que je le demande à un autre ?

Pardi qu'il se sentait assez grand ! Il était parti avec, sous le bras, le livre empaqueté. En se haussant, il avait appuyé sur le bouton de la sonnette. Une servante était venue ouvrir :

— Qu'est-ce que c'est ?

— Un livre pour madame Lassinie...

— Laroussinie. Qui t'envoie ?

— Mon maître, monsieur Cholet.

— Entre. Tu vas le lui remettre toi-même.

Elle avait poussé devant lui deux ou trois portes. Il s'était trouvé soudain à l'entrée d'une très grande pièce. Tout au bout, là-bas, madame Laroussinie assise derrière un guéridon. Entre elle et lui, un parquet immense, ciré, luisant. Les bras écartés, le livre à la main, il s'était avancé sur ce verglas. Après trois pas, s'était produit ce qu'il redoutait. Dans leurs galoches plates, son pied droit était parti au nord, son pied gauche au midi ; il avait cru se déchirer en deux parts comme une feuille de salade. En fait, il était tombé sur le derrière, mais avait réussi à se relever, toujours cramponné au bouquin. Il avait terminé le parcours à quatre pattes. Au bout de la patinoire, madame Laroussinie se tenait les côtes, ha ! ha ! ha ! Lui, toujours quadrupède, trouvait qu'il n'y avait pas vraiment de quoi rire. Elle l'aida enfin à reprendre la station verticale, l'embrassa sur les deux joues – elle sentait l'eau de Cologne –, lui prit le livre, lui donna une mandarine. Elle lui montra comment, de l'ongle, l'éplucher, comment séparer les tranches et cracher les pépins. Il sortit de ses mains tout parfumé.

L'étal des Méroninque n'exposait pas de mandarines. Il passa plusieurs fois devant ces fruits venus d'Algérie, lorgnant de droite et de gauche. Des inconnus allaient à leurs affaires, sans le regarder. Il n'intéressait personne. Qui pouvait s'intéresser à Léonce Bros, un enfant sans père, le gamin de Mélanie, une femme sans mari, laveuse, repasseuse, rapetasseuse ? Il reconnut tout de même à son képi, à sa blouse bleue, à son ceinturon, Tirabi le garde champêtre de Saint-Coutain-en-Aveyron.

Il lui tournait le dos et se dirigeait vers le soleil, traînant derrière lui l'ombre de son ventre et de son cul.

Léonce attendit qu'il se fût éloigné. Il revint vers l'épicerie, choisit des yeux la plus belle des oranges, jeta un regard dans la boutique, ébloui par le reflet des vitres. Le cœur battant très fort sous sa chemise, il avança la main, saisit l'orange, la glissa dans sa poche et partit sans payer. Il avait pensé ne pas courir afin de ne pas se dénoncer lui-même. Mais à peine eut-il fait trois pas que madame Méroninque jaillit de son épicerie, criant :

— Au voleur ! Au voleur !

Valait-il vraiment la peine de pousser de tels brames pour une orange de vingt sous ? Epouvanté, il prit ses jambes à son cou, ses galoches faisaient plic-plac, plic-plac, plic-plac sur le pavé. Il enfila la rue des Ecuelles, arriva sur la place du Monument, entra dans Saint-Christophe. Tout de suite, la pénombre parfumée d'encens l'enveloppa, le rassura, calma l'affolement de son cœur. Après être resté un long moment derrière un pilier, il s'avança à petits pas vers le protecteur des Auvergnats de Saint-Coutain qui se tenait derrière l'autel, en bois doré, luisant de cire fraîche. Avec sa belle barbe carrée, l'Enfant Jésus assis sur son épaule gauche. Le sacristain Esquirol l'astiquait et l'époussetait chaque matin. Léonce le considéra avec une gratitude anticipée, se plaçant lui aussi sous sa garde.

C'est alors, debout devant lui, qu'il eut

conscience de la poche de sa culotte, du poids de l'orange volée. Il lui sembla que les yeux de Christophe s'abaissaient vers cette boursouflure. Le moment était venu de s'expliquer. Il fit un signe de croix et s'adressa par la pensée au céleste barbu :

— Oui, je l'ai prise à Méroninque… Il est riche, il en a beaucoup d'autres.

Réponse de Christophe :

— A-t-on le droit de voler un riche ?

— Je… ne sais pas.

— On n'a le droit de voler personne. Ni les riches, ni les pauvres. En plus, tu commets le péché de gourmandise.

— Mais… Je ne l'ai pas prise pour la manger !

— Comment, pas pour la manger ? En plus, péché de mensonge !

— Elle n'est pas pour moi.

— Pour qui donc ?

Léonce hésita avant de révéler son secret :

— Je veux la donner à Flora.

— Flora ? Quelle Flora ?

— Flora Margoël.

— Qui est-ce ?

— La fille de monsieur Margoël, le géomètre.

— Géomètre ? Ainsi, c'est pour l'amour de la géométrie que tu te fais voleur ?

Léonce baissa la tête. Christophe souriait un peu dans sa barbe. L'Enfant Jésus regardait ailleurs.

Après un moment de confusion, le jeune Bros releva les yeux :

— Saint Christophe, je vous ai dit la vérité. Faites que... que...

— Faites que quoi ?

— Que je puisse la donner à Flora.

— Je ne protège pas les malfaisants.

Il éteignit son sourire comme on éteint l'électricité. Son visage redevint sombre. Léonce sortit alors son gros argument :

— Je vous rappelle que je rends service à l'église. Je suis enfant de chœur et je porte la croix dans les processions.

— Parlons-en de ta manière de porter la croix ! Parlons-en !

Il est vrai que, le 25 juillet, lorsqu'il marchait en tête du défilé, dans sa soutanette rouge recouverte d'un surplis blanc, il est vrai que parfois Léonce avait de singulières pratiques : il s'amusait à la tenir en équilibre. Pour ce faire, ses mains lâchaient la hampe ; il la confiait uniquement au gobelet de cuir fixé au fond du baudrier. Il devait bomber le ventre, tantôt vers la droite, tantôt vers la gauche, pour empêcher la croix de faire la culbute. En même temps, il comptait les pas qu'il pouvait faire ainsi les mains dégagées, cherchant à battre son record de la fois précédente. Pour l'instant, il avait atteint cinquante-deux pas. Derrière, le curé ne s'apercevait de rien. A la fin, quand la croix semblait vraiment vouloir lui échapper, il la rattrapait et arrêtait ses oscillations. Il faut dire que Léonce était une sorte d'acrobate. Il savait « planter les équilibres », c'est-à-dire marcher sur les mains, les jambes en l'air. Il gagnait toutes les courses en sac. Il grimpait aux poteaux télégraphiques. Il faisait le grand écart.

— Parlons-en de ta manière de porter la croix ! s'indigna saint Christophe.

— Je n'ai jamais eu d'accident. Jo Cayla est content de mes services.

— Parle plus respectueusement, je te prie, du curé de cette église, le père Joseph Cayla. Quand on a l'honneur d'être porte-croix, on doit toujours avoir une conduite exemplaire. Je te conseille donc, je t'ordonne d'aller remettre cette orange où tu l'as prise.

Le cœur navré, l'enfant regarda autour de lui, comme pour chercher un avocat contre la sévérité de saint Christophe. Ses yeux rencontrèrent la liste des soldats de la paroisse tombés pendant la guerre, dont l'âme résidait maintenant dans la lumière de Dieu comme l'indiquait l'inscription *Per crucem ad lucem*, selon ce qu'il en avait compris. Rien à espérer de ces bienheureux inconnus. En revanche, la Sainte Vierge paraissait l'attendre dans une chapelle latérale. Il alla s'agenouiller devant elle et demanda que lui fût autorisé l'enlèvement de l'orange au profit de Flora. Toute vêtue de bleu, les bras bénissants, elle l'écouta avec patience. Il n'entendit point sa réponse ; mais elle l'honora d'un sourire. Il voulut y voir une acceptation. Il récita un *Je vous salue* et sortit de l'église.

A peine en avait-il franchi la porte qu'une main s'abattit sur son épaule : celle de Tirabi, le garde champêtre aveyronnais.

— Je te tiens, petit bâtard !

Il faut préciser que le village de Saint-Coutain se trouve pour moitié en Auvergne et pour moitié en Rouergue. La frontière invisible qui sépare le Cantal de l'Aveyron le traverse en décrivant une sinusoïde que rien n'explique, ni l'histoire, ni la géographie. Pendant des siècles, il forma une agglomération unique, une baronnie appartenant aux seigneurs de Calmont d'Olt. Occupée par les Anglais en 1200, elle se trouva plus tard tantôt dépendante de l'Auvergne, tantôt de la Guyenne. Finalement, elle fut, comme une poire, découpée en deux parts et deux paroisses, la rouergate confiée à saint Nicol, l'auvergnate à saint Christophe.

Longtemps, chaque saint fut vénéré par ceux dont il soutenait la cause sans que ce double culte produisît aucune inimitié. Les jours de leurs fêtes respectives – le 25 juillet et le 6 décembre – donnaient lieu à des processions auxquelles participaient les habitants de tout le village. Ils chantaient d'ailleurs le même cantique :

O saint Christophe ! }
O saint Nicol ! } *O très grand saint !*
Garde-nous du feu, des tempêtes,
Comme la poule ses poussins...

Aux carrefours, des reposoirs fleuris accueillaient les deux cortèges. Les deux curés donnaient l'exemple d'une tolérance complète.

Vint la Révolution. En 1790, l'Assemblée constituante fit du royaume de France un puzzle de départements dont les frontières s'emboîtaient les unes dans les autres. Or les deux curés titulaires n'avaient pas les mêmes opinions politiques : l'Auvergnat demeurait fermement attaché au droit divin et au pouvoir absolu de Louis XVI ; le Rouergat penchait pour les réformes. L'un fit crier : « Vive le Roi ! » L'autre : « Vive la Constitution ! » Le partage de Saint-Coutain se trouva ainsi consommé.

Ce qui les avait unis les sépara. L'église auvergnate, la plus ancienne, de style roman, releva après la Révolution son clocher qu'avaient abattu les amis de Couthon, le haussa même d'une flèche. La rouergate, de style gothique, conserva le sien raccourci, se contentant de le coiffer d'un chapeau pyramidal. Il fallut construire deux mairies et plus tard deux écoles, chacune à classe unique où tous les âges et les deux sexes cohabitaient.

Depuis longtemps, les paysans élevaient des vaches aubraciennes, qui conviennent merveilleusement au sol, au relief, au climat. D'une grande frugalité, cette espèce s'accommode des pâturages les plus maigres, se contente de bruyère faute d'herbe, supporte le chaud et le froid, donne un lait peu abondant mais riche en caséine, donc d'un grand rendement dans la fabrication du fromage. Au physique, elle porte une robe blond fumé, une tête fine, des cornes harmonieuses, plus foncées du bout, un mufle et des extrémités clairs, des muqueuses sombres. Au moral, elle jouit d'une humeur folâtre, a le pied leste, grimpe les pentes les plus escarpées, s'installe sur des rochers qui paraissaient inaccessibles et promène de là-haut ses regards sur le reste du monde. S'il lui prend envie de quitter son pacage, elle franchit d'un bond une clôture haute de quatre coudées. A tel point que ses détracteurs grommellent :

— Ce n'est pas une vache. C'est une chèvre.

Enfin, elle a les plus vastes, les plus beaux yeux du règne animal. Ornés de longs cils courbes, ils reflètent les nuées qui passent, les fantaisies de la lumière et des eaux.

Or, sous le second Empire, une race nouvelle et concurrente se répandit dans le Cantal : la vache rouge dite de Salers, couverte d'une toison acajou, épaisse, hirsute, qui la protège des sautes d'humeur des saisons. Plus lourde que l'aubrac, tirant la charrue aussi bien qu'un bœuf, plus viandeuse, capable de donner dix litres de lait par jour, prolifique jusqu'à un âge avancé correspondant à celui d'une femme octogénaire, la salers n'est pas un cadeau pur et simple de la nature, mais un produit patiemment élaboré par les éleveurs avec des éléments disparates où l'on reconnaît la vigueur de l'aurochs, les cornes et la majesté du bœuf Apis, la teinte des tufs éruptifs. Son premier créateur fut un certain Tyssandier d'Escous, dont le buste trône sur la grande place de Salers, au sommet d'un tuyau d'orgue basaltique. Cet éleveur stimula son développement, obtint un subside de l'Etat pour organiser un concours départemental. En 1853, il y vint six cents bêtes, sans compter le sous-préfet impérial de Mauriac et le préfet d'Aurillac, qui formulèrent cet encouragement :

— Auvergnats, Auvergnates, faites des veaux !

On rapporte que sœur Cousin, la mère supérieure des hospices de Salers, s'y employa bravement ; quelques années plus tard, elle gagna un prix pour ses vêles acajou.

Forte de ces encouragements, riche de ses mérites propres, la vache salers devint une spécialité auvergnate. Les éleveurs cantaliens de Saint-Coutain ne manquèrent pas de l'adopter tandis que les Aveyronnais s'obstinaient sur l'aubracienne. De sorte que rien qu'à observer la couleur des troupeaux, l'étranger de passage savait s'il foulait l'herbe du Rouergue ou celle de l'Auvergne.

Autre différence : les langages. A la vérité, les

deux paroisses parlaient le même patois, dérivé du latin, saupoudré de quelques vocables celtes. Toutefois, chacune le prononçait à sa manière. Ainsi, les fidèles de saint Christophe, évoquant une fille maltraitée, disaient : *« A recheybegù mai de timplaou ke de cafinhada. »* (Elle a reçu plus de taloches que de caresses.) Là où ceux de Saint-Nicol évoquaient les *implanh* et les *confilhada.* Mais tous disaient *oun ase* pour un âne, et *oun joanè* pour un mari qui tremblait devant sa femme. Peu de choses séparaient donc ces dialectes cousins. Assez cependant pour qu'un auditeur attentif pût affirmer : « Tu es de Saint-Nicol » ou « Tu es de Saint-Christophe. »

Les esprits n'étaient pas moins opposés. Prolongeant à travers les siècles les attitudes de leurs curés de 1790, les paroissiens auvergnats se montraient assidus aux cérémonies religieuses et votaient blanc aux élections ; ceux d'en face entraient rarement à l'église, sauf aux quatre sacrements, baptême, communion, mariage, obsèques, et votaient rouge. À quelques exceptions près. Si bien qu'un jour, afin d'éviter toute confusion, la municipalité du Saint-Coutain septentrional décida de compléter son nom en Saint-Coutain-des-Sources, quoique les sources n'y fussent pas plus nombreuses que sur le territoire opposite. L'appellation du moins était jolie et capable d'attirer les touristes. L'ancienne *Auberge des Voyageurs* se rebaptisa *Hôtel des Sources.*

Quant à l'autre commune, elle se contenta de son ancien nom et resta Saint-Coutain tout court.

On ne sait si Tirabi – « Tire-Bien » – était le vrai patronyme ou le sobriquet du garde. Toujours est-il que personne ne l'appelait autrement. Par gloriole, pour se donner de l'importance, les Aveyronnais se payaient le luxe d'un garde champêtre. Son fusil à l'épaule, il battait le territoire de la commune à la poursuite des maraudeurs de pommes et de châtaignes, des ramasseurs de champignons abusifs et autres délinquants. Précurseur des écologistes qui devaient, trente ans plus tard, faire florès, il recherchait les dépôts d'ordures et de gravats non autorisés, ne craignait pas de mettre la main à la pâte, finissait par en découvrir la provenance ; leurs auteurs étaient convoqués à la mairie rouergate, obligés de les enlever et de payer une amende.

« Une main de fer dans un gant de velours ! » se définissait-il lui-même.

Il aimait bien aussi poursuivre les amoureux qui se cachaient sous les branches des noisetiers. A son tableau de chasse, la plus belle pièce était l'agent voyer d'Entraygues (prononcez « Entrailles ») surpris avec sa bonne amie derrière une meule de foin.

— Outrage aux bonnes mœurs et à la pudeur publique ! avait-il prononcé en sortant son calepin.

— Il n'y a pas d'outrage, avait protesté le contrevenant tandis que la demoiselle se voilait la face, puisqu'il n'y a pas de public !

— Il y a moi !

Au bout du compte, toujours fidèle à sa politique du gant de velours, Tirabi s'était contenté d'imposer un don spontané à la caisse des écoles de Saint-Coutain tout court. L'innocence des enfants profiterait ainsi de l'impudeur de l'agent voyer.

— Voleur d'orange ! cria le garde en entraînant Léonce malgré ses cris et ses pleurs.

La place commune était assez déserte, personne ne vint à son secours. Une piétonne, Ernestine Counil, remarqua cependant que Tirabi avait fait une incursion en territoire auvergnat et que le jeune Bros venait de subir un véritable enlèvement. Elle courut chez Mélanie Bros, la trouva occupée à faire une lessive, les bras dans le bouillon.

— Votre fils, Mélanie !... Le garde Tirabi l'a emmené juste au moment où il sortait de Saint-Christophe !... Il est à la mairie des Nicolauds !

Mélanie se rince les bras, change son tablier, prend le temps de bien épingler son chignon. Qu'est-ce qu'il a encore fait, celui-là ? Elle court à la mairie. Le maire est absent, remplacé par Pujol, son premier adjoint. Derrière son bureau, il s'est érigé en tribunal. La plaignante, madame Méroninque, accuse de l'index le petit bâtard, bien penaud sur une chaise. On ne lui a tout de même pas passé les menottes. A côté, Tirabi, le témoin à charge. Sur la table, une orange, l'objet du délit.

— Entrez donc, Mélanie Bros, fit l'adjoint sans dire madame.

Il la mit au courant ; expliqua comment madame Méroninque avait informé le garde champêtre ; comment celui-ci avait cueilli le coupable sur la place du Monument. Un moment, la mère baissa la tête, confuse d'avoir donné le jour à un si mauvais sujet. La Méroninque compléta son accusation :

— Une orange, ce n'est pas grand-chose. Seulement, qui vole un œuf vole un bœuf. Votre Léonce me l'aurait demandée gentiment, je la lui aurais donnée gratis. Je sais que chez lui on n'attache pas les chiens avec des saucisses, qu'on n'a pas les moyens de... Bref ! Un voleur est un voleur, qu'il soit grand ou petit.

A ce sermon prononcé par la plus riche des Nicolaudes, Mélanie sentit une colère se former en elle, gonfler comme un orage, éclater enfin, tandis que le sang lui cognait les tempes. Elle s'avança d'abord vers son fils et, avant qu'il eût le temps de se parer de son bras, lui envoya un double *timplaou* qui lui remplit la tête d'étoiles. Puis elle se tourna vers la Méroninque :

— Tous les voleurs ne sont pas chez nous. J'en sais d'autres qui ont fait de l'or pendant la guerre. A présent, quand je voudrai des oranges, madame la marchande, je suis pauvre, mais j'ai quand même de quoi me les payer, je n'ai pas besoin de votre aumône.

Là-dessus, elle saisit son gamin par une aile et l'entraîna, ne laissant à aucun de ces messieurs-dame le temps de lui répondre.

2

Ernestine Counil était la meilleure amie de Mélanie Bros, qui en avait peu. Née dans les dernières années du XIXe siècle, fille d'un pauvre ménage de paysans qui avaient engendré treize garçons ou filles dont neuf avaient atteint l'âge adulte, elle était en 1936 une des rares femmes de la campagne honorées par le Certificat d'études primaires élémentaires. Communément appelé Serviticat parce qu'il servait aux hommes à obtenir quelques bonnes places, celles de cantonnier, de facteur des PTT, de gendarme, de garde champêtre. Munie de ce précieux diplôme, Ernestine était chargée de porter à leurs destinataires les dépêches et avis d'appel téléphonique qui arrivaient de temps en temps au bureau de poste. Un travail qui lui convenait bien, car elle était une intrépide marcheuse. Elle avalait les kilomètres comme la poule avale les vermisseaux, sans s'en apercevoir. On eût dit qu'elle s'en nourrissait. La chose lui était facilitée parce qu'elle allait toujours le nez dans un livre : elle avait cette autre singularité de s'intéresser à la lecture. Incroyable, mais vraie. Elle empruntait des bouquins à l'instituteur. Elle en possédait même un certain nombre en propre, achetés à la foire du Jeudi gras de Maurs, où paraissait un marchand de livres neufs et d'occasion. Et les siens étaient ses préférés, toujours disponibles, elle les relisait sans se lasser. Elle se régalait des œuvres de Victor Hugo, publiées chez Arthème Fayard, à cinquante centimes le fascicule ; de celles aussi de Lamartine, d'Alfred de Musset, de Théophile Gautier.

Chose plus merveilleuse encore : son goût pour la poésie l'avait amenée à écrire elle-même des vers. Non point pour chanter les fleurs, les papillons, les petits oiseaux, comme font la plupart des poètes peu inspirés. Mais sur commande. A l'occasion d'un baptême, d'un mariage, d'un enterrement, d'un anniversaire, de noces d'or ou d'argent, elle était en mesure de composer un poème d'allégresse ou de douleur, avec ou sans acrostiches. Elle le calligraphiait sur papier vergé, l'encadrait, le récitait elle-même au moment de la cérémonie, le remettait en mains propres. Pour chacun de ces produits, elle avait établi un tarif en fonction du sujet, de la longueur, des fioritures, un peu comme le curé pour ses prestations, une messe avec *Dies irae* se payait plus cher que sans. De la sorte, elle s'était fait un renom dans la contrée, on venait de loin lui passer commande, car c'était chose remarquable que d'associer dans la même célébration la foi, l'amour, la poésie et la bonne bouffe. De ses mains sortaient donc, par exemple, des épithalames en véritables alexandrins de douze pieds, ornés de rimes riches à six francs la douzaine, ou de rimes pauvres à quatre francs :

Amis, pour célébrer, nous voici réunis,
Les noces de Josianne Abril et de Denis
Chabressou, puisqu'ils vont joindre leurs existences.
Tous deux se connaissaient depuis leur tendre enfance,
Et ils se sentaient l'un à l'autre destiné
Comme le ruisseau vers la roue qu'il fait tourner.
Tic-tac, fait le moulin, produisant sa farine.
Tic-tic, tac-tac font leurs deux cœurs dans leur poitrine.
Souhaitons-leur de toujours battre au même tempo.
Qu'ils aient chaque dimanche au moins la poule au pot.
Et bientôt, selon les vœux de tous, j'imagine,
Une ronde d'enfants pour fleurir leur cuisine.

Ernestine Counil touchait ses droits d'auteur en applaudissements et en espèces sonnantes. Certains clients lui exprimaient leur admiration :

— Je me demande où vous prenez tous ces mots !

— Dans mes livres.

A cette sublime activité, elle joignait plus prosaïquement un travail d'écrivain public. Ainsi dans ce cas mémorable : la réclamation qu'une voisine la pria d'écrire en 1921 au gouvernement pour lui demander une pension consécutive à la « disparition » de son fils sur les champs de bataille. Celle-ci s'était d'abord adressée aux gendarmes de Maurs :

— « Disparu », ce n'est pas la même chose que « mort pour la France », lui avait expliqué le brigadier. Il peut reparaître un matin. Peut-être est-il passé à l'ennemi, et dans ce cas sa disparition est un acte de trahison passible d'infamie. Prenez patience.

Elle avait patienté trois ans. Elle eut enfin l'idée de s'adresser à la plus haute des puissances : au président de la République. Elle vint trouver Ernestine, lui exposa son affaire. Et la porteuse de dépêches, y ayant réfléchi, trouva bel et bien les mots qu'il fallait pour écrire à monsieur Millerand :

Monsieur le Président de la République,

C'est une mère inconsolable qui vous écrit... Elle est sans nouvelles de son fils disparu au champ d'honneur en 1918... Affligée de maux considérables et ne recevant aucun secours... elle vous aurait une reconnaissance infinie si vous pouviez...

Croyez, monsieur le Président de la République, à son profond respect et à ses salutations distinguées...

La réponse se fit attendre une année encore. En 1922, après quarante-huit mois de disparition, son fils fut tenu pour officiellement décédé et il lui fut concédé une pension avec arrérages. Près de trois mille francs. Une fortune ! Elle voulut en reverser une partie à Ernestine :

— C'est vous qui me l'avez fait obtenir.

— Non. C'est votre pauvre fils. Moi, vous m'avez déjà payée.

— Une douzaine d'œufs !

— Je ne vous ai pas demandé autre chose.

La porteuse de dépêches vivait donc de sa plume et de ses jambes. Elle glissait le pli bleu dans son sac et partait pour des deux, quatre, six, huit kilomètres aller et retour. Ses pieds connaissaient les chemins, elle n'avait pas besoin de les guider, elle gardait ses yeux pour son livre.

Elle vint frapper à la porte de Mélanie Bros. Elle la trouva occupée au repassage de chemises d'homme avec un fer à charbon de bois. Léonce était à l'école. La pauvreté et le courage, l'absence d'homme dans leur vie les unissaient toutes deux comme une parenté. Elles s'embrassèrent trois fois, à l'auvergnate. Mélanie écarta son ouvrage et servit le café d'orge qui se tenait au chaud au coin de la cuisinière. Car elles étaient l'une et l'autre deux fameuses « cafetières », c'était leur seule gourmandise.

— Je suis venue, dit la porteuse, vous parler de cette affaire.

— Quelle affaire ?

— De l'orange.

— Je l'avais déjà oubliée.

— Ou plutôt, de Tirabi, le garde champêtre. Il a attrapé votre gamin juste à la porte de Saint-Christophe, et il l'a tiré par la peau du cou de l'autre côté, chez les Nicolauds. Il n'avait pas le droit de l'arrêter chez nous.

— L'orange avait été prise chez la Méroninque.

— Sans doute, mais il aurait dû attendre le moment que le petit soit sorti de chez nous. Cela s'appelle « violation de territoire ».

— Et alors ?

— C'est comme si nos gendarmes franchissaient la frontière suisse. Ou les gendarmes suisses la frontière française. Un motif de guerre.

— De guerre contre la Suisse ?

— Parfaitement. Vous devriez aller vous plaindre à notre maire, le père Rabanel. Les Nicolauds n'ont pas le droit de nous envahir. C'est votre intérêt, et c'est le nôtre à tous. Faut qu'on se fasse respecter.

— Je vais pas aller raconter à notre maire que mon fils est un voleur !

— Pour une orange ! Une gaminerie ! L'invasion de Tirabi est bien plus grave. Je servirai de témoin. Les Auvergnats ne vont pas se laisser manger par les Rouergats ! L'Auvergne est notre sol, pas le leur. Déposez une plainte.

Mélanie secoua la tête. Elle avait des clientes dans l'autre paroisse, elle ne pouvait prendre le risque de les perdre.

— Laissez-moi calculer, dit-elle en se touchant la tempe.

— Ne calculez pas trop longtemps. Sinon, l'affaire tombera aux oubliettes.

Son amie détourna la conversation en parlant du temps qu'il faisait.

Ce n'était pas le premier scandale qui éclatait entre les communes jumelles. Le plus sanglant s'était produit en 1924 lors de l'inauguration du monument. Une simple stèle de granit entourée d'une grille et de quatre obus d'artillerie lourde vidés de leur poudre. En lettres dorées, cette inscription : *Saint-Coutain à ses héroïques enfants morts pour la France.* Sur la face nord : *Paroisse de Saint-Christophe.* Sur la face sud : *Paroisse de*

Saint-Nicol. Le site, qui s'appelait précédemment place du Marché, devint place du Monument. En présence des autorités civiles et militaires, les deux curés avaient organisé deux processions indépendantes avec transport des statues respectives, déploiement de bannières, cantiques, bénédictions. Les deux fanfares réunies jouèrent les mêmes morceaux, *Marseillaise* et *Sambre-et-Meuse.* Les habitants s'étaient massés sagement les uns côté ombre, les autres côté soleil. Tout se déroula sans incident jusqu'au moment où les deux maires entreprirent, selon leur accord, de faire l'appel des héros inscrits sur la stèle. Chacun lut les siens, d'une voix forte. Le nom lancé suscitait un frémissement dans la foule qui répondait :

— Mort pour la France !

Un court instant, le pauvre diable ainsi nommé ressuscitait dans l'esprit de ceux qui l'avaient connu. Avec son chapeau noir, sa blouse bleue, ses sabots neufs. On le voyait se rendre à la messe ; ou piocher son champ de pommes de terre ; ou faucher sa prairie. Des sanglots se mêlaient aux acclamations.

Une chose pourtant frappa les esprits : la liste des tués était deux fois plus longue chez les Aveyronnais que chez les Cantaliens. Comment expliquer cette inégalité dans la mort ? Des murmures commencèrent à naître parmi les Nicolauds :

— Nos chers Auvergnats se sont ménagés !... Ils

étaient aux bonnes places... Plusieurs se sont rendus aux Boches, en faisant « Camarade » !

Tandis que de l'autre côté courait une justification :

— Merci, saint Christophe, d'avoir protégé nos hommes.

Les appels venaient de finir, la foule commençait de se disperser. Tout à coup, un cri partit du côté nord, poussé par un ancien poilu :

— Vive saint Christophe !... Merde à saint Nicol !

Aussitôt repris par d'autres. Tandis que les Rouergats ripostaient, la rage au cœur :

— Vive saint Nicol !... Merde à saint Christophe !

Séparées par le monument, les deux foules se huèrent, les poings levés. Puis elles se lancèrent des cailloux. Puis elles s'avancèrent l'une vers l'autre, avec une fureur croissante. Les musiciens, qui s'étaient si bien accordés pour jouer *Sambre-et-Meuse*, participèrent à l'empoignade à coups de saxophones et de clarinettes. On aurait cru la bataille de Bouvines, 1214, ou de Marignan, 1515. Les curés essayèrent d'abord de séparer les belligérants ; mais quand ils eurent reçu leur part de horions et de doigts dans les yeux, ils préférèrent sauver leurs statues, battre en retraite et se réfugier avec elles dans leurs églises respectives.

Au-dessus de ces vociférations, jaillissaient les

cris aigus des femmes, les unes pour retenir leurs hommes, d'autres pour les exciter. On ne sait quel parti à la fin l'emporta ; mais il y eut des bras et des jambes cassés, un nombre incalculable de nez écrabouillés et d'yeux au beurre noir.

Ainsi fut inauguré le monument aux morts de Saint-Coutain. Par la suite, les conseils municipaux eurent la sagesse de se réunir et de décider que chaque 11 novembre, anniversaire de la Victoire, serait partagé en deux moitiés, les paroissiens de Saint-Nicol le célébrant le matin, ceux de Saint-Christophe l'après-midi.

Depuis 1924, beaucoup d'autres chamailles avaient éclaté. Chaque fois par exemple qu'il s'agissait d'ouvrir un nouveau chemin vicinal qui eût arrangé tout le monde pour se rendre du point A au point B, l'une des parties donnait son accord, l'autre le refusait. De sorte qu'on en vit plusieurs finir en cul-de-sac. Il en fut de même pour l'électrification. La Compagnie Hydro-Electrique du Centre-Auvergne soumit aux propriétaires fonciers des ententes amiables afin de planter ses poteaux de bois créosoté. Les Nicolauds acceptèrent. Mais pour leur permettre de recevoir le courant, les lignes devaient traverser l'espace des Auvergnats. Ceux-ci s'y opposèrent farouchement. La Compagnie dut recourir à l'expropriation. Les lignes commencèrent de sillonner le ciel à la grande joie des hirondelles. Toutefois, ce bonheur dura peu ·

nuitamment, des poteaux furent sciés. La Compagnie les remplaça. Ils subirent le même sort. On ne pouvait mettre un gendarme au pied de chacun. La Compagnie renonça. En 1936, les deux paroisses continuaient de s'éclairer au pétrole ou à la bougie.

La même mésentente se manifesta à propos des écoles. Chacune comptait, selon les années, de vingt-cinq à trente élèves de quatre niveaux, depuis les tout-petits qui apprenaient à lire jusqu'aux grands en passe de subir les épreuves du Serviticat. Les maîtres devaient se partager entre ces quadruples divisions, passant de l'une à l'autre sans prendre le temps de se moucher. Certains cours – la morale, l'instruction civique, le dessin, l'histoire – s'adressaient à tous ; les minuscules entendaient parler des principes républicains, liberté, égalité, fraternité, sans y comprendre un pet, eux qui ne savaient pas même combien ils avaient d'orteils. Il eût été avantageux pour ces enfants de les grouper en deux divisions seulement, CP et CE d'un côté, CM et CS de l'autre ; les classes y auraient gagné en homogénéité, les instituteurs auraient pu se moucher de temps en temps. Cela s'appelait « gémination ». Les autorités pédagogiques des deux départements en acceptèrent le principe. Une école devait céder à l'autre ses élèves les plus jeunes, la seconde ses élèves les plus grands. Chimère ! Jamais les familles aveyronnaises ne consentirent à mêler leurs gamins à de petits Auvergnats. Et vice versa. Les deux classes uniques restèrent donc telles quelles.

De loin en loin, malgré cet état des esprits, un mariage avait lieu, cependant, entre un citoyen et une citoyenne des deux bords. Parfois accompagné d'un charivari, comme s'il avait eu quelque chose de honteux. En général, il ne durait guère et se terminait par une séparation. A moins que le couple ne s'en allât résider dans une autre commune.

Voyant que rien ne se produisait, que Mélanie Bros n'allait point se plaindre au maire de Saint-Coutain-des-Sources, la porteuse de dépêches décida d'agir seule. Elle trouva le père Rabanel en compagnie de l'instituteur, monsieur Cholet, son secrétaire, et de quelques paysans venus chercher des papiers. Et elle, après le bonjour, d'avertir d'une voix forte :

— Je vous préviens que ça va faire du bruit !

Tous les yeux convergèrent sur Ernestine. C'était une gaillarde bien étoffée, par-devant et par-derrière, avec des cheveux courts, bouffants, roussâtres, qui lui faisaient une tête comme un potiron. Sans un brin de coquetterie. Elle était de ces filles qui, ayant perdu leur promis en 14-18, étaient demeurées solitaires, veuves avant que d'être mariées. Par fidélité au disparu, ou par manque de remplaçant. Désormais, passé le cap de la cinquantaine, elle se trouvait bien de n'avoir à la maison aucun homme à qui rendre des comptes. L'espèce masculine ne l'intéressait pas plus que la chevaline. Elle éprouvait même une haine particulière à l'égard de quelques-uns. Par exemple, de Tirabi, le garde champêtre, qui l'avait surprise un matin en territoire aveyronnais, alors qu'elle ramassait des pommes tombées.

— Je vous y prends à vous emparer du bien d'autrui !

— Quel bien d'autrui ?

— Ces pommes. Est-ce qu'elles vous appartiennent ?

— Des pommes tombées. Des pommes perdues. Si je ne les ramasse pas, dans trois jours elles seront mangées par les limaces.

— Avez-vous demandé la permission au propriétaire ?... Je suis en droit de vous verbaliser.

Il tira de sous sa blouse son calepin et le crayon encre qu'il mouillait de sa salive.

— Ça alors !... Vous alors... ! Pour quatre pommes demi-pourries ! s'indigna Ernestine.

— Attendez. Parlons un peu.

Un talus bien sec se trouvait près de là.

— Venez vous asseoir, qu'on s'explique.

Elle retint sa fureur et voulut bien prendre place sur l'herbe, près de lui. A peine fut-elle assise qu'il posa une main sur son genou, disant :

— J'ai un gant de velours, quand je veux. Si vous

vous montrez gentille avec moi, vous ne sentirez pas ma main de fer. J'oublierai votre maraudage.

Elle comprit où voulait en venir ce gros cochon qui prétendait faire la chasse aux amoureux couchés dans le foin. Elle lui jeta les pommes à la figure et s'enfuit en criant putassier. L'affaire n'eut pas de suite. Mais après les pommes, voilà que Tirabi faisait des histoires pour une orange.

— Ça va faire du bruit ! avertit-elle en plantant son regard dans celui du maire, familièrement appelé le père Rabanel, si bien qu'il était en même temps père et maire.

Celui-ci avait enseigné trente-cinq ans les enfants de Saint-Coutain-des-Sources, avant d'y prendre sa retraite. De sorte que tout son conseil municipal était composé d'anciens élèves. Il les traitait avec la même autorité, parfois un peu raide, qu'il employait jadis dans sa classe.

— Mon pauvre Bessou, je vois que tu as toujours la même habitude de critiquer avant de réfléchir... Silence dans le fond quand je parle !

A un jeune conseiller, il avait osé dire :

— Ton père n'était pas très malin. Mais je te crois encore plus bête que lui.

Dans ses colères, il s'en fallait de peu qu'il n'expédiât certains au piquet. Avec cela, unanimement respecté, car on connaissait bien ses compétences, son dévouement, son intégrité. Il siégeait toujours couronné de son chapeau devant les autres tête nue, de même que le roi Louis XVI devant les Etats généraux.

Il leva les yeux vers la porteuse de dépêches :

— C'est donc vous, Ernestine, qui voulez faire du bruit ?

Elle osa le regarder en face, n'ayant pas été de ses élèves :

— Tout juste, monsieur le maire.

— Je vous écoute.

Sans faire mention de ses griefs personnels contre Tirabi, elle raconta comment le garde champêtre était sorti de son territoire sous prétexte d'un compte à régler avec un gamin de la paroisse opposite ; comment il l'avait traîné à la mairie nicolaude, procédant ainsi à un véritable enlèvement d'enfant, avant de le relâcher. Elle avait assisté de ses yeux à la scène.

— Et pourquoi cette violence ?

— Une histoire de gosse, d'orange chipée à la Méroninque. Probablement ramassée par terre, sous l'étalage. Est-ce qu'on va permettre que les Nicolauds viennent chez nous faire la loi ?

— Qui est cet enfant ? demanda l'instituteur qui les connaissait tous.

— Je ne sais pas. J'ai oublié, mentit Ernestine. C'est sans importance.

Dès le dimanche suivant, le père Rabanel réunit son conseil, et rapporta le coup de force de Tirabi. Avec cette conclusion :

— Ça ne peut plus durer. Nous devons faire quelque chose. Donnez-moi des idées.

Chaque conseiller se gratta l'occiput. Un silence épais tomba sur leurs épaules. Le regard de l'ancien maître se promenait sur toutes ces têtes basses.

— Alors, ces idées, ça vient ?... Levez le doigt !

Des idées ! Des idées ! Tout le monde n'était pas Ernestine Counil ! Enfin, timidement, deux index émergèrent.

— Bessou, je t'écoute.

— Je propose que nous ayons aussi notre garde champêtre, pour nous défendre de Tirabi.

— Proposition stupide. Nous ne sommes pas suffisamment riches pour entretenir un garde. D'ailleurs, notre commune est assez honnête pour se passer de toute police. Au cas cependant où il s'y produirait un délit, ou même un crime – ce que j'ai de la peine à imaginer –, la gendarmerie de Maurs s'en chargerait. Donc, pas de garde chez nous. Bessou, je donne zéro à ton idée. Qui m'en propose une autre ?

Le boulanger Boissié, à son tour, leva le doigt :

— Ce qui nous manque, me semble-t-il, c'est une ligne de séparation. Car on ne se rend pas toujours compte sur quel territoire on met les pieds, sur le Rouergue ou sur l'Auvergne. Alors, quelqu'un comme Tirabi peut toujours dire je savais pas. Il nous faut comme qui dirait une frontière.

— Une ligne Maginot ! ricana quelqu'un de l'opposition.

— Pas du tout. Une simple ligne blanche. De la largeur d'une main. Bien visible. Elle traversera le village de part en part, de l'ouest à l'est, en suivant la limite des deux départements. Voyant cette ligne blanche devant lui, je suis certain que Tirabi n'osera pas la sauter. Nous serons protégés de ses enlèvements.

— Et où donc qu'on la tracera ?

— Par terre. Sur les trottoirs, sur les chaussées, selon les cas. A la peinture Ripolin. De la meilleure qualité.

— Les roues des voitures, les chaussures des passants l'effaceront.

— Le personnel communal l'entretiendra. En plus, ça sera une curiosité. Des gens viendront de loin pour la voir, car un village coupé en deux par une ligne blanche, ça ne se trouve pas souvent. Les touristes se feront photographier à califourchon sur elle, un pied dans le Cantal, l'autre dans l'Aveyron.

Après un moment de stupeur, la plupart des conseillers applaudirent. Y compris le père Rabanel, le plus enthousiaste de tous, qui attribua la note de dix-huit sur vingt. Les deux points de marge soulignaient quelques petites réserves :

— La ligne aura la largeur d'une main. Disons douze centimètres. Sera-t-elle entièrement peinte chez nous, avec les obligations d'entretien que cela implique ; ou bien sera-t-elle en mitoyenneté, six centimètres chez nous, six chez les Nicolauds ?

— C'est un détail à régler avec eux.

— Qui sera chargé, non pas de peindre, mais de tracer le milieu de la ligne ?

— Par exemple, monsieur Margoël, le géomètre, suivant les indications du plan cadastral.

Quelques jours plus tard, les maires des deux communes se rencontrèrent au domicile du père Rabanel en compagnie d'une bouteille de vin du Fel, signe qu'il n'y avait entre eux aucune inimitié personnelle. Le vieux maître d'école expliqua qu'il ne s'agissait pas d'ériger une barrière entre leurs deux paroisses, ni d'entraver la communication, les échanges, le commerce. Il voulait simplement éviter les conflits de voisinage, les abus d'autorité occasionnés par les limites peu précises. Chacun chez soi et le soleil pour tous. D'accord ?

— D'accord, répondit Brandelac, le maire nicolaud. Faudrait tout de même pas que les voyous de chez toi viennent chez nous exercer leurs pillages et profitent de la ligne blanche pour s'abriter derrière. Si cela se produisait, que devrais-je faire ?

— Tu m'informes, et je prends des mesures.

— Quelles mesures ?

— Tu verras bien. En conformité avec les lois de la République.

— C'est promis ?

— Promis, juré.

3

Monsieur Raymond Cholet, l'instituteur de Saint-Coutain-des-Sources, originaire de Montsalvy, né avec le siècle, avait trente-six ans en 1936. Appartenant à la classe 20, il avait été appelé sous les drapeaux en 1918, juste à temps pour y perdre un doigt, le médius de la main droite, dans les derniers combats de l'Argonne.

— Un méli-mélo inextricable, racontait-il. On ne savait plus qui tirait sur qui, qui gagnait et qui perdait.

Une balle anonyme l'avait aidé à en sortir sans trop de dommage. Sa main rafistolée, il avait été employé après l'armistice à enseigner, non seulement la lecture et l'écriture, mais la langue française à de petits Alsaciens qui n'en connaissaient pas un mot. J'exagère : ils en connaissaient deux ou trois, parce que quelques-uns sont passés dans leur dialecte, *Barabli* qui veut dire « parapluie », *Melone* qui veut dire « melon », *Bajonette* qui veut dire « baïonnette ». Lui-même apprit un peu de vocabulaire alsacien. Il sut par exemple que *Baiser* ne veut pas dire « baiser », mais « meringue » ; que les *Knefles* ne sont pas des nèfles, mais des boulettes de pâte molle. Il y a de faux amis dans les mots comme il y en a chez les hommes.

Libéré en 1921, il fut nommé à Mauriac ; puis à Saint-Flour ; puis, sur sa demande, à Saint-Coutain où il prit la suite du père Rabanel admis à faire valoir ses droits à la retraite. C'était un homme de belle prestance, les cheveux noirs tirés en arrière « à l'embusqué », c'est-à-dire loin du front ; avec de beaux yeux noisette, un nez assez fort, sans barbe ni moustache, le menton creusé d'une fossette. On racontait qu'il avait fui Mauriac et Saint-Flour pour échapper à des conquêtes féminines dont il ne voulait plus, se réfugier dans un village où il n'aurait pas l'occasion de se défendre. Sa voix était un peu nasillarde, mais bien modulée. Il paraissait dans sa classe en costume rayé, une cravate papillon à pois blancs sous le cou, la seule qui eût cours dans les deux Saint-Coutain, comme s'il se rendait en visite chez madame Laroussinie, la veuve du général.

Léonce Bros vouait à ce maître une véritable adoration. Dépourvu de père, il reportait sur lui une admiration entièrement disponible. Par ailleurs, Raymond Cholet était le contraire de ce que l'enfant croyait être : beau de la tête aux pieds, élégant, riche de savoir, avec des oreilles petites, bien collées, presque invisibles, au lieu des feuilles de chou dont la nature l'avait affligé. Sa main mutilée était aussi un titre d'honneur, puisqu'il avait donné à la France son doigt le plus précieux au regard des bons Auvergnats, celui qui leur sert à compter les billets de banque.

Chaque fois que monsieur Cholet s'adressait à lui, Léonce rougissait et sentait son cœur s'affoler. Ce qui ne l'amenait pas à bien répondre. Il trébuchait sur les mots, se faisait honte. Tout autre maître se fût sans doute moqué de lui, ce qui aurait mis le comble à sa confusion. Monsieur Cholet, au contraire, le regardait avec douceur, lui posait une main sur le crâne, comprenait sa timidité, l'encourageait à réfléchir et à rattraper les termes poursuivis :

— La Garonne passe à Tou... Tou...

— Toulouse.

— Plus bas, elle baigne A... A...

— Agen.

— Bravo.

Les villes traversées par les fleuves français, leurs affluents, rive droite, rive gauche, Léonce les savait à la perfection quand il se les récitait à lui-même, dans sa petite chambre. Mais la présence de ses camarades, toujours prêts à se moquer, à ricaner derrière leur main, le paralysait. Il était de ceux qui, pour vouloir trop bien faire, font mal. Il avait besoin d'un secours et le trouvait chez ce maître incomparable.

Les enfants de Saint-Coutain n'étaient pas plus méchants que les autres. Pas moins non plus. Ils ne laissaient point perdre une occasion de rire, bonne ou mauvaise. Ainsi, à quelque distance derrière ses grègues, ils singeaient la démarche de Verjus, le fontainier-cantonnier de la commune, qui boitait des deux côtés à la manière des canards. Et s'il se retournait en brandissant sa pelle, ils prenaient la poudre d'escampette, sachant bien qu'il ne les rattraperait pas, lui lançant même de loin des *coin ! coin ! coin !* provocateurs. Ils ne craignaient pas de s'en prendre à Soubiesky, l'horloger, qui ne cachait pas ses opinions communistes, voire bolcheviques. Pour mieux les afficher, il s'était laissé pousser des moustaches exactement conformes à celles de Staline. Il prétendait être né en Russie, avoir tété la même nourrice que le glorieux Joseph, être donc son frère de lait. Ayant entendu dire que le tsar était le plus grand ennemi des bolcheviques, les petits Coutainois passaient devant son échoppe, le regardaient penché sur ses mécanismes, une loupe enfoncée dans l'œil comme une monstrueuse protubérance, et lui criaient sous les moustaches :

— Vive le tsar !

Avec la même effronterie que celui qui avait lancé

en 1924 un « Vive saint Christophe ! » à la face de saint Nicol.

Rien d'étonnant, donc, si les élèves de monsieur Cholet se payaient la tête les uns des autres. Hors de la classe de préférence. Car si, par malheur, l'un d'eux se laissait surprendre à ricaner derrière son pupitre, monsieur Cholet bondissait de sa chaise, le moqueur recevait sur la joue une giroflée à quatre feuilles dont il gardait longtemps le souvenir. C'est que, en ce temps-là, les instituteurs avaient la main leste, avec ou sans médius. Léonce put s'en rendre compte lui aussi un jour que, pour faire comme les autres, il avait ri d'un maladroit. Le choc de cette première gifle fut si rude qu'il en mouilla sa culotte. Il n'en reçut jamais d'autre.

La salle de classe, assez grande pour quarante élèves, n'en recevait que vingt-six, filles d'un côté, garçons de l'autre. Installés sur des tables à deux places, avec couvercle mobile. Le banc, indépendant du pupitre, comportait un dossier, ce qui préservait les enfants de devenir bossus comme y étaient condamnés jadis leurs pères assis dans des pupitres à six places et sans dossier. L'ameublement comprenait aussi le bureau du maître sur une estrade, le tableau noir et sa boîte à craies, un placard-bibliothèque riche de deux douzaines de titres. Les plus empruntés étaient *Sans famille*, *Pêcheurs d'Islande*, *Les Trois Mousquetaires*,

Rataboum et Rataplan. Aux murs étaient accrochés le tableau des poids et mesures ; une carte de France antérieure à 1918 où l'Alsace-Lorraine était encore peinte en violet, couleur du deuil ; et, datant de la même époque, tout au fond de la classe, en grosses lettres, voire en **caractères gras**, assez bas pour être bien à la portée des yeux, deux portraits détaillés du BON ÉLÈVE et du MAUVAIS ÉLÈVE. Pas une virgule ne devait en être perdue :

LE BON ÉLÈVE

Paul arrive en classe ***avant l'heure.*** *Il se présente dans des vêtements corrects, les mains propres, les ongles nets. Dans la cour de récréation, il joue sagement avec d'autres bons élèves. Il s'entretient avec eux des devoirs écrits et des leçons du jour.*

Si le maître a besoin de lui pour allumer le poêle ou balayer la salle de classe, il prête son concours sans rechigner.

Lorsque vient le moment d'entrer, il prend place dans la file bien ordonnée et passe devant l'instituteur en le saluant : « Bonjour, Monsieur. »

Derrière son pupitre, il écoute attentivement et, s'il est interrogé, il se lève pour répondre sans faire de bruit avec ses chaussures. Il ne produit de même aucune autre sorte de bruit incongru.

Il ne souffle pas à ses voisins les réponses qu'ils doivent faire. En écrivant, il ne cherche pas à copier ce que font les autres, et il les empêche de copier ce qu'il écrit lui-même.

Il ne prononce jamais **aucun mot grossier,** *ne s'exprime qu'***en français,** *traite ses camarades garçons avec amitié. Il respecte ses camarades filles. Entre l'école et son domicile, il salue les personnes qu'il rencontre.*

Chaque mois, il apporte quelques francs ou quelques centimes à son instituteur qui les inscrit sur le livret de caisse d'épargne qu'il a pris à son nom et qu'il lui remettra à la fin de sa scolarité.

Il s'applique autant qu'il peut pour être reçu à l'examen du Certificat d'études primaires élémentaires *dont il fera encadrer le diplôme afin de l'afficher dans sa maison.*

Les parents de Paul sont heureux d'avoir un si bon fils. L'instituteur se félicite de voir ses efforts récompensés. Il sera en toutes circonstances un **bon citoyen,** *un* **bon soldat,** *un* **bon père de famille.**

LE MAUVAIS ÉLÈVE

Emile n'est sorti du lit qu'en rechignant. Il prend à peine le temps de se laver le museau à la manière des chats. Ses vêtements sont poussiéreux. Ses ongles sont en deuil. En chemin, il attend que les grandes personnes le saluent avant de répondre, sans jamais ôter sa coiffure.

Il arrive à l'école juste à temps pour se mettre le dernier de la file. Il trouve naturel que le poêle soit allumé, la classe balayée.

Il a mal fait ses devoirs et mal appris ses leçons. Quand le maître l'interroge, il ne sait pas répondre ou bien répond de travers. Ce qui ne l'empêche pas de rire bruyamment de ceux qui répondent mal.

Dans la cour de récréation, c'est un mauvais camarade qui triche pendant les jeux et provoque des bagarres, s'en prenant de préférence aux plus petits que lui.

Au cours de ses travaux écrits, il s'efforce par des regards obliques de copier ce que font ses voisins au lieu de réfléchir. Il est faible en lecture, mauvais en calcul, nul en orthographe.

Il s'exprime souvent ***en patois*** *malgré les recommandations du maître et prononce des paroles injurieuses contre tout le monde.*

A toute occasion, il bouscule ses camarades du coude ou du pied. Personne n'a pour lui ***la moindre amitié****.*

Plusieurs fois par mois, Emile manque la classe sous de bons ou de mauvais prétextes.

Il ne fait aucune économie parce qu'il dépense en friandises les quelques sous qui peuvent lui revenir malgré sa paresse. Il prétend quand même obtenir le Certificat d'études : il se présente à l'examen contre la volonté du maître. Il échoue lamentablement.

Il est lâche, paresseux, malpropre, malodorant. Il ne termine jamais ce qu'il a entrepris. Il fait le ***désespoir de sa famille.***

Il sera incapable de défendre la Patrie et de fonder un foyer honorable. Il est fort possible qu'un jour il connaisse ***la prison****.*

Ces textes dataient de l'avant-guerre. Monsieur Cholet, toutefois, estimait que, vingt ans après l'armistice, les mérites et les démérites qu'ils soulignaient avaient toujours cours et qu'il n'était pas nécessaire d'y rien changer. Seuls les livrets de caisse d'épargne n'étaient plus en usage. Une chose étonnante : il n'y était question que du masculin. A quoi pouvaient donc ressembler LA BONNE ÉLÈVE, LA MAUVAISE ÉLÈVE ? Il est vrai que, depuis des siècles, la femme comptait peu en religion, en politique, en économie. La société paysanne auvergnate, fortement hiérarchisée, formait une pyramide mi-animale, mi-humaine qu'on pouvait représenter ainsi :

la vache
le maître
le premier valet
le second valet
la femme
la chèvre ou le cochon
la poule, le canard ou le lapin

Dans cette échelle, la femme se tenait juste à un degré au-dessus de l'habillé de soie. La basse-cour y occupait l'échelon inférieur, la vache le sommet, aubrac ou salers, car sans elle l'édifice s'effondrait. Depuis 1947, elle a d'ailleurs son monument à Laguiole, œuvre du sculpteur Guyot, sous la forme d'un taureau, muni par-dessous d'un sexe gros comme une bouteille.

De temps en temps, il arrivait à monsieur Cholet d'envoyer un élève au fond de la classe, en pénitence. Les mains au dos, la face au mur, le grimaud occupait son temps à lire et relire les portraits ci-dessus. S'y reconnaissant ou ne s'y reconnaissant point, selon sa bonne ou sa mauvaise foi. Ce châtiment épargnait les filles, qui n'avaient pas la vocation de soldats ni de citoyennes. Elles se montraient d'ailleurs plus sages, plus travailleuses que les garçons. Alors que la date officielle était 1936, les traditions, les règlements de Jules Ferry pieusement conservés laissaient croire qu'on vivait encore en 1895. Si l'Alsace-Lorraine paraissait en violet sur la carte de France, c'est que l'instituteur manquait de crédits pour en acheter une plus récente. Ses élèves devaient encore payer un cahier de devoirs mensuels qui offrait cette préface :

> *Enfant ! Ce cahier vous est remis pour être le compagnon et le témoin de vos études durant tout le temps que vous passerez à l'école*[1]...

Sur ce petit troupeau, l'instituteur promenait un regard pastoral. Chaque matinée commençait par l'appel. Un coup d'œil aux places vides y aurait suffi ; mais monsieur Cholet aimait à réciter cette litanie de noms à trois syllabes ou bien d'une seule : Brandalac, Bros, Cabezou, Fel, Jalenques, Margoël, Piganiol, Rougegous, Trémolières. Elle chantait comme les eaux du Céliou ou du Girondels, affluents du Célé. Les enfants répondaient « Présent ! » ou « Présente ! ». Et en chœur « Absent ! » à celui qui manquait. Les absences devaient ensuite être justifiées par un billet des parents, pas toujours facile à déchiffrer :

> *Veuiller escuser mon fils, il est tomber il c'est fait mal à la rottule... Jé eu besoin de ma fille pour méder à faire le boudin... Ma fille a pas pu déjeuné pasque y avais de la peau sur le lait bouilli... Mon garsson a eu une abssençe pour motif de maladie qui la tenu quatres jours...*

1. Voir Annexe 1.

Les élèves rédigeaient souvent eux-mêmes ces lignes que les parents se contentaient de signer. Cabezou présenta plusieurs fois cette histoire de rotule. Monsieur Cholet finit par s'étonner :

— Tu fais exprès de tomber sur la rotule ?

— Non, m'sieur.

— Tu en as combien de rotules ?

— Deux, m'sieur.

— C'est bien. En revanche, rotule n'a qu'un *t*.

Léonce Bros, lui, ne manquait jamais l'école. Il passait à travers les rhumes, les grippes, les bronchites sans rien attraper, cela tenait du miracle. S'il lui arrivait de tomber sur les rotules, ses bas le protégeaient un peu ; jusqu'à l'âge de quatorze ans, hiver comme été, il porta des bas de laine noirs tricotés par sa mère, retenus au-dessus du genou par des jarretières. Quand la chute était trop rude, les rotules pelées, Mélanie les traitait à la teinture d'iode, dont l'âpre morsure le faisait sauter au plafond. Aussi préférait-il ne pas révéler ses dommages ; les écorchures restées à vif se collaient à la laine ; chaque soir, avant le lit, leur décollage provoquait un supplice. Les croûtes et la laine agglutinées le dénonçaient. Mélanie commençait par lui allonger un *timplaou* :

— La prochaine fois, salopiaud, tu m'avertiras !

Ça le guérissait à moitié. Elle couvrait ensuite la plaie de pétales de lys en marinade dans l'huile d'olive, la capitonnait de charpie, enveloppait le tout d'une bande découpée dans un vieux drap. Contrairement à celles de Cabezou, sa rotule meurtrie ne lui servait pas d'excuse. Au bout de dix jours, il n'y paraissait plus.

— Margoël ! dit le maître ce matin-là.

Il avait l'habitude d'appeler ses élèves par leur patronyme, les filles comme les garçons.

— Absente ! répondit tout l'effectif.

Flora aurait dû prendre place à la droite de Léonce, séparée de lui par l'allée centrale.

— Quelqu'un a-t-il de ses nouvelles ?

Tous secouèrent la tête. Une fois encore, Léonce sentit son cœur lui monter dans la bouche. Le reste de la journée, il n'aurait qu'une pensée : qu'arrivait-il à sa voisine ? Pendant la récréation, il voulut jouer aux billes, mais il n'y avait pas l'idée.

— Manque-moi que ! criait Defaux dans son franco-patois. Et je te manquerai pas !

Inévitablement, Léonce le manquait.

Le lendemain, Flora fut encore absente. Et de même le reste de la semaine. On sut enfin qu'elle avait attrapé les oreillons. Cette gamine saisissait au vol tous les germes qui passaient. Elle avait déjà pris la rougeole, la scarlatine, la coqueluche, l'anémie. Et maintenant les oreillons ! Ce n'était pas une fille, c'était une épidémie. A Léonce qui n'attrapait jamais rien, elle n'en était que plus précieuse. En l'absence de Flora, il ne s'intéressait plus à la classe. Il n'avait d'yeux que pour la place vide. Les oreillons ! Il rêvait, pour la soulager, d'en prendre la moitié, comme on partage un bâton de chewing-gum. Sa distraction lui valait des réprimandes et des piquets, il allait au fond de la classe lire et relire les portraits du bon et du mauvais élève.

Dans sa neuvième année – qu'elle accomplirait le 14 juin 1936, il le savait mieux que les dates de l'histoire de France – Flora avait un visage d'ange sur un corps d'épouvantail. Des bras comme des allumettes. Une bousculade la renversait ; et naturellement elle se relevait avec une entorse de la cheville ou un bras démis. Aussi préférait-elle se tenir dans un coin de la cour pour éviter les accidents. Sa maigreur tenait au fait qu'elle mangeait à peine. Les médecins appellent cela anorexie. Un œuf dur lui faisait deux repas. Le plus étrange est que ce mal lui était venu vers sa sixième année. Jusqu'alors, elle avait été une enfant potelée, une merveille de grâces et de bourrelets. Puis tout avait fondu en quelques mois, sans que personne en comprît la raison. Elle seule la savait.

Un jour, ses parents avaient reçu un beau-frère, une sœur et leur fils, Fernand. Et la chienne Trompette. Les deux cousins jouaient ensemble dans la cour herbeuse. Soudain, le jeune Fernand la regarda de très près, pour s'écrier :

— C'est drôle ! Tu as les mêmes yeux que ma chienne.

Il lui montra que Trompette possédait un œil marron et un autre presque blanc.

— Ça ne te gêne pas pour voir ?

Elle secoua la tête. Elle ne s'était jamais aperçue de cette dissemblance. Elle s'examina dans une glace, découvrit qu'en effet elle avait les yeux de Trompette. Elle en éprouva une telle stupeur, une telle colère qu'elle ferma la paupière droite pour cacher cet œil blanc. Elle vécut ainsi plusieurs jours la paupière clignée. Elle interrogea sa mère, madame Margoël :

— Pourquoi j'ai les mêmes yeux que Trompette ?

— Qu'est-ce que tu racontes ?

— Des yeux de chien. Un marron et un blanc.

— Tu as des yeux vairons. Ce sont des choses qui arrivent. Nous devons nous accepter comme le bon Dieu nous a faits.

— Je ne veux pas avoir des yeux de chien ! cria la petite, en trépignant.

Une gifle lui coupa le souffle. Dès lors, secrètement, Flora détesta ses yeux. Et par la même occasion toute sa personne. Elle prit en dégoût les nourritures. Peu à peu, ses bras et ses jambes s'affinèrent. Les autres élèves de monsieur Cholet savaient qu'elle ne mangeait presque rien. Son cas, plus que leur compassion, inspirait une curiosité mâtinée de frayeur. Comment pouvait-elle vivre sans manger ? Seul sans doute dans la classe,

Léonce Bros éprouvait pour elle de l'amitié. Parce qu'elle était sa voisine la plus proche. Parce qu'il la sentait malheureuse ; fils unique, il aurait aimé avoir une petite sœur comme elle qu'il eût protégée. Parce qu'il lui trouvait le même profil qu'à l'ange Gabriel qui habitait chez lui, au-dessus de la cheminée, à genoux devant la Vierge, seul tableau qui ornât leurs murs. Parce que, de sa place, il ne voyait pas son œil blanc, mais l'autre, couleur de noisette, bordé de très longs cils qui papillotaient lorsqu'elle le tournait vers lui.

C'est à son intention qu'il avait volé une orange à la mère Méroninque, avec l'espoir que Flora l'aurait acceptée et mangée : un fruit délicieux, plein de jus, qui descend aussi facilement qu'un flocon de neige. Les gosses de Saint-Coutain, lors des premières chutes, renversaient la tête et ouvraient la bouche pour les recevoir tout frais sur leur langue. Ils se frottaient ensuite le ventre pour laisser croire à un délice ; on leur trouvait un goût de sel.

Il s'intéressait encore à Flora parce qu'il comprenait qu'avec son œil blanc et son refus des nourritures, elle était un cas particulier. Comme il en était un lui-même, fils d'une femme seule, sans père vivant ni mort.

4

Le père de Mélanie Bros était un marchand de toile. Originaire de Condat-en-Feniers dont le nom signifie en langue celte « confluent », car ici se réunissent la Rhue, le Bonson et la Santoire. La région s'appelle Terre Sainte en souvenir des couvents et monastères qui jadis y prospéraient. Depuis des siècles, le commerce de la *tiaga* est une spécialité du pays. Les *tiagaïres* ont un hymne corporatiste qu'ils chantent au cours de leur banquet annuel à Bort-les-Orgues :

Nous étions trois avec Auguste
Et Saturnin de Lascanaux.
Nous montions trois mules robustes
Avec nos sacs et nos rouleaux...

Avec ce refrain insolent :

Mais que Dieu protège l'Auvergne,
Le Sancy, le plomb du Cantal.

Et qu'il patafiole le reste
Qui n'vaut pas dix sous le quintal[1].

Depuis qu'un poète inconnu avait écrit cette chanson d'après-boire, la profession avait évolué. Les marchands ne voyageaient plus sur des mules, mais en camionnette Berliet ou Renault. Ils ne proposaient pas seulement de la toile au mètre, mais aussi du drap de laine ou de coton, des foulards de soie ou de rayonne, des mouchoirs de batiste ou à grands carreaux, de la lingerie fine, des cravates, des chapeaux et bonnets. Leurs méthodes commerciales, cependant, restaient les mêmes. Ainsi que les colporteurs d'épiceries, de livres, d'aiguilles à coudre ou à tricoter, ils présentaient leurs marchandises à la porte même des paysans qui, par ce biais, faisaient l'économie de leur temps et de leurs pas. Pour conclure le marché, ils offraient parfois un supplément gratuit. Le fermier se montrait-il hésitant devant une pièce de drap qui cependant le tentait ? Le toilier regardait la fermière, clignait de l'œil et disait :

— Je parie que votre patronne ne porte pas de culottes !

— Comment ? Comment ? s'écriait la femme toute rougissante.

— Je comprends ça, avec la chaleur que nous

1. Voir Annexe 2.

avons. Mais les maris doivent se méfier. Une femme sans culottes, c'est comme un pâturage sans barrière : tous les taureaux peuvent entrer. Alors, brave homme, si vous achetez ma toile, la maison vous donne gratis une culotte pour madame.

Le fermier riait et consentait.

Mais le meilleur argument qu'employaient les toiliers pour affriander la clientèle consistait à lui proposer un long crédit sans intérêt. Jusqu'à douze mois.

— Je vous inscris sur mon registre. Vous me paierez à mon prochain passage, après la Saint-Martin.

Le chaland avait tout ce laps pour rassembler ses pécunes.

Ils délivraient des factures illustrées de magnifiques références : *Toiles de Roubaix. Soieries de Chine. Châles du Cachemire. Maison fondée en 1812.* Rien que du sérieux. A la date prévue, ils repassaient en effet. Touchaient leur dû. Ou accordaient une prolongation. Et c'était une seconde occasion de vente. D'autant plus opportune qu'ils présentaient de nouveaux articles. Pour expliquer le bon marché de leurs toiles, ils racontaient parfois qu'elles avaient été tissées par des prisonniers dans un établissement pénitentiaire. Ils s'adressaient spécialement aux mères de famille pourvues de filles à marier, soucieuses de leur constituer un bon trousseau. Impossible d'en établir une qui ne possédât au moins six paires de draps empilés dans l'armoire. Et ils n'oubliaient jamais la prime gracieuse.

Il faut dire toutefois qu'il existait une catégorie de toiliers particulièrement redoutable, auxquels la corporation donnait le nom de *colleurs*. Parce qu'ils s'employaient à coller n'importe quoi à n'importe qui. Prenez pour exemple cette espèce :

— Si vous m'achetez ces deux mètres de coutil et si vous me payez tout de suite, dans huit jours vous recevrez mon tailleur qui prendra vos mesures et vous fera un costume avec gilet sans qu'il vous en coûte un sou de plus.

Les naïfs qui acceptaient l'affaire gardaient le coutil, mais ne voyaient jamais le tailleur. On raconte aussi l'histoire de ces deux colleurs associés qui se mettaient à observer la porte de la ferme, et se disaient dans leur patois de l'Artense :

— *Passorò ? Passorò pa, de segur*. Passera-t-elle ? Elle ne passera pas, pour sûr.

— Qu'est-ce que vous mesurez ? demandait le paysan.

— La largeur de votre porte. Pour savoir si notre machine pourra passer.

— Quelle machine ?

— La machine à broder les draps de lit. Elle fait l'ouvrage en moins d'une heure. Nous vendons nos draps seulement à ceux qui veulent la broderie gratuite qui va avec. Autrement, nous gardons notre toile.

Si le brave homme se laissait convaincre, il pouvait ensuite broder sa toile lui-même car la machine ne venait pas. Inutile de dire que les colleurs ne se présentaient pas deux fois chez le même client.

Le père de Mélanie, Martin Bros, n'appartenait pas à cette sorte. L'honnêteté, jointe à un travail assidu et à un peu d'astuce, peut enrichir aussi bien et mieux que la friponnerie. Seul d'abord, puis aidé par sa femme, il avait fait de bonnes affaires. En juillet-août, temps où les agriculteurs sont absorbés par les foins et les moissons, il changeait d'activité. Dans sa fourgonnette, il allait à Orthez, Mazamet, Castres, Roanne, Lyon s'approvisionner en tissus de Roubaix, de Chine ou de Cachemire. Après quoi, pendant quelques semaines, le couple s'offrait des vacances afin de dépenser un peu de l'argent gagné selon les règles jointes de la morale et du commerce. En compagnie d'autres marchands de toile, ils faisaient de bons repas, de bonnes siestes, des promenades ensoleillées. Parfois même des voyages en chemin de fer : Martin se vantait d'avoir vu à Paris l'Arc de Triomphe, la tour Eiffel et le Trocadéro, qu'il prononçait *Troicadéro* ; en

Normandie le mont Saint-Michel ; à Orléans, la statue de Jeanne d'Arc.

— Qui n'a jamais vu ça, affirmait-il, n'a rien vu.

Sa voiture était le signe le plus éclatant de sa prospérité, en même temps que son outil de travail. Il en changeait souvent, par l'intermédiaire du garagiste Viple, de Riom-ès-Montagnes, qui se glorifiait d'en vendre six cents chaque année. Martin se faisait alors photographier devant sa camionnette neuve, en pardessus, chapeau de feutre, une canne à la main quoiqu'il ne fût pas boiteux. Près de lui, se tenait fièrement sa femme Marie-Josèphe en manteau de fourrure.

En septembre, ils reprenaient leurs tournées qui les emmenaient souvent bien loin de Condat, jusqu'en Alsace ou en Provence, où il était connu sous le nom de Martin l'Auvergnat. Il en vint à faire peindre ce surnom sur le flanc de sa voiture. L'enseigne garantit la qualité de la marchandise.

Pour approcher de nouveaux clients, ils se faisaient accompagner d'un poisson-pilote : une personne respectable de la région, facteur, fonctionnaire retraité, qui les présentait à ses connaissances, les recommandait, et recevait en compensation un pourcentage sur les ventes. Pour mieux convaincre, Martin ouvrait sous les yeux des chalands à conquérir un certain registre où figuraient les noms de plusieurs notables, le curé, le maire, la maîtresse d'école, l'épouse du pharmacien.

— Ces gens m'ont acheté diverses choses, voyez : des draps, des mouchoirs, des serviettes, du calicot.

A vrai dire, il possédait deux registres : un cahier menteur destiné à la seule propagande, et un cahier sincère où figuraient les chalands véritables. Toutes ces ruses n'empêchaient pas sa toile d'être d'excellente qualité. Certaines familles lui gardaient leur clientèle toute une vie.

Lorsque Marie-Josèphe devint mère de famille, elle renonça aux randonnées pour élever ses enfants : Arthur, Edouard et Mélanie. Ceux-ci grandirent. Le père aurait bien voulu qu'un de ses garçons au moins devînt comme lui marchand de toile et prît sa suite. Il les força un peu à l'accompagner dans leur adolescence. Mais Arthur se passionnait pour les animaux ; il se fit vétérinaire et s'établit dans l'Allier, un département riche en vaches et en chevaux. Edouard prit la religion et s'en alla prêcher le christianisme aux Chinois, malgré leur fâcheuse tendance à scier les missionnaires entre deux planches dans le sens de la longueur. Il n'était pas question de confier le commerce ambulant à Mélanie, à moins qu'elle n'épousât un garçon intéressé par la toile. Mais le pire se produisit.

Au mois de septembre 1926, Marie-Josèphe

trouva sa fille en train de vomir dans la chèvrerie où logeaient quelques biques qu'elle allait promener autour de Condat. La mère, très inquiète, fit appeler le médecin. Il examina Mélanie.

— Eh bien... eh bien... fit-il en conclusion, plutôt embarrassé.

— Qu'est-ce qu'elle a donc, monsieur le docteur ?

— Elle a... elle a... que vous allez être bientôt grand-père et grand-mère. C'est plutôt une bonne nouvelle, non ?

Les deux parents semblèrent foudroyés. Ils demandèrent au médecin de garder le secret. Puis ils entreprirent leur fille pour lui faire reconnaître sa faute et lui arracher le nom du responsable. A cause d'elle, le déshonneur entrerait dans une famille estimée de tous, honorée par un vétérinaire et un prêtre. A moins de réparer par le mariage.

— Je ne serai pas le grand-père d'un bâtard ! affirma très fort Martin en tapant du poing sur la table.

Mélanie ne voulut rien révéler. Alors, elle fut chassée de chez elle :

— Emporte tes cliques et tes claques. Et ne reviens que lorsque tu auras régularisé ta situation. Lorsque tu seras pourvue d'un mari.

Ses cliques et ses claques comportaient un sac de voyage avec un peu de linge, les vêtements qu'elle avait sur elle et les deux cent treize francs de son livret de caisse d'épargne.

Elle se réfugia quelque temps à l'hôpital-hospice de Marcenat, où elle reçut les soins des sœurs de la Devèze, enfermées dans leurs cornettes comme les papillons dans leurs aurélies. Bientôt, le jeune Léonce sortit de la sienne. Mélanie l'emporta le plus loin qu'elle put du lieu de sa naissance. Une demi-sœur de sa mère, tante Alice, en résidence à Bagnac-sur-Célé, lui trouva une petite maison à Saint-Coutain, riche d'un jardin, de quelques arbres et de rosiers. Nul n'y sut d'où elle venait. On devina seulement que Léonce était un enfant du péché, car elle ne portait pas d'alliance. On l'accueillit avec réserve. Comme elle gagnait leurs deux vies en lavant la crasse des dames fortunées, elle eut de bonnes clientes dans les villages jumeaux.

Lorsque Léonce essayait de parler de son père, elle coupait court à ses questions :

— Il est mort. N'en parlons plus. Fais comme s'il n'avait jamais existé.

L'instituteur expliqua un jour que les escargots, différents des autres espèces animales, ne comportaient pas des mâles et des femelles, des garçons et des filles, mais une seule catégorie. En apprenant ce détail, le jeune Léonce se considéra comme un fils d'escargot. Le père, d'ailleurs, ne lui manqua pas trop dans ses premières années. Sa mère lui suffisait. Ensemble, ils firent toujours bon ménage. Quoique grande pécheresse, Mélanie l'éleva dans le respect et la crainte de Dieu. Tous les soirs, lorsqu'il avait fait ses devoirs et appris ses leçons en « bon élève », quand ils avaient dîné de soupe, de châtaignes et de fromage, ils priaient ensemble devant une image de la Vierge, chacun prononçant une moitié du *Je vous salue* et du *Notre Père*. Il ne se sentait pas vraiment orphelin, puisqu'il avait un Père aux cieux et monsieur Cholet à l'école.

— Si tu as besoin d'un secours, lui avait conseillé sa mère, tu t'adresses à Notre-Père-qui-êtes-aux-cieux. Tu fais un signe de croix et tu dis : « Aidez-moi, s'il vous plaît, à faire ceci... à faire cela... »

En classe, l'instituteur le voyait parfois se dessiner une petite croix sur la figure avant d'écrire son problème. Immanquablement, il trouvait la bonne solution : le périmètre, le nombre de piquets, le temps que mettraient les deux trains à se croiser... En principe, le signe de croix n'était pas de mise dans une école laïque ; le maître faisait mine de ne pas le remarquer.

Mélanie mangeait du pain avec tout, non seulement pour accompagner le lard, le fromage, les légumes, mais aussi avec les cerises, les pommes, les châtaignes. Pour elle, et par conséquent pour son fils, mettre dans sa bouche une fraise sans un taillon de pain eût été commettre un péché de gourmandise. On priait « Donnez-nous notre pain quotidien… » et non pas « Donnez-nous nos cerises quotidiennes… ». C'est lui que le prêtre distribuait le dimanche aux communiants sous la forme d'hosties. S'il en restait quelques miettes par hasard sur la table, elle les rassemblait au creux de sa main et se les envoyait dans le gosier. Jamais chez elle de « pain perdu ». Ce qu'ailleurs on désigne de cette appellation sacrilège – des tranches imbibées de lait et d'œuf battu, puis frites à la poêle – devenait chez les Bros des « soupes dorées ». Le lait jouissait presque de la même vénération. S'il lui arrivait d'en renverser un peu sur la table, elle se penchait et le lapait comme font les chats.

Les châtaignes ont donné leur nom à ce terroir du Cantal qui va de Boisset à Montsalvy : la Châtaigneraie. Région ensoleillée de vins, de fleurs et d'accent. Le sol offre parfois des rougeurs que la légende attribue au diable. Quand Dieu créa l'Auvergne, il la trouva un peu froide. Il fit appeler son Contraire et lui dit :

— J'aimerais que tu y places quelques touches de chaleur. Je t'autorise à y installer trois paroisses.

L'autre grimpa sur un rocher de basalte qui domine la vallée du Goul. Il arracha trois poils de sa barbe et souffla dessus. Le premier s'envola vers le midi et désigna, en touchant terre, l'emplacement de Montsalvy. Le deuxième vola vers le couchant et fonda Laroquebrou. Le dernier s'en fut vers le sud-ouest et y déposa le germe de Maurs. Quant au démon, il s'évapora, laissant derrière lui une telle odeur de brûlé qu'on nomma Roussy cette localité, et que les hommes se hâtèrent d'y bâtir une chapelle pour la désodoriser.

Au printemps, la Châtaigneraie est plus verte que rousse. Peu de champs, beaucoup d'herbages. De loin en loin, un mouchoir jaune de colza. Les châtaigniers tapissent les pentes des vallées, poussant, s'enchevêtrant, vieillissant comme il leur plaît, dépérissant comme il ne leur plaît guère. Pas toujours taillés, pas toujours entretenus. Certains avouent deux siècles d'âge.

En octobre-novembre, Mélanie Bros se louait aux propriétaires pour ramasser les bogues, les écraser du sabot, en tirer les marrons luisants et doux dont on remplissait des sacs. Ceux-ci étaient vendus aux « leveurs » qui les distribuaient dans le reste de la France. De la saison castagnaire, elle sortait les doigts criblés de fines piqûres, riche d'un peu d'argent et de vingt-cinq kilos de récolte qui assuraient leurs soupers pendant trois mois.

Depuis dix ans, Mélanie serait restée sans nouvelles de sa famille si, de loin en loin, elle n'avait reçu la visite de tante Alice qui lui en apportait, en même temps que quelques « pommes de Cons ». Elle savait par elle que Martin Bros vendait toujours des toiles, auxquelles il ajoutait maintenant des appareils ménagers, de la coutellerie, des postes de TSF. Fortune faite, il envisageait de se retirer à

Condat ; non point dans leur vieille bâtisse, mais dans une demeure à l'image de sa réussite, genre « castel », avec couverture de lauzes, murs en pierres de taille, tourelles pointues, terrasse, jardins, bassin à carpes et à poissons rouges.

— Il ne lui manquera plus, raillait tante Alice, qu'à se faire construire un monument au cimetière.

Allusion à ces mausolées par lesquels les toiliers aimaient se donner en exemple aux générations à venir, et sur lesquels ils faisaient graver cette épitaphe : *Ci-gît un Auvergnat qui n'était rien et qui devint quelque chose.*

Le vétérinaire en Bourbonnais et le missionnaire en Chine poursuivaient la carrière qu'ils avaient choisie.

5

Après une semaine d'absence, Flora Margoël revint en classe avec un billet d'excuse : elle avait souffert d'une crise d'asthme. Léonce chercha ce mot dans le dictionnaire de la bibliothèque. Il eut de la peine à le trouver ; il ne s'écrit pas comme il se prononce. Il découvrit avec frayeur que c'est un mal inexplicable, qui empêche de respirer ; on le combat avec des fumigations de belladone. A la dérobée, il observait souvent sa voisine. Son visage d'ange maigre lui serrait le cœur.

Il n'était pas d'un naturel gourmand. Une orange par an, quelques pommes de Cons apportées par tante Alice, une poignée de cerises suffisaient à le gâter. Sa mère l'obligeait, comme elle faisait elle-même, à les consommer avec un peu de pain pour combattre les effets de la douceur.

— Faut se méfier du doux, conseillait-elle, parce que la vie est amère.

Le miel, la confiture, le chocolat ne paraissaient jamais chez eux. Afin qu'il y attachât plus de prix, elle l'habitua très vite à gagner sa nourriture, et non pas à la recevoir sans effort, comme les oisillons qui n'ont qu'à ouvrir le bec. Il lui prêtait la main dans son travail de lavandière, entretenait le feu sous la lessiveuse, l'aidait à tordre les draps et à les étendre sur les cordes. Il piochait au jardin, portait les paniers, triait les pommes de terre. Le jeudi, jour sans école, elle le munissait d'un vieux couteau et l'envoyait couper de l'herbe pour les lapins. Il la prenait sur les talus, au bord des routes et chemins, là où elle n'appartient à personne, qu'à ceux qui la ramassent. Il la liait en gerbes avec une tige de genêt tendre. Les lapins en sentaient de loin l'odeur verte et, à son approche, remuaient le nez éperdument.

Il se plaisait spécialement à la cueillir sur les rives du Céliou, un ruisseau qui coulait en contrebas de la maison des Margoël. De cet endroit, il pouvait apercevoir les fenêtres, la terrasse, la cour et, avec un peu de chance, Flora en robe blanche et ceinture noire, Flora jouant au yo-yo, Flora caressant son chien, Flora lisant un livre sous un parasol.

Ce jour-là, comme d'habitude, avant de tailler son herbe, selon le conseil de Mélanie, il appela d'une courte prière Dieu à son aide : « Seigneur, faites que je voie Flora Margoël. » Il ne distinguait, sous le soleil ardent, que le jardinet et la cour vides, que les roses en agonie qui penchaient la tête. Il se représenta Dieu, au paradis, en train de siroter une boisson fraîche. A cause de son grand âge et la chaleur aidant, Il devait souffrir un peu de surdité. Léonce renouvela son imploration : « S'il vous plaît… j'aimerais bien que… »

Et il fut exaucé. Un chantonnement lui parvint :

— Sans parler… Sans rire… Sur un pied… Sur l'autre… Sans regarder…

Flora jouait seule à la balle dans la cour. Elle en modulait les lancers. Il s'arrêta lui-même de respirer pour mieux entendre cette voix de cristal.

Soudain, un cri. La balle venait d'échapper à la fillette. Elle roula sur le versant gazonné, rebondit, tomba dans le Céliou en faisant plouf. Le courant l'emportait. Léonce la poursuivit, perdant ses sabots en route. Il sauta dans le ruisseau, parvint à la repêcher, revint sur ses pas, trempé jusqu'aux hanches. Il ressentait avec bonheur les piqûres des ronces sur ses jambes. Comme il remontait la pente, il rencontra Flora qui la dévalait à son tour.

— Ta balle, dit-il en la lui présentant toute mouillée.

— Oh ! Merci ! Merci !

Elle tendit les bras, l'embrassa sur les deux joues.

— Tu risquais de te noyer, pour une balle !

— Non, non. Je connais bien le Céliou. Je sais où il est profond et où il ne l'est pas.

— N'empêche...

— Bois de campêche !

Ils rirent ensemble. C'était la première fois. Elle voulut savoir ce qu'il faisait là.

— Je ramasse de l'herbe pour nos lapins.

— Vous avez des lapins ?... Des gros ou des petits ?

— Des deux sortes.

— Comme j'aimerais les voir ! J'adore les petits lapins, les petits chiens, les petits chats.

— Eh bien, si tu veux, tu viendras les voir. Tu sais où j'habite ?

— Oui. La maison bleu-vert, à la sortie du village.

Il est vrai que sa façade était bleu-vert, à cause d'une treille assidûment sulfatée par les locataires successifs. Oubliant l'herbe et les lapins, ils jouèrent à la balle. Se la jetant simplement comme au vieux jeu de paume. Il put toujours la rattraper avant qu'elle ne retournât au Céliou. Puis ils s'assirent sur le talus.

Il tira de sa musette la *vespreyro*, le goûter que sa mère lui avait préparé : des taillons de fromage entre deux tranches de pain gris. Flora examinait avec curiosité cette sorte de nourriture.

— Tiens, dit-il, on partage.

Il brisa la *vespreyro* en deux moitiés.

— Mais... fit-elle, prenant quand même sa part.

— Fais-moi plaisir. Mange-la.

— Je ne sais pas si j'aimerai.

— Essaie.

Pour lui montrer, il enfonça les dents – que sa mère appelait des « pelles », parce qu'elles étaient blanches et larges – dans la sienne. Flora voulut bien l'imiter. Longtemps, le premier morceau resta dans sa bouche, mastiqué patiemment, comme s'il peinait à descendre.

— Faut avaler, l'encourageait-il.

Le second suivit le premier. Le troisième suivit le second. Léonce riait des yeux, comme si c'eût été une victoire. Quand elle eut tout fini, il émietta un peu de mie qui lui restait, en remplit sa paume, la lui tendit. Après une hésitation, elle enfonça le museau dans ces débris, les poursuivit de ses lèvres et de sa langue, fit enfin place nette.

— J'ai une chatte, expliqua-t-il, qui aime à manger comme ça dans ma main.

— D'accord. Je serai ta minette.

— Tu vois bien que tu es capable de manger !

Le repas terminé, leurs mains jointes, ils restèrent couchés sur l'herbe du talus, regardant le ciel où flottaient des nuages blancs pareils à des choux-fleurs. Sans parler, sans rire, sans respirer. Quoiqu'il sentît ses fesses encore humides, cette menotte prisonnière lui communiquait une chaleur infiniment douce. Il ferma les yeux pour mieux la goûter. Très haut, dans le bleu, invisibles, des alouettes poussaient des cris de joie.

Après un long moment d'extase, il sentit frémir les doigts de la fillette, devina qu'elle allait le quitter, chercha en parlant à la retenir encore un peu.

— Quel âge as-tu ?

— Neuf ans et demi.

— Moi, dix et demi. Je suis ton aîné, tu me dois le respect

— Je te respecte.

— Tu as des frères ou sœurs ?

— Non, je suis seule.

— Moi non plus je n'ai personne. Pas même un père. Juste ma mère.

— Je sais. Tout le monde dit que tu es un bâtard.

Il avait entendu courir ce terme derrière lui ; Tirabi le lui avait jeté à la figure. Mais il fit semblant de ne pas le connaître :

— Qu'est-ce que c'est, un bâtard ?

— Je sais pas bien, mais c'est pas joli. Pour moi, tu n'es pas un bâtard. Tu as failli te noyer pour repêcher ma balle. Tu es mon ami.

— Toi de même, tu es mon amie.

Ils entendirent une voix féminine appeler : « Flora ! ! Flora ! Où es-tu ? »

— C'est ma mère. Faut qu'on se sépare.

— Pour de bon ?

— Pour de bon... Personne ne veut être mon ami, à cause de mon œil blanc.

— Moi, je veux bien. Tu as un œil blanc et je suis bâtard.

Ils convinrent de se retrouver au même endroit le jeudi suivant. Comme elle allait s'éloigner, il lui demanda si elle souffrait encore de son asthme, qui gêne la respiration.

— Moins, répondit-elle. Beaucoup moins.

Elle remonta la pente herbeuse. Elle se retourna pour crier :

— A jeudi.

— N'oublie pas de respirer ! recommanda-t-il.

Avant le jeudi suivant, ils se revirent en classe. Leur voisinage les favorisait. C'eût été un coude-à-coude sans l'allée centrale. A chaque instant, il la dévorait des yeux. Si peu attentif aux paroles de monsieur Cholet que celui-ci dut l'envoyer au fond de la classe. Ricanements derrière son dos. Non pas à découvert : ricanements invisibles, bouches fermées, joues immobiles, gloussant au fond des gorges sans qu'on pût découvrir d'où ils provenaient, sûrs de l'impunité.

La semaine lui parut interminable. Sa pensée était tellement loin de la géométrie et des participes passés que le maître finit par s'alarmer. Il le prit à part pendant une récréation :

— Qu'est-ce qui se passe, Bros ? Tu es présent, et tu as l'air absent. Est-ce que tu as des ennuis chez toi ?

— Non, m'sieur.

— Personne de malade dans ta famille ?

Sa famille, c'était sa mère, sa grand-tante Alice, les lapins, les poules, sa chatte Noiraude.

— Non, m'sieur.

— Toi-même, ça va ? Tu dors bien ? Tu manges bien ?

— Oui, m'sieur.

Il lui posa une main sur la tête, affectueusement, avec cette conclusion :

— Je crois deviner la nature de ton mal. Mais c'est ton secret, et je ne veux pas te le prendre. Je te conseille seulement de moins porter en classe tes regards vers la droite. De regarder plus souvent devant toi, vers le tableau noir, vers moi lorsque je parle. Tu t'en trouveras bien.

Léonce se sentit le cœur gonflé d'amour pour un maître si clairvoyant, dont la pensée pénétrait en lui comme les rayons X.

Dès le lendemain, il eut à subir une épreuve. Voulant vérifier si ses élèves moyens et grands avaient bien assimilé les caprices des participes, monsieur Cholet ordonna :

— Sortez vos ardoises. Je vais vous dicter des phrases contenant un participe passé. Ecrivez-le tout seul, et levez bien haut votre ardoise. Attention, je commence. « Quel joli bouquet de violettes !

Quand les avez-vous cueillies ? » Ecrivez seulement *cueillies*.

Tous se penchèrent, les sourcils froncés. Des regards obliques cherchèrent à lire chez le voisin ou la voisine, qui protégeait jalousement sa version en élevant, au moyen d'un buvard, une cloison anticopiage. Chaque écolier était alors pourvu de ces feuilles gratuites que délivraient les pharmaciens, les épiciers, les buralistes.

Léonce comprit très bien que *cueillies* devait s'accorder avec *violettes*. Cependant, il se trouva embarrassé par la première syllabe du mot, comprenant que la lettre *c* devant *eu* doit se prononcer comme dans *ceux-ci*. Comment donc lui conserver le son *k* ? Il écrivit *queuillies*.

Toutes les ardoises se lèvent. Les yeux de monsieur Cholet courent de l'une à l'autre. L'index pointé, il lance ce double jugement :

— Juste et juste... Juste et faux... Faux et faux...

A Léonce, il dit :

— Faux et juste.

Il en vient aux explications :

— Le participe s'accorde avec le complément d'objet direct placé avant. Donc, terminaison *ies*. Mais il y a un autre piège. Plusieurs d'entre vous ont écrit le commencement *ceu*... ce qui doit se prononcer *seuillies*. Quelqu'un, Léonce Bros, a fait une faute intelligente en écrivant *queuillies*, comme *queue* du chat. C'est que la langue française a voulu conserver le *c* qui lui vient du latin *colligere*, un parent de *collection*. Elle a trouvé la mauvaise solution d'inverser après le *c* les deux voyelles. On devrait prononcer *cué-yir*, on prononce quand même *queue-yir*. Pourquoi n'a-t-on pas dit *co-yir* ? Parce que les Gaulois ouvraient moins la bouche que les Romains. Sans doute à cause du climat, plus froid chez nous que chez eux. Ainsi quand Jules César disait *cor, terror, protector*, les Français disent *cœur, terreur, protecteur* parce que ça refroidit moins le gosier.

Monsieur Cholet expliquait merveilleusement les choses. Toute la classe sut alors conjuguer *je cueille, tu cueilles, il cueille* sans recourir à la queue du chat. Léonce faisait de grands efforts pour mieux suivre ses leçons et porter ses regards ailleurs que sur sa voisine.

Le jeudi vint enfin. Il alla couper de l'herbe au bord du Céliou, emportant sa *vespreyro* dans sa musette, composée cette fois de pain et d'omelette froide. Flora jouait à la balle comme la semaine précédente. Sans parler. Sans rire. Sans respirer. Quand elle le vit préparer sa gerbe, elle la jeta dans sa direction, criant :

— Attrape !

Puis elle descendit à son tour. Ils se regardèrent, se tendirent les mains. Ses cheveux sombres tombaient en bousculade sur ses épaules. Des guiches dissimulaient par-devant son front et son œil sans couleur. Elle sourit, ses dents brillèrent. Il essaya de faire de même ; mais il réussit seulement à étendre les lèvres, retenu par sa timidité.

« Tu ne souris jamais, lui reprochait sa mère.

— Mais si, quand j'ai l'occasion.

— Tu as toujours l'air un peu triste. »

Il haussait les épaules. Non, il ne sut jamais sourire sur commande. Quand il éprouvait du bonheur, celui-ci ne paraissait guère sur sa figure. Il le cachait sous sa chemise.

Flora et lui se renvoyèrent la balle un moment. Puis ils s'assirent sur l'herbe courte, il sortit la *vespreyro* et la partagea avec justice.

— C'est bon, dit Flora quand elle eut fini. Et maintenant, est-ce que je peux manger dans ta main ?

Comme la première fois, il émietta le pain dans sa paume. Elle y plongea le nez. Le chatouillement de ce museau de chatte le fit frissonner jusqu'au cœur.

— Tu avais faim ? s'étonna-t-il.

— Depuis quelques jours, l'appétit m'est un peu revenu.

Quand le goûter fut consommé, ils s'allongèrent encore pour regarder le ciel. Leur silence les enveloppait comme une couverture. Ils s'entendaient respirer. Haleter un peu. Avaler leur salive. Bouger les orteils. La première, Flora parla pour demander :

— Qu'est-ce qu'on fait ?

— Jouons aux devinettes.

— Je n'en sais pas beaucoup.

— Moi si. Ma tante Alice me les a apprises. En patois. Je commence : *Col sen cap, gorjo sen gouleyou, bentre sen tripa, cuol sen perthù.*

— Je n'ai rien compris.

— Je te traduis : Cou sans tête, bouche sans gosier, ventre sans tripes, cul sans trou. Qu'est-ce que c'est ?

Ils rirent tous deux parce qu'il avait osé dire *cul*, un gros mot que les bons élèves ne prononcent jamais.

— Je sais plein de gros mots, se vanta-t-il. Je les attrape dans la cour de récréation. Des mauvais élèves. Boutaric est un champion, il les connaît tous.

Ce Boutaric était un drôle de merle. Absolument nul en classe, il affirmait que sa tête était entièrement remplie et qu'il ne pouvait plus rien mettre dedans. Remplie surtout de vilains mots.

— Apprends-les-moi, demanda Flora Margoël.

— Non, non. Toi, tu es une fille et je te respecte. Ici, *cuol*, c'est seulement à cause de la devinette.

— Je donne ma langue aux chats.

— La bouteille.

Elle constata émerveillée que la bouteille

correspondait bien aux indices fournis. Puis il lui demanda qui a le ventre entre les deux oreilles (l'écuelle) ; qui passe puys et combes sans faire d'ombre (le son des cloches) ; qui dîne à la table de l'évêque sans être invité (la mouche) ; qui a des jambes et ne marche pas (la table) ; qui traverse un bois et ne peut traverser un ruisseau (le feu) ; qui a tant valsé que son ventre a gonflé (le fuseau de la fileuse). Elle ne trouvait jamais la réponse. Les devinettes sont conçues pour ne pas être devinées. Mais elle ne s'en lassait point. Encore ! Encore !

Une seule fois, elle lui demanda qui est blanc la nuit et noir le jour (le curé). On racontait qu'avant de se coucher, les prêtres enfilaient une chemise blanche qui leur tombait jusqu'aux chevilles. Léonce n'osa dire que lui ne couchait pas dans une chemise de nuit ; qu'il dormait dans sa chemise de jour.

Lorsqu'ils eurent épuisé leur répertoire, ils se turent de nouveau, contents d'être près l'un de l'autre, de se tenir par la main. Soudain, Flora se remit à parler :

— J'aimerais bien que tu sois mon frère.

— Ton frère ? s'étonna-t-il.

— Oui. Je n'ai ni frère ni sœur. Je m'ennuie à la maison. Je ne sais pas avec qui jouer.

— Moi non plus. Mais je ne m'ennuie pas. Je travaille.

— A table, c'est aussi ça qui me coupe l'appétit.

— Moi, je mange.

Ils n'étaient point pareils en tout. Mais la fille d'un géomètre-arpenteur ne pouvait ressembler complètement au fils d'une lavandière. Elle insista :

— Veux-tu que nous soyons désormais comme frère et sœur ? Pas besoin d'en parler à personne. Ça sera notre secret.

L'idée de devenir le frère de Flora et de partager un secret avec elle l'éblouit. Il approuva de la tête et des mots :

— Oui, oui, oui.

— Personne ne doit le savoir. Ni ta mère, ni tes copains.

Afin de sceller leur union, elle proposa d'échanger des gages. Il ne fut pas embarrassé, ayant les poches remplies d'*antibranle*, comme disait sa mère, de choses disparates et sans valeur : un sifflet, des boutons, des cailloux colorés, des billes, une ficelle, une cartouche vide mais qui sentait encore la poudre. Elle choisit une agate en verre, teintée de bleu et de rouge, si belle qu'on y aurait cru un arc-en-ciel prisonnier. Elle s'excusa du peu qu'elle avait ; les filles n'ont pas de poches.

— Je n'ai que mon mouchoir. Il est propre. Je ne m'en suis pas servie.

Un ravissant carré de batiste brodé de ses initiales, *F.M.* Il le prit avec enthousiasme, y enfonça son visage, il sentait le doux, le tendre, le sucré.

— Je dirai à ma mère que je l'ai perdu.

Elle eut un petit rire. Dans tout secret, il y a une part de mensonge. Ainsi, chacun riche d'un peu de l'autre, ils restèrent encore un long moment silencieux. Ils entendaient le Céliou dont le glouglou ressemblait à un gargarisme.

— Je trouve, dit Léonce, que ton mouchoir a une odeur. La tienne.

— Une odeur ? Vraiment ? Je sens mauvais ?

— Non, non. Au contraire.

— Quel genre d'odeur ?

— Je ne sais pas... On dirait... le goût du biscuit. Tu sais : *Petit Lu*. Ma tante Alice en apporte quelquefois un paquet à la maison.

— Je sens donc le *Petit Lu* ?

— Est-ce que chez toi on se parfume ?

— A la savonnette. A l'eau de Cologne.

— Ce n'est pas du tout ce genre.

— Alors, c'est mon odeur naturelle. Voilà.

— Sûrement. Ton odeur naturelle. Ça donne envie...

— Quelle envie ?

— De te mordre. De te manger.

Leurs deux rires éclatèrent ensemble.

— Et moi ? demanda-t-il. Qu'est-ce que je sens ?

Elle hésita, le flaira un peu.

— Rien, avoua-t-elle.

— Vraiment rien ?

— L'herbe, peut-être.

— L'herbe des lapins.

Ils durent se quitter.

— A jeudi prochain... On s'embrasse, puisque, à présent, nous sommes frère et sœur.

Ils échangèrent trois baisers, suivant l'usage d'Auvergne. Les joues de Flora, quoique un peu plates et pâlichonnes, avaient la douceur des dragées.

Cela devint une habitude : sur la pente qui descendait vers le ruisseau, ils restaient ensemble une heure environ, ils pouvaient le contrôler à l'horloge du clocher nicolaud. La petite mangeait d'abord dans sa paume, comme une minette. Puis ils passaient aux choses de l'esprit. Ils s'instruisaient l'un l'autre. Chez elle, Flora ne parlait jamais le patois. Elle lui demanda de le lui apprendre. Il devint ainsi professeur de patois au profit d'une élève unique. Elle posait des questions :

— Comment dit-on oreiller ?

— *Capcoïssin*. C'est le coussin de la tête.

— Ecureuil ?

— *Esquirol*.

— Comme le sacristain de Saint-Christophe !

C'était une chose à mourir de rire que, chaque dimanche, un écureuil sonnât les cloches.

En échange, elle lui enseignait les chansons à la mode parce que ses parents possédaient un phonographe et une collection de disques. Les derniers succès de Lucienne Boyer et de Jean Sablon :

Parlez-moi d'amour et *Couchés dans le foin*. Cette dernière leur convenait spécialement puisqu'ils la chantaient couchés dans l'herbe. Mais la douceur sirupeuse de la précédente envahit tellement Léonce qu'il ne put s'en débarrasser l'esprit pendant des semaines. A tout moment, sauf en classe, il la fredonnait sans considération des lieux ni des témoins :

Parlez-moi d'amour,
Redites-moi des choses tendres.
Votre beau discours,
Mon cœur n'est pas las de l'entendre...

Un jour qu'il osait la chantonner ainsi dans la cuisine tout en épluchant des pommes de terre aux côtés de Mélanie, celle-ci entra soudain en rage :

— Qu'est-ce que c'est que cette chanson idiote ?

— Elle est à la mode, dans les phonographes.

— Où as-tu ramassé ça ?

— A l'école, tout le monde la connaît.

— C'est monsieur Cholet qui vous l'a apprise ?

— Oh non... Dans la cour de récréation, les copains.

— Tu vas me faire le plaisir de fermer ta boîte à musique. Et de te mettre dans la tête des choses plus sérieuses. L'orthographe, le calcul et je sais pas quoi. C'est pas avec ce genre de sottises que plus tard tu gagneras ton pain.

Manifestement, Mélanie n'aimait pas l'amour. Si, de loin en loin, en faisant sa lessive, il lui arrivait de fredonner, c'étaient toujours des bourrées patoises qui parlaient de marmite, de la Saint-Jean, du roi sur son trône, ou simplement disaient tra-la-la-lère... Ça ne portait tort à personne.

Léonce baissa la tête sur ses patates. Mais ensuite, l'épluchage terminé, il alla se réfugier dans l'appentis des lapins. Et c'est devant leur cage, tandis qu'ils remuaient le nez en signe d'approbation, qu'il put chanter à son aise *Parlez-moi d'amour*.

Depuis qu'il partageait ses goûters avec elle, Flora avait repris goût à la nourriture. Son visage commençait à se remplir, ses bras et ses jambes à s'étoffer. Pendant les récrés, elle se mit à sauter à la corde avec ses compagnes ; cependant que les gars, loin d'elles, jouaient aux barres ou aux billes. Il était rare qu'un même jeu les réunît ; cela se produisait pourtant de loin en loin, à l'initiative du maître, pour une partie de « pied de grue ». Tous les élèves se disposaient en cercle, les yeux tournés vers le centre. L'un d'eux, tiré au sort et muni d'un chiffon, courait hors leurs dos ; après plusieurs feintes, il laissait tomber sa guenille derrière tel ou telle. Si le joueur ainsi désigné s'en apercevait, il la ramassait et courait de même pour en désigner un autre. Si, au contraire, il ne s'en apercevait point, le coureur qui avait lâché le chiffon, ayant achevé son tour, lui tapait sur l'épaule et le poussait au milieu du rond où il faisait le « pied de grue », une jambe levée, jusqu'à ce qu'un autre étourdi vînt prendre sa place. Il lui était seulement permis de changer de pied de temps en temps. Excepté pendant ce jeu collectif, Léonce et Flora se tenaient éloignés l'un de l'autre afin de ne pas laisser soupçonner leur parenté élective.

Ils se voyaient aussi le dimanche à l'église où les Margoël paraissaient dans leurs plus beaux atours. La petite portait une robe d'organdi très gonflante qui lui donnait du volume. Madame Margoël était une croyante ostentatoire. Elle prononçait les répons d'une voix infaillible : *Et cum spiritu tuo... Habemus ad Dominum...* Dans les cantiques, elle surmontait si bien les autres qu'on n'entendait plus qu'elle.

Mélanie Bros, se sachant grande pécheresse, chantait et répondait du bout des lèvres pour ne pas se faire remarquer. Son fils, qui aimait la musique, y mettait autant de conviction que dans *Parlez-moi d'amour*. Au milieu de l'église illuminée, ses regards et ceux de sa sœur se cherchaient et se confondaient.

Elle lui demanda comme une grande faveur le droit d'aller voir ses lapins. Mais elle dut aussi obtenir la permission de madame Margoël. Celle-ci fronça d'abord le nez, finit par y consentir à condition d'être de la partie. Un jeudi après-dîner, Mélanie vit donc paraître dans sa cour la mère et la fille endimanchées. Le chien fit un peu de vacarme, ce qui lui valut d'être enfermé dans la souillarde. Avertie par son fils de cette probable visite, Mélanie avait ôté son tablier de ménagère et endossé sa robe à petits carreaux qu'elle ne prenait que dans les grandes occasions. Comme si elle devait comparaître devant le photographe. Plutôt longue, à la mode ancienne, elle lui donnait le biais d'une grand-mère, quoiqu'elle eût à peine trente-deux ans. Elle salua respectueusement l'épouse du géomètre-arpenteur, lui fit des compliments sur la joliesse de sa demoiselle, dont elle ne sembla pas remarquer les yeux vairons.

— Votre garçon et ma fille sont de bons camarades. Et Flora serait heureuse de voir vos lapins, si vous le voulez bien.

— Avec plaisir, madame. Avec grand plaisir.

L'instant d'après, ils furent tous quatre devant les cages. De nouveau, madame Margoël fronça un peu le nez à cause des odeurs ; mais la gentillesse des lapereaux, la douceur de leur poil gagnèrent son indulgence. Flora voulut en tenir un entre ses mains et sur son cœur ; elle se préparait à le baiser entre les oreilles quand sa mère la reprit :

— On n'embrasse pas les animaux. Ils donnent des maladies.

— Pas les miens ! protesta doucement Mélanie.

— Sans doute. Je dis cela en général. C'est une précaution d'hygiène.

— Bien sûr, bien sûr.

Flora et le lapereau se contentèrent des caresses.

Après la visite au clapier, Mélanie invita les deux arpenteuses à goûter d'une galette aux châtaignes qu'elle avait préparée spécialement pour cette occasion. S'étant pour la forme fait un peu prier – « Ce n'était pas la peine de vous mettre dans des frais ! Vous n'auriez pas dû ! » –, la dame accepta de s'asseoir à la table de la cuisine. Et elles firent honneur à la pâtisserie en buvant de la tisane de mélisse. Jamais Flora n'avait montré tant d'appétit.

Avant de repartir, madame Margoël s'excusa d'être venue les mains vides. En compensation, elle sortit de son sac un billet de cinq francs qu'elle prétendit donner à Léonce. Mélanie protesta à son tour.

— Vous ne pouvez refuser. Il le mettra sur son livret de caisse d'épargne. Ne me remerciez pas. C'est nous qui vous remercions.

Il y eut ensuite un échange de baisers et les deux dames prirent congé le plus gracieusement du monde. Mélanie ne leur apprit pas que son fils ne possédait pas encore de livret de caisse d'épargne. Il mit la coupure dans une boîte à sucre en carton qui lui servait de porte-monnaie.

6

L'accord ayant été signé entre les maires, messieurs Rabanel et Brandalac, il ne restait plus qu'à tracer la ligne blanche qui séparerait les deux moitiés de Saint-Coutain. Ils s'étaient entendus pour confier la responsabilité de cette délicate opération à monsieur Margoël, qui avait fait des études de géométrie et d'arpentage attestées par la plaque de cuivre qui ornait sa porte. Comme prévu, cet expert consulta les plans cadastraux et releva minutieusement le parcours de la fameuse frontière. Travail qui lui prit cinq bonnes semaines. Au bout desquelles, il se munit de ses instruments, décamètre, jalons, équerres, compas, boussole, goniomètre, et commença un premier tracé à la craie, qui devait ménager des surprises.

Celle, d'abord, du dessin général. Venant de Montmurat et se dirigeant d'est en ouest vers

Saint-Julien-de-Piganiol, la rue principale parcourait une double courbure que les géomètres nomment sinusoïde. Pourquoi cet S majuscule ? Seuls les Constituants de 1790 auraient pu l'expliquer.

Celle, ensuite, des chaussées. Les unes étaient pavées, d'autres en caillasse, d'autres en simple terre battue. Pour assurer la durée de la ligne, il fallait donner aux plus incertaines une assise à chaux et à sable.

Celle, enfin, de ses caprices. Il se trouva, par exemple, qu'elle divisait la maison de madame Laroussinie en deux moitiés inégales : le vestibule, la salle à manger, la cuisine appartenaient à l'Aveyron ; le salon, la bibliothèque appartenaient au Cantal. La demeure avait été construite avant la création des départements, sans trop se soucier de la frontière entre Auvergne et Guyenne. Naturellement, il n'était pas question de peindre une ligne blanche sur ses planchers ; elle arriverait à la base de la muraille d'enceinte et se poursuivrait au-delà de la propriété.

Le cas du boulanger Boissié fut plus étrange encore. Malgré ses sentiments farouchement auvergnatophiles, il s'aperçut avec stupéfaction que son fournil seul était cantalien ; que tout le reste de sa boutique reposait sur la terre nicolaude. Il avait toujours servi avec le sourire les habitants des deux paroisses, ceux qui lui demandaient *do po* comme ceux qui voulaient *de pan.* Il craignit que ce partage ne lui fît perdre une partie de sa clientèle et mit en vitrine un écriteau qu'il rédigea avec l'aide d'Ernestine Counil, la porteuse de dépêches et d'idées :

> *La maison informe son aimable clientèle*
> *qu'elle ne fait pas cuire un pain politique,*
> *mais un pain purement nourricier*
> *composé avec les meilleures farines du*
> *Cantal et de l'Aveyron. Elle poursuivra*
> *en justice ceux qui prétendront y trouver*
> *des qualités partisanes.*

A la vérité, il était le seul boulanger des deux paroisses, donc sans concurrent ; mais les fidèles de saint Nicol disposaient d'un four communal où quelques-uns cuisaient leurs propres tourtes.

Le comble des bizarreries fut atteint chez un nommé Lours, jardinier de profession. Pour entrer chez lui, il devait monter cinq marches. Deux appartenaient au Cantal, trois à l'Aveyron. Informé de cette singularité, il prenait plaisir, en se levant tôt le matin, quand personne encore ne fréquentait les rues, à bien se placer en altitude et à pisser sur le département voisin.

Monsieur Margoël enfonça donc ses jalons aux bons endroits. Il se fit aider par Verjus, le cantonnier boiteux, manchot et municipal, qui exerçait aussi les fonctions d'éboueur. Celles-ci consistaient à parcourir les rues de Saint-Coutain-des-Sources une fois par semaine avec son cheval et son tombereau. Il vidait le contenu des poubelles disposées devant les portes, souvent pleines aux trois quarts seulement. En ce temps-là, les familles produisaient peu d'ordures. Le bois, le papier, les cartons brûlaient dans les cheminées et les fourneaux ; les cendres fumaient les jardins en compagnie des épluchures et fruits gâtés ; les bouteilles de verre, pieusement conservées, pouvaient servir deux générations. Les vieux chapeaux, les vieilles fripes devenaient épouvantails. Restaient les tessons, les ferrailles irrécupérables, les gravats. Maurice Verjus les enlevait et les transportait à la décharge, en bordure d'une route que ces immondices avaient entrepris d'élargir. Il voyageait sur sa limonière. Tout le monde le connaissait et le respectait, il avait perdu son demi-bras gauche à Verdun, remplacé par un crochet ; ce qui ne l'empêchait pas d'accomplir ses diverses besognes.

Il fut donc chargé de creuser, là où il le fallait, l'assise de la frontière. De sa main droite et de son crochet, il manœuvrait la pioche aussi adroitement qu'un cantonnier complet. Il combla ces rigoles de mortier, tassa le tout au pilon, laissa sécher. Enfin, il empoigna le pinceau et le seau de peinture. Tout cela sous les yeux de monsieur Margoël. Il y avait foule autour d'eux, pour les voir opérer. Les deux maires vinrent constater qu'ils suivaient rigoureusement les données du plan cadastral. Branlant la tête, fronçant les sourcils. La ligne passa entre les deux églises, entre les deux mairies, entre les deux écoles, fendit le champ de foire en deux hémicarpes.

— Qu'est-ce qu'on fait pour le monument aux morts ? demanda le maire nicolaud. On le partage aussi ?

Monsieur Rabanel se tira la barbe comme font les sages avant de répondre :

— Non, laissons-le hors de nos chicanes. Je propose qu'il jouisse de l'exterritorialité. Comme une ambassade.

Les deux magistrats scellèrent leur accord par une poignée de main.

Depuis que le monde est monde, personne n'avait jamais peint sur une chaussée en terre battue. Maurice Verjus avait bien conscience de cette première. Il travaillait avec une attention extrême, fermant parfois un œil comme lorsqu'on vise au fusil. Douze centimètres de large, six de chaque côté de la ligne médiane tracée par monsieur Margoël. Il avait pris pour mesure la largeur de son soulier, ce qui libérait sa main et son crochet.

Il lui fallut trois jours pour passer la première couche, sur huit cents mètres de long. Après séchage, trois autres jours pour la seconde. Il consomma cent soixante kilos de peinture. Le principal accroc fut que des vandales ou des contestataires piétinèrent nuitamment la ligne encore fraîche en certains endroits et imprimèrent leurs semelles aux alentours.

— Rassemblons, proposa le père Rabanel, toute la population et examinons les semelles.

— Les coupables, objecta Brandalac, ont sûrement des chaussures de rechange.

Verjus dut faire des retouches et consacrer plusieurs nuits à la surveillance. La troisième couche et quatre-vingts autres kilos de Ripolin conférèrent une parfaite résistance. La ligne supporta désormais les pieds et les roues. Il entrait d'ailleurs dans les attributions de Maurice de l'entretenir, de la balayer, de la laver, de la rafraîchir.

Tout de suite, comme l'avait prévu Boissié, son inventeur, ce fut un succès touristique. Profitant des congés payés institués par les accords de Matignon, des salariés vinrent de partout, à pied, en vélo, en tandem pour admirer cette ligne qui coupait un village en deux comme le fil coupe une motte de beurre.

— C'est vraiment incroyable ! entendait-on dire et répéter.

Et beaucoup pratiquaient le petit jeu qui consistait à se placer sur un département et à pisser sur l'autre. Un photographe en tira des cartes postales illustrées. Un sculpteur sur pierre créa, sur le modèle du petit bonhomme qui orne une fontaine bruxelloise, un Manneken Piss qu'il demanda la permission d'installer au fond de la place du Monument juste sur la frontière, avec, lui aussi, privilège d'exterritorialité.

Léonce Bros était privilégié d'une autre façon. Joseph Cayla – mais il exigeait qu'on l'appelât simplement Jo hors ses fonctions ecclésiastiques – l'avait choisi pour être enfant de chœur et porteur de la croix pour deux raisons : il était costaud, et à dix ans il en paraissait douze ; et pour sa grande piété, qu'accompagnait une excellente mémoire qui lui permettait de placer les *Amen*, les *Deo gratias* juste au bon moment. Il savait présenter les burettes, secouer la sonnette, balancer l'encensoir, promener la corbeille de la quête comme un professionnel. Jo, dont la largeur d'idées précédait son époque de plusieurs siècles, voulait également honorer cet enfant d'une fille mère, ce paria entre les parias. Sachant qu'au jour du Jugement, les premiers seront les derniers et les derniers seront les premiers. Mélanie Bros se montrait aussi d'une parfaite piété et ne manquait point la première messe du dimanche.

Voulant faire oublier sans doute sa naissance scandaleuse, elle avait insisté pour que Léonce fît sa première communion dès l'âge de neuf ans. Elle s'était saignée aux quatre veines pour lui acheter un costume neuf à Maurs, chez Conchon-Quinette.

Avec un brassard blanc. Venu le dimanche solennel, dans l'église tout illuminée, il avait, en compagnie de cinq autres, fort bien répondu aux questions du prêtre :

— Etes-vous chrétien ?

— Oui, je suis chrétien par la grâce de Dieu.

— Qu'est-ce qu'un chrétien ?

— Un chrétien est celui qui a reçu le baptême.

— Pourquoi désirez-vous recevoir la sainte communion ?

— Je désire recevoir la sainte communion parce que Jésus a dit : « Si vous ne mangez pas de ma chair, vous n'aurez pas la vie en vous. »

Comme les réponses étaient prononcées en chœur, il aurait pu d'ailleurs marmonner n'importe quoi, Pince-mi et Pince-moi sont dans un bateau, ou une autre sottise. Il n'en était pas question : il désirait vraiment être un parfait chrétien comme sa mère.

Suivit une petite fête à laquelle Mélanie invita tante Alice, Ernestine Counil, Verjus le fontainier et sa femme. Elle leur servit une somptueuse soupe aux choux ; ce légume pousse partout en Auvergne et il fait partie de la civilisation auvergnate comme le riz de la chinoise. Gorgé de tout le suc qu'il va, avec sa grande racine froide, puiser au fond des terres les plus ingrates. En même temps que le chrétien, il peut nourrir la vache, la chèvre, le cochon, le lapin, la poule. Sa feuille servait encore pour ces populations sans beaucoup de papier à emballer les produits suintants, beurre, fromage blanc, saucisse fraîche. Il entrait dans les proverbes et les manières de dire. A un gamin trop bavard, on lançait d'un ton vif :

— Garde ton vent pour souffler sur tes choux.

Si une jeune femme se mettait, pour une raison ou pour une autre, à enfler du ventre d'une façon considérable, on disait d'elle en clignant de l'œil qu'elle avait « mangé des choux gelés ».

Un chou est un chou. Il entre même en poésie par les soins d'Arsène Vermenouze dans sa recette de la *Sopa de caou* :

Prendès un caou d'abouor, un gro è brabe caou,
Poumà, dur è pa tro froustì pè lo giolado... [1]

On mangea donc des choux, des haricots blancs qui font péter, on but de la limonade qui fait roter. Ces bruits faisaient partie de la fête et suscitaient chez ces gens simples de grands éclats de rire. C'est avec cet accompagnement que Léonce reçut la sainte communion qui augmente en chacun la vie surnaturelle, diminue le penchant au mal et est un gage de la résurrection glorieuse.

Malgré ce sacrement, malgré les privilèges que lui accordait Jo Cayla, il le voyait, il le devinait,

1. Voir Annexe 3.

Léonce ne jouissait pas d'une haute estime chez certains fidèles de l'église. Il restait pour eux le petit bâtard voleur d'oranges. Lorsqu'il faisait circuler la corbeille de la quête, de vertueuses épouses et mères laissaient tomber dedans leur pièce d'assez haut, comme si elles avaient craint de se salir. Il prenait sa revanche au moment de la communion publique. Alors il devenait presque aussi important que le prêtre. C'est lui qui portait le saint ciboire d'argent, intérieurement doré, dans lequel Jo saisissait les hosties pour les déposer sur la langue des fidèles en prononçant *Corpus Domini*.

Léonce Bros qui, en temps ordinaire, n'arrivait par la taille qu'à l'estomac des adultes, les trouvait maintenant agenouillés devant lui, abaissés à son niveau. Ils semblaient lui présenter leurs cheveux, leurs yeux, leur nez, leurs moustaches, leur bouche pour vérification. Avec stupeur et un peu de dégoût, il distinguait les verrues, les orgelets, les poils superflus, les sourcils broussailleux qui enlaidissaient ces visages. Il constatait que celui de madame Laroussinie était couvert de rides sous la poudre qui essayait de les dissimuler. Le maire lui-même, monsieur Rabanel, avec sa longue barbe grise, était à ses pieds, le suppliant de lui accorder le salut de son âme. Sans lui, sans le ciboire dont il avait la garde, aucun de ces bons ou mauvais chrétiens n'aurait reçu le corps du Christ sur sa langue. Une langue rose, ou rouge, ou blanche, nette ou chargée, large ou effilée, en forme de cuiller ou de saucisse, qui se retirait aussitôt, disparaissait dans les profondeurs de la bouche ou sous le rideau d'une moustache noire ou grise, souvent jaunie par le tabac. Le corps du Christ disparaissait aussi dans ces ténèbres malodorantes. Cependant que lui, vêtu de pourpre, coiffé d'une calotte de cardinal, demeurait frais comme la rosée.

Mais ensuite, l'hostie consommée, les communiants se relevaient, s'époussetaient les genoux, retrouvaient la station verticale et regagnaient leur chaise sans lui adresser un regard de remerciement. Il redevenait « le bâtard à la Mélanie ». En consolation, après la messe, le curé prenait deux sous dans la corbeille et les lui donnait pour payer ses services.

Il se montrait encore utile le premier mercredi du carême. Ce soir-là, avant la messe, le père Cayla bénissait les cendres de bois finement tamisées que Léonce lui présentait dans une caissette, y puisait une pincée avec laquelle il traçait une croix sur le front de ses paroissiens en prononçant les redoutables paroles latines :

— *Memento, homo, quia pulvis es et in pulverem reverteris*. Homme, rappelle-toi que tu es poussière et que poussière tu redeviendras.

Ainsi marqués, hommes et femmes regagnaient leur place et se préparaient à mourir chrétiennement en supprimant de leur nourriture la viande et le gras, le lard et la saucisse. Ils se rattrapaient sur les œufs, le fromage et la morue.

Esquirol, le sacristain, avait traversé soixante carêmes sans perdre un kilo. Il arriva une année qu'il dut remplacer Jo au pied levé. Celui-ci était retenu à la chambre par un accès de goutte.

— Puis-je, demanda-t-il à son sacristain, t'autoriser à prendre ma place pour le mercredi des Cendres ?

— Mais... monsieur le curé... je ne saurai pas. Je ne connais pas le latin... les paroles qu'il faut dire.

— Tu me les as entendu prononcer des centaines de fois !

— Sans doute. Mais je ne les ai jamais prononcées moi-même.

— C'est une affaire de quelques mots. Je vais te les écrire sur un papelou.

Voilà donc Esquirol distributeur de cendre. Avec l'aide du petit Léonce. Ce mercredi soir, ils se tiennent debout, côte à côte, derrière le chancel, à la disposition des fidèles. Or, avant que ne commence la distribution, l'enfant vit notre Esquirol fouiller frénétiquement toutes ses poches, à la recherche du bout de papier. Sans le trouver. Il l'avait laissé dans ses vieilles culottes, et ce n'était pas le moment de quitter la place : déjà les pénitents se présentaient à la file indienne.

— Allons-y, dit bravement le sacristain.

Il prit une pincée de cendre dans la caissette,

traça une croix sur le premier front ; en même temps, il marmonna entre ses dents quelque chose qui put être pris pour du latin par les personnes peu instruites. Léonce lui-même d'abord n'y comprit goutte ; puis, à force d'entendre répéter la formule, il s'aperçut que le sacristain prononçait des paroles patoises et pas du tout latines. Quelque chose comme :

— *Teniò tiecon de djire*... J'avais quelque chose à dire. J'ai oublié le papelou dans mes vieilles culottes. Amen.

Les fidèles n'y virent que du feu.

A ce grommellement, chaque fois Léonce haussait les épaules. Si Jo Cayla le lui avait demandé – mais il était sans doute trop petit – il aurait prononcé exactement les syllabes sacrées qui lui étaient restées dans la tête, arrangées à sa façon :

— *Même en tout orme !... Cul de poule vissé et poule verte envers tes risques.*

Venait le temps de Pâques. Les cloches ayant perdu leurs voix en signe de deuil, Léonce et deux autres enfants de chœur parcouraient les rues en annonçant les offices au moyen d'une crécelle. Une seule pour trois. Ils se la passaient de l'un à l'autre et trouvaient grand plaisir à faire tourner sa lame de bois contre un cylindre denté. Cela produisait un grincement qu'on pouvait ralentir ou accélérer suivant la vitesse de rotation :

— Gr !... Grr !... Grrrrr !...

Les chiens aboyaient, les chats fuyaient la queue en paratonnerre. Ils passaient ainsi et repassaient pour que chacun fût bien informé. Malicieusement, ils s'attardaient devant l'échoppe de Soubiesky, le frère de lait de Staline. L'horloger finissait par jaillir en vociférant :

— Allez au diable ! Trois petits couillons que vous êtes ! La religion est l'opium du peuple.

Ils prenaient leurs jambes à leur cou et allaient créceler plus loin.

Le jeudi saint, au début de l'après-dîner, avait lieu dans la partie droite du chœur, côté Evangile, la cérémonie du lavement de pieds. La Cène pascale était commencée, et déjà le démon avait mis au cœur de Judas Iscariote la résolution de trahir son Maître. « Sachant que le Père avait tout remis entre ses mains et que, sorti de Dieu, il allait retourner à Dieu, Jésus se leva de table, déposa ses vêtements et, prenant un linge, il le mit autour de sa taille. Puis il versa de l'eau dans un bassin et commença de laver les pieds de ses disciples, les essuyant avec le linge attaché à sa ceinture... »

Voulant répéter cet acte de purification, Jo Cayla avait choisi douze garçons auxquels il avait recommandé :

— Tâchez de bien vous les laver d'abord chez

vous. Ou alors, apportez-moi du savon et une brosse de chiendent.

De sorte que son lavement s'opérait sur des pieds propres. En fait, il s'agissait d'un simulacre. Les enfants formaient un cercle au milieu duquel se tenait le curé. Pas de bassine, pas de tablier autour de la ceinture. Il prononçait des paroles latines ; puis, armé d'une carafe, il versait quelques gouttes sur les orteils de ses petits apôtres, les essuyait avec une serviette blanche, déposait un baiser sur chacun. Les gamins reprenaient ensuite leurs bas de laine et leurs sabots.

Le drame était que l'un des douze, inévitablement, devait représenter Judas Iscariote, le front entouré d'un ruban jaune. Aucun n'aspirait à ce titre. Jo avait trouvé la solution en le tirant à la courte paille.

— Celui que le sort désignera ne doit pas s'en trouver fâché. Et ses camarades ne doivent pas se moquer de lui. En compensation, il recevra une pièce de cinq sous.

Dès lors, en vertu de cette pièce percée, aucun ne refusa jamais de figurer l'apôtre aux trente deniers.

Le soir du même jeudi saint avait lieu dans les ténèbres la procession des Pénitents blancs. Ceux-ci se réunissaient dans Saint-Christophe pour revêtir leur robe et leur cagoule. Jo Cayla distribuait aux porteurs des objets symboliques : bâtons surmontés des instruments de la Passion, couronne d'épines, lance, fouet, éponge, clous, marteau, une échelle miniature. Derrière les cagoulés et leurs torches, marchait Jésus, désigné sous le nom de la Sainte Victime, sous sa croix de planches. Son rôle était tenu par un homme méritoire et barbu. Plusieurs candidats se laissaient pousser la barbe pendant des semaines ; mais c'est seulement le dimanche des Rameaux que le prêtre révélait son nom :

— Cette année, pour être jeudi prochain la Sainte Victime, j'ai choisi monsieur Isidore Mazel, agriculteur.

D'autres figures paraissaient dans la procession : Simon le Cyrénéen, coiffé d'un turban, qui aida Jésus à porter sa croix ; le bon et le mauvais larron ; les Saintes Femmes, Marie de Magdala, porteuse de son vase à parfum, Véronique munie d'une serviette et surtout Marie, Mater dolorosa, enveloppée d'un voile noir.

Tous ces personnages défilaient à travers Saint-Coutain-des-Sources, suivis par une foule de dévots ou de curieux, adultes, enfants, gens de passage. Mélanie Bros n'y manquait jamais avec son fils, chantant avec les autres :

Vive Jésus ! Vive sa Croix !
N'est-il pas bien juste qu'on l'aime,
Puisque, en expirant sur ce bois,
Il nous donna plus que lui-même ?

Au terme de la procession, la Sainte Victime et Simon de Cyrène soulevaient la croix qui, heureusement, était creuse, l'un la tenant par la tête, l'autre par le pied. Alors se produisait un défilé un peu désordonné : chaque fidèle tenait à passer sous cette sorte de pont en se signant, ce qui lui valait une indulgence plénière. C'est-à-dire la lessive sans savon de tous ses péchés.

Chacun rentrait ensuite chez soi, la conscience soulagée.

La plus belle festivité tombait le 25 juillet, pour la Saint-Christophe. Elle coïncidait à peu près avec la fin de l'année scolaire, ce qui ajoutait à son charme. Ces derniers jours de classe étaient merveilleux. Ils annonçaient les prochaines grandes vacances et un bonheur espéré est souvent plus beau que le bonheur lui-même, toujours dépoli par la crainte de sa fin inévitable. Et monsieur Cholet, renonçant aux leçons, plongeait ses élèves dans les délices de la lecture. Il passait des heures à leur lire lui-même de sa voix haute, quoiqu'un peu nasillarde, par exemple une comédie de Molière ou de Beaumarchais. Jouant tous les rôles, aussi bien celui de Bartholo que du comte Almaviva. Prenant des timbres et des accents si particuliers qu'on ne pouvait confondre les personnages. Accompagnant ses propos de gestes, de sourires, de clins d'œil, de grimaces. Allant même jusqu'à chanter les couplets de Chérubin :

J'avais une marraine
— Que mon cœur, mon cœur a de peine ! –
J'avais une marraine
Que toujours adorai…

A lui seul, il était la troupe de la Comédie-Française.

D'autres fois, il distribuait simplement les livres du placard et chacun se plongeait dedans. Pour varier les plaisirs, la seconde quinzaine de juillet était aussi consacrée au dessin. Ou à la promenade : on allait dans la campagne environnante étudier les mœurs des fourmis, des coccinelles, des taupes, des corbeaux. C'était, pour les gars et les filles, une bonne occasion de se chatouiller, de se tirer les cheveux. Léonce et Flora échangeaient des sourires. On jouait à colin-maillard.

— Ce jeu, expliqua le maître, a une origine très ancienne. A l'époque où les Anglais se battaient contre les Français, un de nos hommes, appelé Colin, se servait d'un maillet d'armes, une sorte de massue en fer munie d'un long manche, pour assommer les ennemis. Au cours d'un combat, il eut les yeux crevés. Mais il continua, la figure couverte de sang, de frapper autour de lui, à l'aveuglette. Les Anglais le firent prisonnier, ils l'emmenèrent à Londres. Quand il revint, il fut surnommé Colin-Maillard.

Plus pacifiquement, on bandait les yeux à un ou une élève. On le faisait tourner sur lui-même pour qu'il perdît tout sentiment d'orientation. On le lâchait parmi les autres, les bras écartés. Tandis qu'il tâtonnait, eux modifiaient leur coiffure, changeaient de lunettes, se grandissaient ou se rapetissaient pour l'égarer.

Vint le tour de Léonce. Quand il eut toupillé un moment, il se dirigea vers ce qu'il pensait être le point où il avait vu Flora. Autour de lui, les rires et les encouragements fusaient :

— Vas-y, la Quille ! (Un sobriquet dont il était affublé, comme chacun.) Raté !... En avant !... En arrière !

Et le miracle se produisit. Sa « sœur » sut se placer devant lui au bon moment. Il la saisit par une épaule. Ses mains se promenèrent sur sa tête, reconnurent un ruban et une barrette qu'elle avait coutume de porter, descendirent le long de ses cheveux en bousculade. Mais surtout, il huma le doux parfum qui émanait d'elle, l'odeur des biscuits *Petit Lu*.

— Flora Margoël ! cria-t-il.

— C'est de la triche ! Elle s'est mise juste devant lui !

Ainsi s'écoulait cette charmante seconde quinzaine. Monsieur Cholet fit mieux encore : il loua un car et emmena ses élèves en excursion pendant une journée. Ils visitèrent Conques et son église fabuleuse, sa statue de sainte Foy aux yeux exorbités, couverte de pierres précieuses. Montsalvy et son puy de l'Arbre d'où l'on voit presque toute la France. Le rocher de Carlat et l'escalier qu'empruntait la reine Margot pour monter à son château. Saint-Flour, sa cathédrale, son bon Dieu noir.

Le 25 juillet, Léonce porta la croix sur son ventre en tête de la procession. La fête patronale battit son plein tout le reste de la journée, jusqu'aux premières étoiles. Des camelots s'étaient établis un peu partout, sans respecter la ligne blanche. L'un d'eux vendait des médailles « venues d'Italie et précédemment bénites par le pape Pie XI ». En face, le roi du Cirage proposait ses boîtes, ses tubes, ses flacons : le *Lion noir*, le *Baranne*, le *Phoenix*. En noir, en marron, en rouge, en blanc, en incolore. Coiffé d'une couronne de carton, il appelait les chalands d'une voix tonnante :

— Je suis le roi du Cirage ! Mes cirages sont les meilleurs du monde !

Et pour en prouver la qualité, il tirait une langue énorme et léchait ses boîtes de *Lion noir*. Il faisait ensuite mine de déglutir. On s'attendait à lui voir les babines couleur de suie ; mais il léchait seulement le couvercle par un tour de passe-passe.

Saint Christophe était vraiment un très grand saint.

Les grandes vacances n'étaient pas pour Léonce une période d'oisiveté. Sa mère le plaçait dans les fermes environnantes où il gagnait sa nourriture et quelques sous en prenant part aux fenaisons et aux moissons, selon ses forces. Par exemple, il se plaçait devant les attelages, l'aiguillon à la main, les retenant d'avancer pendant que derrière les hommes bâtissaient le char de foin, fourchée par fourchée. Une brassée d'herbe fraîche sous le mufle des bœufs rouges leur faisait prendre patience. Il leur chassait les mouches. Il leur caressait les oreilles et l'échine. Il portait aux moissonneurs le panier des victuailles. Il glanait, avec les femmes et d'autres gamins, les épis oubliés sur les éteules.

Le dimanche, il allait sur la place de la Gazelle servir les joueurs de quilles, d'où son sobriquet. L'endroit s'appelait ainsi, non point parce qu'on y avait vu courir une gazelle, mais parce qu'il avait été jadis un terrain mouillé, dont dérive le verbe patois *gazoulhà* qui veut dire « barboter », et qu'il faut rapprocher du français *gué* et de l'anglais *water*. C'est du moins ce qu'expliquait le maître d'école.

Sur cette place, qui servait de foirail, qu'aurait partagé la ligne blanche si elle était sortie extra muros, les joueurs se réunissaient sous l'ombre des tilleuls. Les Rouergats plantaient huit quilles, les Auvergnats en plantaient neuf ; mais ils avaient en commun la boule à trous, grosse comme le crâne d'un homme mort, avec deux orbites profondes dans lesquelles ils enfonçaient les doigts. Pour renverser les huit ou les neuf d'un seul jet, il fallait non seulement lancer la boule avec assez de vigueur, mais encore lui imprimer, par un astucieux coup de poignet, un certain mouvement de rotation ; de sorte qu'elle ne roulait pas selon la ligne droite euclidienne, mais en dessinant une légère courbe qui lui permettait de prendre de flanc les quilles alignées. Endimanché, cravaté, en bras de chemise, coiffé du panama, du canotier ou de la casquette, le joueur se plaçait exactement sur le plot de départ, saisissait par les orbites le crâne de chêne, l'élevait à hauteur de ses yeux, le balançait deux fois, le jetait enfin en l'accompagnant d'exclamations, d'encouragements ou de réprimandes.

— *Bai pa com acò ! To dri ! O bougresso !*

En fin de course, la boule entrait avec éclat dans l'alignement, les quilles se renversaient les unes les autres ; ou bien il en restait quelqu'une debout qui faisait perdre la partie. C'est alors qu'intervenait Léonce : il ramassait la boule, la renvoyait aux expéditeurs, replantait les quilles. Après chaque jeu, le gagnant raflait les mises et lui abandonnait une *soune.* (Il ne faut pas confondre le sou, de cinq centimes, et la *soune,* de dix. Tous deux en bronze avec le profil de la République ou celui de Napoléon III qui circulait encore soixante ans après sa chute.)

Certains dimanches, Léonce rentrait chez lui

avec un pécule de trente, quarante sous qu'il confiait à sa mère. Lorsqu'il atteignait cinq francs, elle les plaçait sur le livret de caisse d'épargne qu'elle lui avait fait prendre depuis qu'il touchait des salaires et qui lui rapportait le trois du cent. A la fin de 1936, il y disposait d'un capital de vingt-six francs et quarante centimes.

Revêtu de sa soutane noire, les pieds dans des sandales, coiffé d'un béret comme le voulait à présent la mode ecclésiastique, Jo Cayla vint frapper à la porte des Bros.

— Monsieur le curé ! Quelle bonne surprise ! Finissez donc d'entrer.

Il prit place devant la table de châtaignier.

— J'aime bien votre maison, Mélanie.

— Oh ! Elle est très vieille !

— Justement : elle sent le vieux. Les vieux bois, les vieux murs, les vieux meubles, les vieux souvenirs. A qui appartenait-elle avant les Jalenque ?

— A un fabricant de soufflets. Il en a laissé quelques-uns au grenier. Avec son outillage, son chevalet, ses alènes, je sais pas quoi. Elle est passée ensuite aux mains de sa petite-fille, madame Jalenque, comme vous savez, qui me la loue.

— Fabricant de soufflets, quelle jolie profession !

Ils échangèrent ainsi des considérations sur les soufflets, leur utilité, leur poésie. Puis il changea de sujet :

— Et votre fils Léonce ?

— Il est en service, à la ferme de la Croisille.

— Très bien, très bien, fit-il en se frottant les mains. On ne donne jamais trop tôt aux enfants le goût du travail.

— Mon gars l'a bien comme il faut. Je n'ai pas à me plaindre.

— Tant mieux. Et que comptez-vous faire de lui, plus tard ?

Elle secoua la tête, pour lâcher tristement :

— Que voulez-vous que j'en fasse ? Un pauvre garçon, comme sa pauvre mère. Un valet de charrue et de moisson. Il trouvera toujours à se placer, il est vaillant. Peut-être un merraindier [1]. Ou un fabricant de soufflets.

Joseph écoutait sans rien dire, en se tirant une oreille. C'était un homme encore jeune – la cinquantaine à peine entamée –, dégourdi, aimé de tous. Il ne craignait pas de jouer aux quilles, d'entrer dans les auberges et de vider le verre de vin qu'on lui offrait, mais il refusait le second en posant la main dessus ; de danser la bourrée sur la place du Monument le soir du 14 juillet. Et puis le jardin de

1. Ouvrier qui découpe des merrains dans des troncs de châtaigniers pour faire des douves de tonneaux.

la cure était le mieux tenu du pays : en tablier bleu et chapeau de paille, il le cultivait lui-même et recueillait dans sa brouette, en guise d'engrais, les bouses sèches dont les vaches tapissaient les chemins. Il célébrait les messes avec tant de conviction que toute l'assemblée répondait et chantait, même s'il en émergeait le timbre perçant de madame Margoël. Il fallait le voir et l'entendre lever les bras au ciel pour invoquer la protection de Dieu et secouer sa divine indifférence :

— Seigneur ! Aie pitié de tous ces hommes, de ces femmes, de ces enfants nés de toi, et que menace le plus terrible des fléaux : la guerre. Inspire un peu de sagesse et de mesure aux politiciens qui gouvernent les nations. Empêche les massacres, les destructions dont tes peuples sont menacés. S'il le faut, que ta colère, que ta foudre s'abattent sur les fanatiques, les dirigeants insensés qui cherchent à nous précipiter dans ces désastres. Et nous passerons le reste de nos jours à te remercier, à soulager les pauvres, à soigner les malades et à te bénir, Seigneur Dieu Tout-Puissant. Ne permets pas qu'un seul d'entre nous soit tenté de te maudire parce que tu n'as pas empêché ces malheurs. Ainsi soit-il.

Les larmes ruisselaient sur son maigre visage que marquait une cicatrice, souvenir de 14-18. La foule tremblait, priait et pleurait avec lui en pensant à l'Espagne mise à feu et à sang. On considérait Jo

Cayla comme un saint et on ne manquait pas de l'approvisionner en bois de brûle et en pommes de terre. Le dimanche, il était régulièrement invité dans quelque famille en compagnie de sa sœur, mademoiselle Julie, qui lui servait de gouvernante.

— Non, non, non, fit-il en secouant lui aussi la tête. Quoique le métier d'ouvrier agricole soit des plus honorables, votre Léonce peut mieux faire. De tous les enfants que j'ai eus au catéchisme, il est celui qui me semble avoir le plus de piété. Il faut voir avec quelle ferveur il manie l'encensoir, il présente les burettes, il porte la croix dans les processions ! En vérité, je vous le dis : votre fils est du bois dont on fait les bons séminaristes d'abord, les bons prêtres ensuite.

Mélanie en resta bouche bée. L'idée que cet enfant du péché pût devenir un jour guide des âmes la remplit de stupeur. Puis d'émerveillement.

— Mais... mais... mais... fit-elle.

— Quoi mais ?

— Les études coûtent cher. Je n'ai pas les moyens.

— Notre Sainte Mère l'Eglise est en mesure de prendre à sa charge les études d'enfants sans moyens, mais spécialement doués pour le sacerdoce. A Aurillac d'abord, à Saint-Flour ensuite. Elle a même un faible pour les enfants pauvres. Il est grand dommage que Léonce reste dans une école sans Dieu. Monsieur Cholet n'est pas un méchant homme. Il fut un valeureux combattant. Mais il n'est pas le maître qui convient pour former un jeune esprit à la défense du christianisme.

Mélanie joignit les mains, leva les yeux au plafond où séchaient sur une claie des fromages de chèvre, soupira :

— Mon gamin curé !... Je n'ose pas y croire !

Quelle revanche sur les bonnes âmes de Saint-Coutain qui le méprisaient pour sa bâtardise !

— Encore faut-il, ajouta Jo, que votre garçon soit d'accord.

— Je voudrais voir qu'il ne...

— Ne prenons pas les choses ainsi. Il ne s'agit pas de lui imposer. Parlez-en avec lui. Vous m'informerez du résultat de votre entretien.

Avant de prendre congé, il accepta une tasse de café avec un demi-sucre. Café d'orge grillée que Mélanie faisait rôtir elle-même dans une vieille poêle. Tandis qu'ils étaient assis, l'abbé laissa tomber par inadvertance sa petite cuillère. Elle se baissa pour la ramasser, bien qu'il cherchât à la retenir. C'est ainsi qu'elle se trouva, à quatre pattes, près des sandales du prêtre qu'éclairait justement un rayon de soleil. Et ce qu'elle vit la remplit d'un étonnement horrifié. Les orteils du prêtre s'étalaient librement dans les sandales ouvertes, elle pouvait les examiner, les compter, pas un seul ne manquait. Mais ces doigts de pied *n'avaient pas d'ongles*. Ils se terminaient par des bouts ronds et rouges comme des saucisses. Lorsqu'elle se releva, la cuillère à la main, elle ouvrait de tels yeux écarquillés qu'il s'en émut :

— Qu'avez-vous, Mélanie ?... Ça ne va pas ?

— Vos orteils...

— Ah ! ah ! Vous avez remarqué ce détail ? C'est vrai, mes arpions n'ont plus d'ongles. Je les ai perdus.

— Perdus ?

— A vrai dire, on me les a arrachés. Avant de servir en France dans des paroisses comme celle-ci, j'ai été envoyé au Liban. Un pays qui est resté dans mon cœur, où j'ai reçu des preuves d'amitié merveilleuses. Mais on y trouve aussi des ennemis du Christ. Un jour, j'ai été enlevé par des Kurdes. Ils sont de ceux-là. Ils m'ont arraché les ongles des orteils, un à un, en me demandant de renier ma foi. J'ai pu résister jusqu'au dixième. Ils m'ont relâché. Des religieuses m'ont soigné. Je suis revenu en France. Quant aux Kurdes, je leur pardonne. Ils ne savaient pas ce qu'ils faisaient. N'en parlons plus. C'est une vieille histoire.

Il remua le sucre dans sa tasse de café d'orge, but par petites gorgées.

— Chère Mélanie, répéta-t-il, parlez à votre fils de ma proposition. A bientôt.

Et il s'en alla sur ses sandales qu'il ressemelait lui-même avec des morceaux de vieux pneu.

Ce même soir, lorsque Léonce revint de la

Croisille, sa mère attendit le moment favorable pour lui parler. Ce fut après la soupe, sous la lampe à pétrole, au moment où il se préparait à lui servir une page de son livre de *Morceaux choisis*. Suivant l'exemple de monsieur Cholet, il s'efforçait d'éduquer sa mère en lui enseignant un peu d'orthographe et de français. Chez les religieuses de Condat, elle avait appris surtout les prières et la couture. Poursuivant ses menus travaux, elle écoutait en silence, sans poser de question. Lui devinait les difficultés, expliquait les adjectifs et les adverbes. Elle s'extasiait dans son cœur d'avoir un fils aussi savant. Ce soir-là, tandis qu'il feuilletait son livre, elle posa une main dessus :

— Faut qu'on cause.

C'était une soirée de fin août, de lumière prolongée. Par la fenêtre ouverte, entraient les cris des martinets, les abois des chiens, la faible odeur des seigles moissonnés. Dans la rue, des hommes se racontaient des histoires avec de grands éclats de rire. Il flottait partout un air de paix et de bonheur.

Elle parla de Joseph Cayla, de sa proposition de le faire instruire à Aurillac et à Saint-Flour, lui, Léonce Bros, gratuitement, pour qu'il devînt séminariste et puis curé.

Stupeur et silence.

On entendit le réveil grignoter les secondes dont il se nourrissait.

— Qu'en dis-tu ?

— Je sais pas. Faut que je calcule.

— Prends ton temps.

— Toi, tu aimerais ?

— Moi, j'aimerais bien. Tu aurais ton pain assuré, une maison, un jardin. Tranquille jusqu'à la fin de tes jours. A condition de ne pas aller au Liban... Et même...

Elle rit à la pensée qui lui traversait la tête.

— Et même quoi ?

— Et même, je pourrais être ta servante. La servante de mon fils. Moi aussi à l'abri du besoin, et respectée de tous.

Elle rit encore. Lui gardait une mine stupéfaite, presque atterrée.

— Non ?

— Faut que je calcule.

Il calcula une grande partie de la nuit. Saint-Flour, il connaissait, le car de monsieur Cholet avait transporté sa classe jusqu'à la capitale religieuse du Cantal. Comme ils redescendaient à pied de la haute ville vers la basse, dite le Faubourg, ils avaient été apostrophés par un groupe de cyclistes noirs. Des séminaristes qui sortaient de leur séminaire et qui se trouvaient gênés par leur présence :

— Otez-vous de là, bande d'abrutis ! Bande de connards !

Leur soutane flottait derrière eux telle une voile sombre ; leurs pantalons paraissaient sous la robe retroussée.

Voilà donc ce que lui proposait le père Cayla : devenir un de ces curetons mal embouchés. Etape nécessaire, sans doute, comme celle de la chrysalide, pour éclore ensuite insecte parfait, curé de ville ou curé des champs.

Il se dit, pour avoir rencontré d'autres cyclistes, non religieux, mais aussi malpolis, que la grossièreté tenait sans doute plus à la bécane qu'à la soutane. Il essaya de se représenter lui-même curé responsable d'une paroisse, seul occupant avec sa mère d'une maison vaste et bien entretenue, ramassant comme Jo les bouses de vache sur les chemins, prononçant des homélies – qui n'ont rien à voir avec les omelettes comme il avait cru longtemps. Distribuant la communion aux chrétiens moustachus.

Puis le sommeil eut raison de ses calculs.

7

— Alors ? fit sa mère, lorsqu'elle le vit installé devant son bol de soupe.

— Alors quoi ?

— Tu as calculé sur ce que nous a dit notre curé ?

— Oui, un peu... Mais faut que je calcule encore. On n'est pas dans l'huile.

Expression auvergnate signifiant : « Nous ne sommes pas pressés. »

Sa soupe avalée, Léonce retourna louer ses bras aux fermiers de la Croisille.

Il aurait aimé consulter sa sœur Flora. Mais les Margoël quittaient le pays pendant la seconde quinzaine d'août pour aller prendre les bains de mer. Un long voyage, en taxi puis en chemin de fer, qui les conduisait dans un village appelé Palavas, situé entre la vraie mer et un étang. Ils se trempaient dans l'eau jusqu'au cou. Le père s'éloignait même de la côte, il savait nager. Ils envoyaient des cartes postales illustrées à leurs amis et connaissances pour prouver qu'ils étaient bien sur les bords de la Méditerranée. Ensuite, ils revenaient, le corps tavelé par mille piqûres de moustiques. Flora, bronzée comme une bouchée au chocolat. Tout cela devait coûter une fortune. Après huit jours de Saint-Coutain, ils reprenaient une figure normale. Ensuite, pendant des mois, ils n'en finissaient pas de narrer le bonheur que procurent les bains de mer. Léonce, quant à lui, ne connaissait que les bains de baquet du dimanche matin. Au mieux, les bains de ruisseau dans le Céliou.

Les parents arpenteurs ne voyaient pas d'inconvénient aux relations fraternelles entre les deux enfants, sachant bien qu'elles n'engageaient nullement l'avenir. De temps en temps, la petite revenait seule chez Mélanie pour voir les lapins. Un jour qu'il la raccompagnait, ils s'arrêtèrent un moment sur le versant de leurs rencontres habituelles. Il raconta la proposition du prêtre :

— Il voudrait que je me fasse curé comme lui.

Elle le regarda de ses grands yeux à deux couleurs, que remplissait l'étonnement. Muette d'abord. Pour demander enfin :

— Qu'est-ce que tu en penses ?

— Je ne sais pas encore.

Alors, par une réaction inattendue, elle lui tourna

le dos, puis se coucha dans l'herbe sur le ventre, le visage entre ses bras, ainsi fait à cache-cache celui ou celle qui « bouche » en comptant jusqu'à dix tandis que les autres vont se musser. C'était comme dire : « Je ne veux plus te voir. Pour moi, tu n'existes plus. » Il comprit cela sans qu'elle eût besoin d'ouvrir la bouche.

Il laissa s'écouler un long silence. Dans le ciel, une alouette appelait « Jésus-Christ ! Jésus-Christ ! ». Ou quelque chose d'approchant.

Il posa enfin une main sur le dos de Flora, à l'endroit qu'on nomme « le râteau de l'échine ». L'épine dorsale. Il demanda :

— Qu'est-ce que tu fais ?

Pas de réponse, sauf un geste agacé d'une épaule, sous le rideau sombre de ses cheveux. Il insista :

— Dis-moi quelque chose.

Une voix sortit de l'herbe :

— Je boude.

— Pourquoi ?

Silence encore.

— Retourne-toi. Parlons un peu.

— Je n'ai pas fini de bouder.

— Dis-moi ce que je dois faire.

— Je n'ai pas fini de bouder, te dis-je.

— Tu continueras une autre fois.

L'alouette criait toujours, éperdument.

Enfin, la fillette se releva. Il vit son visage fermé comme un poing, ses paupières, ses narines, ses lèvres serrées. Elle retira sa main qu'il essayait de prendre. Elle parla :

— Tu veux vraiment être curé un jour ?

— Peut-être que oui, peut-être que non.

— Si tu te fais curé, je me ferai religieuse. Enfermée dans un couvent, comme toi dans ton église.

Il calcula encore. Il lui vint une échappatoire :

— Supposons... rien n'est sûr, j'ai pas encore décidé... supposons que je me fasse prêtre, est-ce que tu accepterais d'être ma servante ? Ma mère s'est proposée. Mais c'est toi que je préférerais.

— Quelle drôle d'idée !

— Comme ça, nous resterions ensemble.

— Ça mérite réflexion. On en reparlera.

Un manège s'installa sur la place du Monument, entre les deux églises. Non pas de chevaux de bois, mais de bicyclettes. Même ceux qui n'avaient jamais posé leurs fesses sur une vraie selle pouvaient y prendre place et pédaler comme des champions. Le vélo était alors extrêmement populaire, grâce au Tour de France, à des coureurs comme Antonin Magne, Lapébie, Archambaud, Sylvère Maes. Chaque soir, le classement de l'étape était publié par monsieur Fau, marchand de tabac, d'allumettes et de journaux, qui le recevait par TSF. Cela provoquait un attroupement devant sa boutique et des commentaires infinis. Les gosses connaissaient mieux le nom des coureurs que ceux des rois de France.

Léonce Bros était de ceux pour qui la bicyclette n'était qu'un objet de rêve. Dix sous la partie, cela dépassait ses moyens. Il contempla un moment le manège, se remplit les yeux et les oreilles de miroitements, d'éclats de rire, d'adieux de la main comme si les enfants fortunés partaient en voyage, de souvenirs du Tour de France. Le bonheur des autres le fascinait. Il finit, non sans peine, par s'en détacher. Il retournait chez lui lorsqu'il rencontra Jo Cayla qui sortait de Saint-Christophe.

— Salut, fiston ! Tu as bien tourné ?

— Tourné ?

— Sur les bécanes. Comme Antonin Magne.

— Je n'ai pas d'argent.

— Comment pas d'argent ? Et les sous que je te donne après la messe ?

— Ma mère les place sur mon livret de caisse d'épargne.

— C'est la sagesse même. Mais il faut savoir être fou quelquefois... Attends. Viens avec moi.

Léonce suivit Jo et ses sandales qui découvraient des orteils sans ongles. Les voici dans l'église. Signes de croix. Génuflexions. Ils entrent dans la sacristie. Sa collection de chasubles pendues à une barre fait un peu peur ; elle rappelle les femmes de

Barbe-Bleue. Dans un placard, la main du prêtre atteint la boîte qui contient le produit de la dernière quête, destiné à monseigneur l'évêque de Saint-Flour. Il soulève le couvercle, prend une pièce de vingt sous, la lui glisse en clignant un œil :

— Tiens. Va pédaler. Va-t'en faire deux tours.

Par un moment de folie, il a volé monseigneur l'évêque de Saint-Flour pour permettre à son enfant de chœur préféré de se prendre pour le célèbre coureur auvergnat.

— Vas-y Antonin ! criera la foule avec moquerie.

Le père Cayla eut même l'inconscience de rester sur place pour assister aux prestations de Léonce. Et de mêler, lorsqu'il descendit du manège, ses applaudissements à ceux des moqueurs. Comme il allait s'éloigner, il le retint par l'épaule, le fit entrer de nouveau dans l'église, s'asseoir sur une chaise.

— As-tu réfléchi, fiston, à mon idée de changer d'école afin de te préparer à une carrière ecclésiastique ?

— Oui, monsieur le curé... Je veux bien... je veux bien...

— Bravo !

— ... à une condition.

— Laquelle ?

— Que Flora Margoël, quand je serai prêtre, soit ma servante.

Jo leva les sourcils, lui posa une main sur le crâne :

— Fiston, je crois bien que tu n'es pas fait pour porter la soutane. Il te faudra chercher une autre profession. Fais-toi plutôt sacristain, comme Esquirol.

Et il éclata de rire.

Pourquoi ce rire ? Léonce n'était pas en âge de comprendre les cancans qui circulaient dans Saint-Coutain. Sa mère était mieux informée ; elle avait fait quelques travaux de tricotage pour Léonie Esquirol, la femme dudit. Affligée d'une myopie qui l'obligeait à porter des verres épais comme des loupes.

— J'ai mauvaise vue, mais j'ai encore l'oreille fine, se vantait-elle. Plus fine qu'une souris.

Elle aimait à venir bavarder avec Mélanie Bros sous prétexte de couture. La ravaudeuse lui offrait son café qui ne faisait ni bien ni mal, avec un bouriol froid – une galette de sarrasin –, il y en avait toujours quelques-uns en réserve dans le buffet. La sacristine l'acceptait sans se faire prier, tout en se plaignant de sa constitution :

— Vous ne trouvez pas que le bon Dieu nous a mal faits, nous, les hommes, les femmes, les animaux ?

— Sans doute, sans doute.

— Si nous n'avions pas sous le nez ce trou à remplir chaque jour, notre vie serait plus simple.

Nous avons beau y enfourner du pain, du fromage, des bouriols, il n'est jamais plein.

— C'est pasque, répondait Mélanie en rougissant un peu, il nous en a fait un second, par-derrière, où passe la plus grande partie de ce qu'on enfourne par-devant.

— Voilà qui est bien vrai. Y aurait peut-être une solution ? Si on mettait un bouchon à celui de derrière, peut-être que celui de devant ne réclamerait plus rien ?

Elles riaient ensemble de cette fantaisie. Puis la sacristine commençait ses confidences, précédées de ce préambule :

— Nous, les femmes, pour compliquer les choses, nous en avons un troisième. Et ça n'arrange rien.

Elle était au courant de toutes les intrigues secrètes, de toutes les coquineries qui faisaient la jubilation des Coutainois. A croire qu'elle avait une oreille dans le confessionnal de Jo. Les deux femmes se payaient ainsi des parties de rire et ne s'offensaient point de ces histoires vraies ou fausses, sachant, comme dit l'Evangile, que l'esprit est ardent, mais que la chair est faible.

— Savez-vous ce qui est arrivé il y a trois jours à madame Laroussinie, la veuve du général ?

— Quoi donc ?

— C'est une femme qui se croit toujours malade, bien que pas plus vieille que moi. Elle appelle le médecin pour un pet de travers. Elle craint toujours d'avoir une mauvaise fièvre. Et qu'est-ce qu'elle fait ? Elle prend sa température.

— Comme tout le monde.

— Non, pas comme tout le monde. Plusieurs fois par jour. Est-ce que vous faites ça, vous, Mélanie ?... Alors, écoutez ce qui est arrivé. Je le tiens de la femme du facteur Jourdan. Il avait pour elle une lettre recommandée. Vous savez ce que c'est : les facteurs sont chez eux partout. Ils poussent les portes sans sonner ni frapper. Ce jour-là, justement, la bonne de madame Laroussinie était partie faire des courses, la dame se trouvait seule dans la maison. Jourdan ouvre la porte sans cogner, selon son habitude. Qu'est-ce qu'il voit ? La générale qui se lève de son fauteuil, qui se met debout, qui le reçoit toute raide. « Y a une recommandée, qu'il fait. Une signature ! » Et elle bien embarrassée, qui avance vers lui à tout petits pas. Figurez-vous, ma chère, qu'elle avait le thermomètre dans le deuxième trou ! C'est gênant pour écrire !

Madame Esquirol en racontait bien d'autres, pendant que Mélanie, loin de laisser ses mains oisives, continuait de broder. Les amours clandestines étaient le sujet favori de la visiteuse. Chaque jour l'approvisionnait en nouvelles. Elle arrivait à cette philosophie :

— Je suis bien contente d'avoir soixante-cinq

ans bien sonnés, et de ne plus ressentir aucun chatouillement. D'ailleurs, même quand j'étais plus jeune, je n'acceptais pas très souvent cet exercice. Le pauvre Esquirol en a peut-être souffert un peu. C'est pourquoi il a cherché ailleurs les plaisirs que je ne lui donnais pas. Vous êtes au courant ?

— Au courant de quoi ? Je ne sais rien que ce que vous me racontez.

— Alors, voilà. A une amie comme vous, je peux tout dire. Esquirol fait ses affaires avec la Boisset. Vous voyez de qui je cause ?

Marianne Boisset : une divorcée, donc une rien-du-tout. Le divorce était alors le pire accident qui pouvait arriver à une femme. Il signifiait qu'elle avait été insupportable à son mari, qu'elle n'en trouverait pas d'autre, que leurs enfants souffriraient toute leur vie de ce déshonneur. Ladite Marianne vivait misérablement de la pension que lui versait son ancien conjoint de temps en temps. Elle cueillait les pissenlits, les champignons, les myrtilles, les mûres, les noisettes, les faînes que la campagne lui offrait. Au vu et au su de tout le monde, elle recevait les visites d'hommes peu exigeants auxquels elle fournissait des plaisirs tarifés.

— Mon pauvre benêt d'Esquirol, reprenait Léonie, fréquente la Boisset depuis longtemps. Ça ne me gêne pas, comme je vous ai dit. Il s'imagine qu'il est son seul galant, qu'elle le reçoit pour le sentiment. Je vous demande un peu ! Faut croire qu'il a les yeux et les oreilles bouchés. A la maison, on n'en parle jamais. Mais ce qui, au contraire, me fait grand plaisir, c'est que mon pauvre Esquirol est cocu ! Cocu et bien cocu !

Un rire obscène fendait la figure de la sacristine. Mélanie souriait un peu, par politesse.

Le curé Cayla n'était guère satisfait de la conduite de son sonneur de cloches ; elle ne faisait pas une bonne propagande à la religion. Mais comme il ne lui versait qu'un salaire dérisoire, il craignait de ne pouvoir le remplacer. A chacune de ses comparutions dans le confessionnal, c'étaient toujours les mêmes remontrances :

— Alors, Esquirol, combien de fois as-tu rencontré ta Marianne, cette semaine ?

— Rien qu'une fois, mon père, à la nuit tombée. Personne ne m'a vu.

— Dieu t'a vu, Esquirol. Et tu lui fais honte. Est-ce ainsi que tu tiens tes promesses ?

— Quelles promesses ?

— Promesses de contrition. De repentir. De ne plus recommencer à pécher.

— Quand je suis à genoux, comme ça, mon père, ou quand je récite ma pénitence, je suis plein de contrition. Mais ensuite, ça me passe. La contrition s'en va. Je peux pas la retenir. J'y peux rien, mon père.

Voilà pourquoi il n'arrivait pas à rompre avec sa bonne amie.

— Il est cocu, mon benêt d'Esquirol ! s'écriait sa femme avec délices.

Connaissant les combats de la chair et de l'esprit, l'abbé Cayla conseilla donc au jeune Léonce Bros :

— Fais-toi plutôt sacristain.

Vu son jeune âge et son innocence, il lui conserva quand même sa fonction d'enfant de chœur.

8

Madame Méroninque choisissait les jours où le vent soufflait du sud pour procéder au grillage de son café, de sorte que l'effluve s'en répandait sur la paroisse auvergnate. Pour faire envie à ceux qui avaient les moyens de l'acheter. Pour faire dépit aux autres.

Elle s'asseyait devant sa porte, sur le trottoir. Le brûleur était un petit fourneau cylindrique pourvu de quatre pieds, d'un tambour horizontal à manivelle et d'une cheminée en forme d'entonnoir renversé. Le feu en était de branches de châtaignier dont l'odeur se combinait à celle des grains, lui conférant de l'épaisseur. Dans le cylindre, l'épicière versait un mélange très étudié composé d'au moins quatre qualités : Moka, Brésil, Bourbon et Martinique, mais dont elle ne révélait à personne les proportions secrètes. Installée sur sa chaise de paille, elle tournait la manivelle trois fois dans un sens, trois fois dans l'autre. Immuablement. Tout changement de rythme eût produit un désastre. Les pauvres diables se contentaient de humer, puis de s'éloigner en pestant contre cette garce de Méroninque qui les encensait par provocation. Son café ressortait luisant du cylindre, comme si elle y avait ajouté on ne sait quel produit gras.

Elle le vendait au détail et à la pesée. Certaines clientes en demandaient une livre, d'autres une demie, d'autres un quart. Sur un plateau de sa balance, elle plaçait le sac en papier fort dans lequel les grains tombaient en pluie de sa pelle courbe, poussés par un index précautionneux. Quand le plateau descendait si peu que ce fût, elle enlevait le sac, disant audacieusement :

— Bon poids.

Dans les familles, le café faisait une semaine ou quinze jours d'usage. Le grand plaisir des enfants était de récupérer le sac vide, de souffler dedans et de le faire exploser entre leurs mains. Léonce n'avait jamais cette occasion puisque sa mère n'achetait point de café. Elle le chargeait de moudre son orge grillée dans le moulin à manivelle, coincé entre ses genoux. Comme la poudre qui en résultait était un peu pâle, elle ajoutait dans le tamis de sa cafetière un peu de charbon de bois écrasé au moyen d'une bouteille, qui lui donnait de la noirceur.

S'il arrivait à Flora de lever le nez pour prendre le vent, ce n'était pas pour recevoir les effluves du café, mais pour entrer en conversation avec les oiseaux de son jardin. Beaucoup fréquentaient les arbres à fruits pour becqueter les cerises, les prunes, les mirabelles, suivant la saison, merles, piverts, moineaux, chardonnerets. Flora écoutait leur ramage en sifflant, piaulant, gazouillant à leur manière. Elle était douée pour les langues étrangères, comme elle l'avait prouvé lorsque Léonce lui donnait des leçons de patois. Elle lui en fit une nouvelle démonstration en répondant à ses interlocuteurs à plumes.

— C'est un pinson. Tu entends ce qu'il me dit ?

— J'entends, mais je ne comprends pas. Qu'est-ce qu'il dit ?

— Que mes mirabelles sont les meilleures de la région. Qu'il en fera la propagande autour de lui. Que je recevrai beaucoup de visiteurs.

— Ils vont tout manger. Retiens-le de faire ça.

Elle entreprit avec lui un long dialogue. L'oiseau répliquait en ouvrant son bec ardoise, en secouant sa huppe bleue. A force d'entendre ces conversations, Léonce apprit un peu de leur vocabulaire. Il y eut sous les arbres de véritables colloques.

Puis les fruits tombèrent, les oiseaux partirent

ailleurs chercher leur pâture, de prunelles, sans doute, de mûres, de gratte-culs.

Les deux enfants continuaient de s'instruire l'un l'autre. Flora décrivit à son frère de cœur les plaisirs de la Méditerranée. Le sable chaud sur lequel on s'allonge, dont on se recouvre comme d'un vêtement en gardant juste la tête à l'air. Les vaguelettes qui vous chatouillent les pieds. Les barques des pêcheurs et les gros navires qui fument au loin, en route pour l'Algérie, d'où ils reviendront chargés d'oranges. Elle lui fit un cadeau rapporté de là-bas, un coquillage rose, veiné de bleu :

— Porte-le à ton oreille. Tu entendras la voix de la mer.

Il en fit l'expérience, n'entendit d'abord rien, puis perçut un chuchotement.

— C'est bien ça. Le coquillage l'a enregistrée comme un phonographe. On reconnaît très bien la mer quand elle est sage.

Mais le plus grand plaisir qu'elle offrit fut celui de nager. Elle se mit dans l'idée de le lui apprendre, en imitant les mouvements de la grenouille. Tous deux, couchés dans l'herbe sur le ventre, lançaient, écartaient, ramenaient les bras et les jambes. Après cinq ou six leçons, elle déclara :

— Maintenant, tu sais nager. Tu pourras aller dans la mer.

En attendant, il nageait dans le bonheur. A titre de revanche, il enseigna à sa sœur à « planter les équilibres ». Sur la tête ou sur les mains. Sur la tête, c'est plus facile : on s'agrippe à deux poignées d'herbe et on lance les jambes en l'air. On voit alors l'univers renversé, les maisons debout sur leurs toits, les arbres plantés dans le ciel. Les équilibres sur les mains exigent plus d'efforts et plus d'élan. Dans les deux cas, avec Flora Margoël, l'ennui était qu'elle portait une jupe et que, dans cette position celle-ci tombait, lui recouvrait la figure et découvrait ses jambes encore maigrichonnes et sa culotte bleue, ornée de pâquerettes blanches. La première fois, ce spectacle le fit bien rire. Puis il s'y habitua, ni elle ni lui n'y mettait la moindre malice.

Ils étaient à un âge où l'instruction arrive de partout. Léonce s'instruisait en regardant le maréchal ferrer les vaches et les chevaux ; madame Méroninque brûler son café ; les maçons bâtir leurs murs ; les hirondelles construire leurs nids. Sans parler de l'enseignement qui lui venait de sa mère, du curé, du maître d'école. Dans l'église, le sacristain Esquirol – puisqu'il devait un jour devenir sacristain lui-même – lui apprit à balayer, à déplacer la poussière au moyen d'un plumeau, à tirer les cordes des deux cloches. La plus petite, Clémentine, chantait les baptêmes, les mariages, les communions ; la plus grosse, le bourdon Eugène, prêtait sa voix aux enterrements. Donner le branle aux huit cents kilos de ce dernier quand on n'en pesait que trente n'était pas si simple. A force de patience, de tractions additionnées, il obtenait d'abord un craquement de la charpente ; puis venait un coup du battant, à peine audible, un second plus vigoureux ; il obtenait enfin le ballant et le chant de tout son bronze. Dès lors, la corde montait et redescendait toute seule. Ensuite, s'il cessait de les entretenir, les mouvements diminuaient, le bronze se taisait, il n'en restait plus qu'une faible vibration bientôt évaporée.

L'enfant demanda à rendre visite à Clémentine et Eugène. Esquirol lui fit grimper un escalier de bois, que prolongeait une échelle. Il caressa la robe des cloches, souillée à vrai dire par les fientes des pigeons qui occupaient le clocher. Il déchiffra sans les comprendre les inscriptions latines gravées dans le métal : *Deo jubila vitae canta daemones fuga* chez Clémentine ; *A tempestate et fulgure libera nos* [1] pour Eugène. Il redescendit blanc comme un meunier.

— Les cloches ont des pouvoirs, lui révéla Esquirol. Elles éloignent l'orage et elles font peur au démon.

— Qui c'est, le démon ?

— Le diable. Celui qui nous donne de mauvaises idées. Qui nous fait commettre les péchés, les petits

1. Loue Dieu, chante pour la vie vie, chasse les démons. – Protège-nous de la tempête et de la foudre.

et les gros. J'ai souvent affaire à lui, comme tout le monde.

— Pas moi, protesta Léonce.

— Mais si. Par exemple, quand tu voles des oranges !

— J'en ai volé une seule. Et je l'ai rendue.

— N'empêche qu'à présent, à cause du démon, tu es classé dans la catégorie des voleurs.

L'enfant baissa la tête, honteusement. Esquirol le consola en lui frottant le crâne de sa main et en lui parlant d'autre chose : lui aussi, comme les cloches, avait un pouvoir, celui d'arrêter la douleur ; mais il lui fallait dans le poing gauche une petite pomme de terre, toute flétrie, qu'il tira de son gousset et lui montra. Des personnes qui souffraient d'un eczéma, d'une entorse, d'une brûlure, d'un lumbago venaient lui demander ses soins. Après un certain nombre de signes de croix, il promenait sa main droite sur les parties souffrantes en serrant bien fort la patate dans sa gauche, et prononçait enfin :

— C'est fini. Vous ne sentirez plus rien.

Quelquefois, c'était vrai. Pas toujours. Quand l'opération ne réussissait pas, il expliquait que le démon avait été plus fort que lui. A cause de ces succès limités, il n'avait pas une clientèle très nombreuse.

Les seigles moissonnés, les éteules débarrassées de leurs épis perdus, Léonce partit aux vendanges avec sa mère. A pied jusqu'à Bagnac ; ensuite par le train jusqu'à Clermont-Ferrand ; enfin par le tramway jusqu'à Aubière, un village vigneron traversé par deux bras de l'Artière, ou Rivière-aux-Ours. Tout en caves, creusées dans les reliefs qui dominaient le bourg. Les voûtes et les couloirs se superposaient, passaient sous les rues et les maisons, chacune avec son petit puits d'aération et le linteau de sa porte marqué d'une date fort ancienne. Les habitants se glorifiaient de leur devise : « *Sem d'Oubieyro, latsem pa.* Nous sommes d'Aubière, ne lâchons pas. » Il est vrai que lorsque l'Aubiérois avait en main son *bousset* – un petit baril cerclé de fer, pourvu d'une bonde métallique, qui pouvait contenir un, deux ou trois litres – il était difficile de le lui faire lâcher.

Mélanie Bros se rendait toujours chez le même patron, monsieur Duboy, qui l'employait deux semaines. Il possédait aussi des vignes à Romagnat, à Chanturgues, à Montjuzet ; mais les principales couvraient les alentours d'Aubière jusqu'aux pentes du plateau de Gergovie.

Ces vendanges étaient une fête plus qu'une besogne, parce qu'il y régnait une gaieté qu'entretenait le vin de la récolte précédente. Le vendangeur élevait son bousset à hauteur de ses yeux et buvait à la régalade. Les femmes y goûtaient à peine ; mais elles prenaient leur part de rires, de jeux, de chansons. En passant derrière elles, les garçons les chatouillaient. Elles poussaient des cris aigus, écrasaient une grappe sur la figure des importuns. Ou bien, si ça leur convenait, elles riaient comme des canes et se laissaient embrasser dans le cou.

Et le vin coulait à flots.

A dix heures, casse-croûte : saucisse, lard maigre, fromage à volonté, pain croustillant.

— Le dessert, disait le maître, vous le prenez dans la vigne.

On mangeait du raisin noir, du raisin blanc, du raisin rose. Puis on retournait à la cueillette. Chacun vidait son panier dans la *berte* – la hotte – des porteurs. Les bertiers en remplissaient les bacholles. Léonce était employé, avec d'autres gamins, à ramasser par terre les grains perdus, de même qu'en août il avait glané les épis.

Et les boussets de circuler.

A midi, nouveau repas sur le pouce. On échangeait des devinettes qui avaient l'air égrillardes, et qui ne l'étaient point :

— L'homme a quelque chose de long. La femme a quelque chose de rond. Et lui, pas fou, l'enfonce dans le trou. Qu'est-ce que c'est ? (On cuit le pain. L'homme est armé d'une pelle, la femme y pose la tourte de pâte fraîche, qu'il dépose dans le four brûlant.)

— A la santé de ceux qui comprennent de travers !

En fin de journée, les chars transportaient la récolte dans les *cuvages* – les granges – où elle était foulée et mise en cuve. Par fermentation, le sucre devenait alcool, sous la surveillance attentive du maître. Après divers soutirages, le vin nouveau descendait dans sa résidence annuelle, la cave profonde ; sous la protection de saint Verny, patron des vignerons. Les plus belles grappes, toutefois, gamay pourpre, chasselas doré, muscat violet, étaient épargnées de l'écrasement. On les suspendait « en réserve » dans les greniers à des fils ; elles gardaient leur sucre et leur fraîcheur jusqu'au Noël qui suivait.

Dans une autre grange, le souper réunissait maître et valets. Au cours du festin, chacun, chacune devait pousser sa chanson. Mélanie servait la sienne que lui avait apprise une vieille servante de Condat : *J'ai z'un amant qu'a trois bosses*[1]. Et les autres riaient comme des bossus. Les Aubiérois ne « lâchaient pas » de boire ; les autres hommes suivaient leur exemple. Lorsqu'ils allaient pisser devant la porte, ils titubaient et devaient se retenir aux chambranles.

Léonce et sa mère dormaient ensemble dans un lit de fer. Heureux de se sentir tout près l'un de

1. Voir Annexe 4.

l'autre, dans la même chaleur, dans le même amour. Ils marmonnaient ensemble un *Je vous salue*. Puis elle l'embrassait sur les cheveux, disant :

— Bonne nuit, mon petit homme.

Ils s'endormaient tout de suite, recrus de fatigue et de chansons. Il rêvait de Flora Margoël. Le lendemain, après une nuit de lourd sommeil, tout le monde retrouvait un peu de fraîcheur. Et l'on repartait vers la vigne.

Vendanges faites, ils dirent au revoir à monsieur Duboy et repartirent pour le Cantal, riches d'un peu d'argent et d'un panier de raisins.

Ainsi se terminèrent les vacances de 1937.

Un peu avant la rentrée des classes, une fois encore, Léonce alla couper de l'herbe sur les rives du Céliou. Comme il l'espérait, il reçut d'abord la balle de Flora, puis Flora elle-même. Par une réserve peu compréhensive, comme si elle ne voulait pas sacrifier à cet usage des grandes personnes, elle évita de l'embrasser. Léonce n'en fut pas surpris, il détestait les baisers, même ceux de sa mère sur les joues, ils y laissaient toujours une trace de salive qu'il essuyait avec le revers de sa main. Offensée, elle s'écriait :

— Essuie-toi bien fort ! C'est peut-être de la bave de crapaud !

Peu à peu, elle avait perdu cette habitude

déplaisante, se contentant, quand l'envie la prenait, de le serrer dans ses bras et de l'embrasser sur les cheveux. Les baisers les plus répugnants étaient ceux de tante Alice, hérissés de bouquets et de poils de barbe. Parfois, lorsque sa visite était prévue, il s'entraînait aux bises inévitables en baisotant une brosse à habits. Moins piquante d'ailleurs que la figure de tante Alice.

Le frère et la sœur n'échangèrent donc pas de baiser ; ils se prirent les mains et se regardèrent en souriant.

— Tu as changé, dit Léonce. Tu n'es plus maigre du tout. Je te donne quand même la moitié de ma *vespreyro*.

— Pas la peine. Chez moi, je mange comme il faut.

— Si, si, pour me faire plaisir.

Ils partagèrent le pain et les figues sèches que Mélanie avait rapportées d'Aubière.

— Toi aussi, dit Flora, tu as changé. Tu as grandi.

— Je viens d'avoir onze ans.

— Moi, j'en aurai dix au milieu de l'année prochaine. Ça me fait un peu peur.

— D'avoir dix ans ?

— Oui. A cause des deux chiffres. Pour moi, les deux chiffres marquent la fin de l'enfance. Je commence à devenir une grande personne. Et je voudrais rester toujours petite.

— Moi, c'est tout le contraire. Je voudrais vite devenir adulte. Pour gagner assez d'argent. Pour n'être plus à la charge de ma mère.

Ils restèrent un moment silencieux, réfléchissant à ces choses graves. Leurs conversations étaient plus faites de silences que de paroles. Flora en sortit la première.

— Tu savais que les filles sont adultes avant les garçons ?

— Vraiment ?

— Je l'ai entendu dire chez moi. La preuve : elles peuvent se marier à quinze ans et trois mois ; les garçons à dix-huit ans seulement.

— Tu songes à te marier ?

— Pas encore. Mais je m'y prépare.

— De quelle façon ?

— Tu ne devineras jamais ce qui m'arrive... J'ai honte de t'en parler. Mais à un frère, une sœur peut tout dire. Il y a une chose qui montre que les filles sont bonnes à marier : c'est quand elles ont des seins.

— Des seins ?

— Des nénés. Des mandarines. Des nichons.

— Et alors ?

— Alors, les miens commencent à pousser. Et ça me dégoûte.

— A neuf ans ?... Menteuse !

— Neuf et demi. Tu ne me crois pas ?... Touche.

Elle lui prit une main, la guida ; il palpa sa poitrine naissante à travers le corsage.

— Je ne sens pas grand-chose.

— C'est parce qu'ils sont encore tout petits. Mais moi, quand je me regarde dans la glace, je vois très bien qu'ils sont en train de se former.

— Ils ne sont pas plus gros que les miens. Touche.

Elle le palpa à son tour.

— D'accord. Mais les tiens sont des seins de garçon. Ils ne grossiront pas. Ils ne produiront pas de lait pour nourrir un bébé. Tandis que les miens... J'ai pas envie de devenir pareille à une vache.

Elle se couvrit le visage, faisant mine de pleurnicher. Il lui caressa les cheveux, pour la consoler de cette disgrâce. Ils regardèrent le ciel tout bleu que traversaient des hirondelles prêtes à s'exiler. Déjà, elles tenaient congrès sur les fils télégraphiques.

Ils parlèrent d'autre chose :

— Tu es allé faire les vendanges ?

— Oui. A Aubière, dans le Puy-de-Dôme. C'est très loin. Il faut quatre heures pour arriver. Les hommes passent la moitié de leur temps dans les caves. Quand ils en remontent, ils sont imbranlables.

— Qu'est-ce que ça veut dire ?

— Qu'ils ne tiennent pas debout. On a rapporté

des raisins de réserve qu'on mangera à la Noël. Et toi, pendant ce temps, qu'est-ce que tu faisais ?

— Du piano. La *Lettre à Elise*, et tout ça. Je me suis bien ennuyée. Je pensais tout le temps à toi.

— Pas tout le temps. C'est pas possible.

— Quand on a un frère, on n'aime pas le savoir loin. Toi, tu ne pensais pas à moi ?

— Je rêvais de toi. Toutes les nuits. Mais le jour, j'étais trop occupé par le travail dans les vignes.

Pour l'obliger de penser à elle même le jour, elle chercha sur la rive du Céliou un galet à sa convenance. Il y en avait de toutes les dimensions et de toutes les formes, des ronds, des plats, des ovales, des pointus comme des amandes. Elle en choisit un tacheté de roux, pareil à un œuf de mésange.

— Comme ça, tes doigts le sentiront dans ta poche quand tu chercheras ton mouchoir ou autre chose. Tu te diras : « C'est le galet de ma sœur Flora Margoël. »

— Je peux penser à toi sans galet.

Il le prit tout de même et le fourra au milieu de son antibranle à côté du coquillage de la Méditerranée.

9

Cette histoire de seins, de lait, de bébé le plongea dans un abîme de songerie. D'où provenaient les bébés ? Qui les fabriquait ? Par quelles manœuvres ? Certains propos qu'il entendait à l'école prétendaient qu'ils se forment dans le ventre de leur mère comme les veaux dans celui de la vache, les lapereaux dans celui de la lapine. Il peinait à le croire parce que beaucoup de femmes n'ont pas d'enfants, tandis que toutes les vaches, toutes les lapines ont des petits. Comme il n'osait poser à sa mère des questions sur ce sujet, c'est à tante Alice un jour qu'il s'en ouvrit. Elle répondit simplement :

— C'est le bon Dieu qui les envoie.

— Qui les envoie comment ? Par la poste ?

— Un de ses anges les descend du ciel et les dépose dans les maisons où il y a des berceaux qui les attendent. Et maintenant, veux-tu que je te raconte l'histoire des deux *traoucourilh*... des deux perce-oreilles ?

C'était visiblement une manière de détourner la conversation. Il accepta tout de même parce que, recommandait le maître d'école, il ne faut jamais manquer une occasion d'écouter les vieilles personnes. Il connaissait bien ces insectes dont le derrière est muni de deux pinces toutes pareilles à celles dont se servent les bijoutiers pour percer les oreilles des filles afin d'y suspendre des boucles ou des pendants. On les trouve souvent dans les noyaux de pêche en train de manger l'amande.

— Il était une fois, dit tante Alice, deux perce-oreilles, un oncle et son neveu, qui avaient entrepris un pèlerinage depuis Maurs jusqu'à Conques où ils voulaient aller voir sainte Foy.

— Je connais, dit Léonce. J'y suis allé.

— Un long voyage pour eux, mais à petites étapes. Un soir, ils arrivent très fatigués et mouillés de pluie dans une auberge du côté de Fournoulès. On les reçoit bien. On les met à sécher devant la cheminée. Ensuite, ils se mettent à table et soupent de bon appétit. Après quoi, l'aubergiste leur souhaite la bonne nuit. Ils montent l'escalier et gagnent leur chambre où deux bons lits les attendent. Dès qu'ils y sont, le neveu se déchausse et envoie promener au fond de la pièce, en désordre, ses trois paires de souliers. Car tu dois savoir – le sais-tu ? – que ces bestioles ont six pattes, trois d'un côté, trois de l'autre. Broum ! Broum ! Broum ! Broum ! Broum ! Broum ! font les six souliers du petit perce-oreille en tombant sur le plancher. « Attention, jeune homme ! gronde son oncle. Tu manques d'éducation. On doit respecter le sommeil des voisins pour qu'ils respectent le nôtre ! Ce n'est pas là une bonne façon de se déchausser. » Il lui montre qu'on peut retirer ses bottes sans produire aucun bruit. Le neveu promet de se corriger. Tous les deux enfin se couchent, espérant bien dormir.

Tout par un coup, voici que sur leur tête ils entendent des cognements. « Allons bon ! dit l'oncle. Encore un, là-haut, qui ne sait pas enlever ses chaussures. Ah ! la jeunesse d'aujourd'hui ! Prenons patience. Ça ne durera pas toute la nuit. » Mais ça dure, ça dure. Pour passer le temps, ils comptent les broum sur le plafond : cent vingt, cent vingt et un, cent vingt-deux, cent vingt-trois... Un déchaussement interminable. « Ce gaillard, dit l'oncle perce-oreille, se moque de nous. Faut que j'aille voir de qui il s'agit. » Il saute du lit et grimpe à l'étage supérieur. Il colle son œil au trou de la serrure. Malheur ! Que voit-il ? D'abord, au fond de la pièce, une montagne de godillots. Et puis, un mille-pattes ! Il a travaillé toute la nuit à se déchausser. Et quand l'aube est venue, l'heure de se lever pour repartir, il a entrepris de se rechausser sans avoir fermé l'œil une seconde. Et les deux perce-oreilles non plus.

Ces deux-là se sont donc remis en route comme ils étaient arrivés, très fourbus. Ils ont marché tout le jour qui a suivi. Et quand ils sont arrivés à l'auberge du soir, ils ont demandé expressément de ne pas coucher sous la chambre d'un mille-pattes. « Ces malheureux, a dit l'oncle, plein de sagesse, passent leurs nuits à enlever leurs godasses et leurs journées à les remettre. Ce n'est pas une vie. Soyons donc contents de la nôtre, à nous qui n'avons que six pieds. »

Et tante Alice conclut :

— Faut toujours être content de ce que le bon Dieu nous a faits.

Léonce Bros accepta cette leçon, mais il n'en reçut pas la réponse qu'il espérait à sa question : d'où viennent les bébés ?

Il savait encore moins d'où viennent les pères. Mélanie n'aimait pas être interrogée là-dessus. De loin en loin, elle concédait seulement quelque détail :

— Est-ce que le mien était grand ou petit ?

— Comme monsieur Cholet, à peu près.

— Brun ou blond ?

— Plutôt blond... Non, brun... J'ai oublié.

— Tu t'appelles Bros, comme le grand-père de Condat. Vous n'étiez donc pas mariés ?

— Pas eu le temps.

— Quel âge avait-il quand je suis né ?
— Entre vingt-cinq et quarante ans.
— C'est bien vague.
— Tu m'embêtes. Il est mort.
— Tu n'as pas d'habits noirs.
— Parce que je ne suis pas veuve. Je dirai plus rien.

Alors, il se fabriquait un père à sa convenance. Beau, grand, les épaules larges, les yeux clairs, le menton fendu d'une fossette pareille à celle de monsieur Cholet. Glorieux ancien combattant couvert de médailles. Il s'agissait tantôt d'un marin en voyage sur les mers lointaines. Tantôt d'un mécanicien de locomotive, vêtu de bleu, le regard caché derrière des lunettes noires. Il le voyait bien aussi en pilote d'avion, tel que Jean Mermoz. Mais il n'aurait pas craint de le savoir lieutenant des pompiers dans une grande ville comme Maurs ou Aurillac. Tous ces pères imaginés possédaient comme lui un signe distinctif : des épis sur la tête, une fantaisie du poil rebelle au peigne qui formait une sorte de huppe.

Sa mère lui raccourcissait les cheveux avec ses ciseaux de ravaudeuse. Mais deux fois par an elle lui donnait quarante sous pour aller se faire tondre par Fau, le coiffeur-marchand de tabac. Celui-ci combattait les épis à la tondeuse. Léonce rentrait chez lui avec une tête de bagnard.

Le soir du 30 septembre, il passa en revue son fourniment scolaire pour se préparer à la rentrée. Il cira soigneusement le cartable déjà élimé qu'il portait à l'épaule comme les soldats portent leur musette. Mélanie lui avait acheté deux cahiers neufs dont un donnait en quatrième page de couverture la table d'addition et la table de multiplication ; l'autre montrait Paris et l'Arc de Triomphe. Son plumier contenait un porte-plume et une plume Sergent Major de réserve, trois crayons de couleur, un crayon noir Conté, une gomme, un compas, un rapporteur. Tout était parfaitement en ordre. Tout était aussi en ordre dans sa tête : les participes passés conjugués avec « avoir », les départements avec leurs chefs-lieux et leurs sous-préfectures, les dates de l'histoire de France.

Le lendemain, il fut un des premiers dans la cour de l'école, comme doit faire le bon élève. De loin, Flora le regarda, mais ne lui fit aucun signe qui aurait pu révéler leur connivence. Ils entrèrent en ordre dans la classe. Monsieur Cholet traça en blanc au tableau noir, de sa magnifique écriture, la date du jour : *Vendredi 1er octobre 1937*. La leçon de morale traditionnelle porta sur *Le livre*. Le maître raconta, d'après Victor Hugo, l'histoire de ce jeune garçon qui, en une période de grands désordres, venait d'incendier une bibliothèque. Des milliers de livres étaient partis en fumée. Aux remontrances du poète, il avait simplement répondu : « Je ne sais pas lire. »

— Qu'est-ce donc qu'un livre ? demanda monsieur Cholet. Un objet magique. Il vous parle sans faire de bruit, chose très avantageuse le soir si vous lisez dans votre lit et que vos parents dorment à côté : vous ne les réveillez pas. Magique aussi parce que l'auteur, qui peut-être est mort depuis cent ans, ressuscite dans ces pages ; vous l'entendez, vous entrez en communication avec lui, il vous expose ses idées ; c'est un homme sage, il vous offre une partie de sa sagesse. Un homme pauvre qui a un livre est plus riche qu'un millionnaire qui ne lit jamais. Grâce au livre, le pauvre est rempli de toutes sortes de pensées ; le millionnaire n'en a qu'une : son argent.

En fait, aucun de ces fils et filles de paysans, d'artisans, de commerçants ne se considérait comme vraiment pauvre ; les heureux possesseurs d'un bouquin rayonnèrent de se l'entendre confirmer.

— Moi, m'sieur, j'en ai deux !

— Moi, m'sieur, j'en ai quatre !

Lorsque monsieur Cholet voulut vérifier en demandant quelques titres, il obtint des réponses disparates :

— Mon catéchisme… L'*Almanach des foires et marchés du Cantal*… L'*Almanach Vermot*… *Le Sapeur Camembert*…

Flora Margoël put en citer une douzaine. Boutaric raconta que sa mère fabriquait les livres elle-même en découpant et en cousant ensemble les feuilletons du journal ; mais il ne se rappelait ni les titres ni les auteurs.

A la fin de la leçon de morale, monsieur Cholet fit copier le texte suivant : *L'instruction est la plus grande des richesses. Le livre en est le plus beau trésor. Traitons nos livres avec précaution et respect afin qu'ils puissent être lus et relus.* Chaque leçon comprenait de la sorte trois parties : lecture, commentaire, résumé.

Quelques jours plus tard, elle porta sur *L'honnêteté*. Illustration : un passage des *Confessions* de Rousseau où il raconte qu'étant enfant, il avait volé un ruban et laissé accuser de ce méfait une servante, laquelle fut chassée par sa maîtresse. Quarante ans plus tard, le remords lui rongeait encore la conscience. Résumé en proverbes : *Bien mal acquis ne profite jamais. L'habit volé ne va pas à son voleur. Qui vole un œuf vole un bœuf.*

Or, pendant les commentaires du maître, Léonce sentit plusieurs fois sur lui les yeux de ses camarades. L'histoire de l'orange volée, même si elle avait été rendue, restait dans les mémoires. Une orange amère. Le rouge lui en peignit les joues jusqu'aux oreilles. Toute sa vie, il serait donc tenu pour un voleur. Personne ne le nomma ; mais les regards le désignaient assez clairement. Il put vérifier que Flora, du moins, regardait ailleurs.

Tirabi s'abreuvait en territoire rouergat à la fontaine dite du Téron, composée d'une figure grimaçante avec, dans la bouche, à la façon d'un cigare, un tuyau de fer d'où tombait une eau limpide. Penché sur ce tube, le garde champêtre ressentit dans le derrière un choc très rude qui le poussa vers l'avant et faillit lui faire avaler le cigare de fer, tandis que son képi tombait dans la vasque.

— Damnation ! jura-t-il.

Sans prendre le temps de le repêcher, il se redressa, se retourna, reconnut Néno, le fils d'un maçon-terrassier de Saint-Coutain-des-Sources. Agé d'une quinzaine d'années, il travaillait de temps en temps avec son père comme goujat. Ayant tout de même récupéré sa coiffure, car un garde sans képi est comme un roi sans couronne, Tirabi s'élança derrière le galopin en criant :

— Si je t'attrape !... Si je t'attrape !

Mais Néno avait les pieds légers et le garde le ventre gros. L'un poursuivant l'autre, ils traversèrent tout le quartier nicolaud, la place du Monument, encouragés par les passants :

— Vas-y, Ladoumègue !

Alors, Néno franchit la ligne blanche et s'immobilisa, d'un air de défi, les poings sur les hanches, sachant que l'autre n'avait pas le droit d'aller plus loin.

Jeu de chat et de souris. Néno avançait un pied en territoire aveyronnais, Tirabi se baissait pour le saisir ; mais déjà le pied s'était réfugié en Auvergne. Voyant le garde s'éloigner, Néno le suivit à trois pas ; le premier faisant volte-face, le second courut derrière la ligne. Ainsi pratiquait ce coquin de Voltaire établi à Ferney, sur l'extrême frange du royaume de France : sautant la frontière pour passer en Suisse quand la police royale voulait lui mettre la main au collet ; revenant en France quand le Consistoire helvétique cherchait à le censurer.

La conduite voltairienne de Néno servit d'exemple à plusieurs autres galopins de la paroisse Saint-Christophe. Chaussés d'espadrilles, ils se mettaient à la recherche du garde champêtre, lui lançaient des quolibets, des pommes pourries, parfois des pierres, puis couraient se mettre à l'abri derrière la ligne blanche. A la fin, Tirabi se sentit tellement détesté qu'il se fit venir une dépression nerveuse et se mit en congé pour plusieurs mois. Les polissons se lassèrent de leur harcèlement. De même, Voltaire fut au bout du compte laissé en paix par les autorités helvétiques et par les françaises ; il eut seulement le tort de quitter son château de Ferney : la vie parisienne le tua en quelques semaines.

Le 11 novembre avait changé de nom : ce n'était plus la fête de la Victoire, mais celle de l'Armistice. Comme si les Français n'étaient plus certains d'avoir gagné la Grande Guerre ; comme s'ils pensaient à présent que le 11 novembre 1918 n'avait été qu'une interruption provisoire des hostilités et que celles-ci, tôt ou tard, allaient reprendre. L'audace du nazisme, du fascisme, du franquisme, leurs succès diplomatiques et militaires le faisaient redouter. A Saint-Coutain, la célébration se fit dans la morosité. Les deux maires, messieurs Rabanel et Brandalac, le premier plutôt blanc, le second plutôt rouge, prononcèrent deux discours divergents, l'un pacifiste, l'autre belliqueux s'achevant par ces mots :

— ... Qu'il vienne d'Espagne, d'Afrique, d'Italie ou d'Allemagne, le fascisme ne passera pas !

Puis un clairon sonna *Aux morts*. Quelques veuves non remariées essuyèrent une larme et les deux clans se dispersèrent.

Dans la classe du lendemain, après la leçon de morale et d'instruction civique, monsieur Cholet fit copier ces lignes d'Aristide Briand : *Je dis que la France ne se diminue pas, ne se compromet pas dans sa force quand elle se dresse et dit à la face du monde : « Je vous déclare la paix. »*

La ligne blanche n'empêchait pas la communication entre les deux paroisses. Auvergnats et Rouergats se rencontraient dans les mêmes auberges, dans les mêmes boutiques. C'est ainsi qu'un jeudi matin, revenant d'une épicerie nicolaude avec un paquet de gros sel sous le bras, Léonce Bros buta du pied contre un objet noir qu'il prit d'abord pour un livre de messe. S'étant baissé, il constata qu'il s'agissait d'un porte-monnaie à deux boutons. Il l'ouvrit, le trouva garni de trois billets bleus de dix francs, d'un billet rose de cinquante, de menue monnaie et d'une médaille de saint Nicol. Aucun nom, aucune adresse. La médaille toutefois indiquait assez que le ou la propriétaire venait de la paroisse ennemie. L'objet en main, il regarda autour de lui s'il voyait cette personne. Par un hasard singulier, la place était vide.

Serrant sa trouvaille sur son cœur comme il eût fait d'un oiseau tombé du nid, il rentra chez lui, la déposa sur la table avec le sel.

— Qu'est-ce que c'est ? demanda Mélanie.

— Un porte-monnaie que j'ai trouvé par terre.

— Par terre ? Où ça ?

— Devant la pharmacie Rieu.

— Faut chercher à qui il appartient.

A son tour, elle examina l'intérieur. Vainement. Pour finir, elle conseilla de remettre l'objet à l'instituteur qui ferait le nécessaire. Il passa donc entre les mains de monsieur Cholet qui félicita Léonce de son geste et caressa sa tête pleine d'épis. Un geste d'autant plus remarquable qu'il venait d'un voleur d'orange.

Le même jour, le maître et son élève se rendirent après la classe à la mairie. Ils furent reçus par monsieur Rabanel qui ajouta ses félicitations à celles de l'instituteur. Puis il écrivit quelques lignes et chargea Verjus, le cantonnier-fontainier-éboueur-tambour de ville de les lire d'une voix forte aux carrefours de Saint-Coutain, sans tenir compte de la ligne blanche.

— Avis à la population ! Un porte-monnaie a été trouvé par le jeune Léonce Bros et rapporté à la mairie, où le propriétaire peut venir le retirer. Qu'on se le dise !

Quelques heures après ces bans, une vieille femme rouergate se présenta tout éplorée à la mairie de Saint-Coutain-des-Sources, affirmant qu'elle avait perdu son porte-monnaie. Monsieur Rabanel la soumit à un interrogatoire serré, dont elle ne se tira pas trop bien :

— Décrivez-moi l'objet. Comment était-il ?

— Ben... comme tous les porte-monnaie... Il est en cuir.

— De quelle couleur ?

— De la couleur du cuir.

— Combien de boutons ?

— Un... Deux... Je sais pas bien.

— Quelle somme contenait-il ?

— Je venais juste de toucher ma pension, que je dois à Marcel, mon pauvre fils. Ça doit faire quatre-vingts francs... C'est pas cher, pour la vie de ce garçon.

— Y avait-il dedans autre chose ?

— Une médaille... je crois... de saint Nicol.

— Le porte-monnaie est bien à vous.

— Je vous remercie de tout mon cœur. Et saint Nicol aussi.

— Remerciez surtout le petit garçon qui l'a trouvé, Léonce Bros.

— Le fils de la laveuse ?

— Exactement.

— J'irai le remercier chez lui.

— Vous ferez bien. Il y avait quatre-vingt-deux francs et soixante centimes. Ce qui signifie que vous devez huit francs et vingt-six centimes au gamin.

— Ah bon ?

— Dix pour cent. C'est imposé par la loi.

— Je lui donnerai neuf francs.

Ce même jour, elle se rendit en effet chez Mélanie Bros. Léonce venait de rentrer de l'école. Ils burent ensemble l'inévitable café d'orge, qui est permis même aux enfants. Elle se présenta : veuve depuis vingt ans ; mère d'un fils tombé en Champagne. La pension qu'elle recevait assurait son pain quotidien. C'est donc lui, le mort, qui à présent la nourrissait.

— Vous êtes veuve aussi ?

— Oui... quelque chose comme ça. Avec un fils à élever.

— Moi, je n'avais que celui-là. Je n'ai plus aucune famille.

Lorsqu'elle parla de donner à Léonce les neuf francs qui lui revenaient, la ravaudeuse poussa les hauts cris : il n'en était pas question, il n'avait fait que son devoir d'honnête enfant, il n'avait pas besoin de récompense. Lui qui écoutait ces propos aurait bien accepté dix ou vingt sous qui lui auraient permis d'acheter des sucettes. Il dut se contenter de trois bises de gratitude, aussi piquantes que celles de tante Alice.

L'affaire ne s'arrêta point là. Désireux de rectifier à jamais la mauvaise réputation de son élève, de le proposer en exemple aux autres et à toute la population coutainoise, monsieur Cholet rédigea un petit article et le porta lui-même à la correspondante locale de *La Dépêche de Toulouse*, qui n'était autre que sa collègue rouergate, mademoiselle Broussal, institutrice chez les Nicolauds. Veuve aussi avant le mariage, ayant perdu son fiancé en 1918, restée fidèle à son souvenir, elle frôlait sans trop s'en soucier la quarantaine canonique. Elle reçut bien monsieur Cholet pour qui elle n'éprouvait aucune inimitié paroissiale. Sur sa cheminée, une photo encadrée montrait le glorieux disparu en uniforme de chasseur.

— Où est-il tombé ? s'enquit monsieur Cholet.

— A la vérité, il n'est pas tombé. Il est mort dans un hôpital de la grippe espagnole. Il figure quand même sur le monument aux morts de Rodez, sa ville natale.

Elle sortit une bouteille d'armagnac et ils trinquèrent à la mémoire du défunt en croquant des biscuits. Mademoiselle Broussal envoyait à *La Dépêche* des informations qui lui étaient payées dix centimes la ligne. Plus l'abonnement gratuit. Son collègue sortit le texte qu'il avait préparé :

ACTE DE PROBITÉ. *Le jeune Léonce Bros, âgé de onze ans, élève à l'école de Saint-Coutain-des-Sources (Cantal) dans la classe de M. Raymond Cholet, a trouvé sur la chaussée du village un porte-monnaie contenant la somme de 82 francs et 60 centimes. Cet enfant, qui vit seul avec sa mère laveuse de profession, a déposé ledit porte-monnaie entre les mains du maire, M. Rabanel, qui, après enquête, l'a remis à sa propriétaire. Signalons que le jeune Léonce Bros a refusé la récompense de 10 pour cent qui lui revenait de droit, donnant ainsi un exemple remarquable de probité et de désintéressement. Toutes nos félicitations.*

Mademoiselle Broussal ssouligna que cette information couvrirait une dizaine de lignes et qu'elle lui vaudrait, à elle, une rémunération de vingt sous.

L'article parut en effet la semaine suivante. Monsieur Cholet apporta le journal à Mélanie qui le lut et le relut en remuant les lèvres, n'en croyant ni ses yeux ni ses oreilles. Un quotidien de Toulouse parlait de son fils, de son acte de probité ! Lui qui était tenu par beaucoup pour un voleur ! En revanche, lorsque Léonce eut la feuille sous les yeux, la chose parut ne lui faire ni chaud ni froid. Il se contenta de questionner :

— La probité… qu'est-ce que c'est ?

— Comment qu'est-ce que c'est ? s'indigna sa mère. Tu dois le savoir, toi qui fréquentes l'école !

Monsieur Cholet, toujours présent, expliqua que c'était la même chose que l'honnêteté, mais en plus délicat, en plus scrupuleux. Pour être clair, il fournit l'exemple suivant. Le boulanger Boissié vendait son pain à la couronne, conformément au tarif affiché dans sa boutique : *La couronne d'un kilo… tant.* Avec lui, devant le client, jamais la couronne ne passait sur la balance, prévue une fois pour toutes pour peser un kilo. Personne ne se plaignait. Mais quand madame Boissié servait, elle ne manquait jamais de placer le pain sur le plateau, afin que le client pût vérifier. Et si, une fois sur vingt, il y manquait dix grammes, elle lui ajoutait une tranchette de complément. Le boulanger vendait avec honnêteté ; sa femme, avec probité.

Mélanie garda précieusement ce numéro de *La Dépêche* où il était question d'elle-même et de son fils. Dès lors, Léonce sentit que l'opinion publique se renversait à son égard. Dans la rue, des chuchotis avaient cours derrière lui :

— C'est le gamin qui a trouvé un porte-monnaie.

Monsieur Cholet découpa la page du quotidien et l'afficha pendant un mois dans sa classe à côté des portraits du bon et du mauvais élève. La plupart de ses camarades considérèrent avec respect et admiration ce champion de la probité dont le nom figurait dans *La Dépêche*, presque aussi gros que celui des coureurs du Tour de France.

10

Une autre circonstance augmenta son prestige : il fut atteint par un mal qui répand la terreur, l'appendicite. La moitié de ceux qui en étaient frappés en mouraient. Son premier signe : une douleur persistante, principalement localisée sur le côté droit du ventre, mais sensible moindrement sur le côté gauche. Mélanie la traita ainsi qu'on traitait alors les coliques, en lui faisant avaler un demi-verre d'huile. Comme il refusait d'ouvrir la bouche, elle lui serra le nez entre le pouce et l'index. La nuit, elle lui fit garder une brique chaude sur le point sensible. C'est surtout en marchant qu'il souffrait, chaque pas lui lançait un coup de couteau. Elle le chaussa de pantoufles, pour amortir. Rien de tout cela ne produisit grand effet.

Elle appela Esquirol, le sacristain coupeur de mal. Serrant sa patate dans le poing gauche, marmonnant des abracadabras, il fit des passes sur le nombril du garçon. Résultat nul. Il fallut bien appeler le médecin de Maurs.

Celui-ci vint en side-car, dans le panier duquel il transportait son antibranle, flacons, seringues, verres à ventouses, boîtes de poudres. Il posa un index exactement sur le point douloureux :

— Aïe ! fit Léonce.

— Appendicite ! fit le médecin.

— C'est grave, monsieur le docteur ? fit Mélanie.

— Ça peut l'être. Un seul remède : l'opération. L'enlèvement de l'appendice. Un petit boyau que nous avons dans le corps, qui ne sert à rien qu'à nous causer des ennuis. On ouvre, on découpe, on recoud, il n'y paraît plus. Sauf une cicatrice longue de trois doigts.

— Est-ce qu'on ne peut pas traiter la douleur par des remèdes ?

— Il n'y a pas de remède. Si vous n'opérez pas, vous risquez de perdre votre gamin.

— Sainte Vierge !

— Si vous voulez, je prends un rendez-vous avec le chirurgien d'Aurillac.

Catastrophe ! Celui-ci se trouvait indisponible à la suite d'un accident de voiture. On ne pouvait trouver une égale compétence qu'à l'Hôtel-Dieu de Clermont, qui est un faubourg d'Aubière où ils allaient vendanger chez monsieur Duboy. Mélanie écrivit à ce dernier pour lui demander s'il pouvait l'héberger le temps que durerait l'opération. Elle écrivit aussi à l'Hôtel-Dieu pour connaître le montant de la dépense. Les deux réponses arrivèrent en même temps. C'était oui avec plaisir pour monsieur Duboy. L'administration de l'Hôtel-Dieu envoya un devis comme font les couvreurs pour la réparation d'une toiture ; tout y était détaillé point par point, examen préopératoire, anesthésie, ablation, soins postopératoires, frais d'hébergement et de nourriture pendant huit jours d'hospitalisation, soit un total de trois mille deux cents francs et quelques centimes. Mélanie disposait sur son livret de caisse d'épargne de mille neuf cents francs. Il manquait mille trois cents. Sans compter ses dépenses personnelles ; mais elle comptait bien se nourrir uniquement de pain et d'eau claire. Il ne lui restait qu'à emprunter.

Ernestine Counil, la porteuse de dépêches, lui prêta soixante francs ; madame Laroussinie y alla de cent ; le curé Jo de trente ; le boulanger de dix. Elle fit appel à ses clients et clientes dont elle inscrivit soigneusement les noms et les prêts sur un calepin. C'est alors que monsieur Cholet s'en mêla.

— Léonce Bros, annonça-t-il à ses élèves, est atteint de l'appendicite. Il risque de mourir si on ne l'opère pas à Clermont. Sa mère n'a pas assez d'argent pour payer l'opération. Pensez-vous que nous pouvons l'aider ? Levez le doigt ceux qui le pensent.

Toutes les mains se levèrent. Dans les jours qui suivirent, il n'y eut pas un gars, pas une fille qui n'apportât un peu de finance. Un tel vingt sous ; une telle dix francs. Le résultat de toutes ces contributions fut que Mélanie Bros parvint à réunir le montant du devis. Avec même un petit surplus.

Quand ils entrèrent tous deux dans le bureau de l'Hôtel-Dieu, on fit signer à la mère plusieurs sortes de papiers et on lui réclama la somme de trois mille deux cents francs qu'elle déposa en petites coupures et en pièces métalliques ; le tout pesait presque un kilo. Elle ne put s'empêcher de grommeler une sorte de proverbe :

— D'habitude, on ne donne au chien son croûton que lorsqu'il a tourné les vaches.

Personne ne comprit ce qu'elle voulait dire.

Léonce fut installé dans une salle immense en compagnie d'une vingtaine d'autres malades. Vieux ou très vieux. Ils toussaient, crachaient, gémissaient. L'un, au moins octogénaire, réclamait sa maman. L'autre passait son temps à chantonner et à s'applaudir. Effrayé de ce voisinage, Léonce essayait de dormir. Sa mère, assise près de lui, tenait sa main ou tâtait son front.

Elle couchait chez monsieur Duboy. Chaque matin, le tram d'Aubière la déposait place de Jaude, d'où elle montait à pied jusqu'à l'énorme bâtisse dont la façade sombre semblait arrêter l'avenue Georges-Clemenceau. Elle apportait son manger dans un cabas. Pour boire, elle avait l'eau des robinets. Des religieuses erraient entre les lits, vêtues de blanc, coiffées de cornettes papilionacées, avec un rosaire à la ceinture qui faisait un cliquetis en marchant.

Léonce fut emporté sur un chariot. Elle passa tout le temps de son absence à prier intérieurement la Sainte Vierge et saint Christophe. Après deux heures, on le lui rendit encore inconscient. Il employa deux autres heures à se réveiller, progressivement. Alors commença pour elle et pour lui une période de grand bonheur. Penchée sur son visage, elle avait l'impression de lui communiquer son souffle. Quand il ouvrit les yeux, elle l'appela doucement mon petit cœur, des mots qu'elle n'avait jusque-là jamais dits à personne. Il referma les yeux et sourit à peine, comme s'il les recevait en lui, les savourait, s'en nourrissait. Les trois jours qui suivirent, elle lui mouilla la bouche par petites cuillerées d'eau minérale. Puis elle l'abecqua comme lorsqu'il était dans des langes, de compotes et de purées. Les religieuses le mignotaient aussi, lui caressaient les joues, l'embrassaient sur le front, l'appelaient « notre angelot ». Il eut droit au lait de poule, au fromage blanc, à la viande hachée. Chaque matin, on refaisait son pansement, on le lavait, on le remettait à neuf. Quand il dormait ou faisait semblant, il y avait toujours une figure entourée d'ailes qui se penchait sur lui. Il put bientôt reposer les pieds par terre.

Ces délices durèrent huit jours en effet, comme prévu par le devis. Les meilleures choses ont une fin. Il fallut sortir de l'Hôtel-Dieu. Mélanie envoya à sa vieille amie Ernestine Counil une carte postale représentant Vercingétorix sur un cheval, les quatre pieds en l'air. Puis elle et son fils regagnèrent Saint-Coutain par le chemin des vendangeurs. Qui fut contente plus que tous de les revoir ? La chatte Noiraude qu'ils avaient, en partant, confiée à une voisine ; elle sauta dans les bras de Léonce, enfonça le nez sous son aisselle et bava de bonheur, au point qu'il en eut la chemise toute mouillée.

A l'école, il fut accueilli comme un héros. Il expliqua qu'il avait été ouvert au couteau par un chirurgien, comme on ouvre un poisson, vidé de son caca, recousu proprement. Les regards des filles brûlaient d'admiration. Dans ceux de sa sœur Flora luisait aussi une infinie tendresse. Monsieur Cholet prononça un petit discours pour exprimer la joie que son retour leur procurait. Tous attendaient que lui-même débitât quelques mots :

— Allez ! Lève-toi ! Dis quelque chose !

L'un d'eux lui piqua même les fesses avec la pointe d'un compas. Il se mit debout, mais tellement troublé qu'il ne put desserrer les dents, et se contenta de lever une main.

— Il nous remercie tous, traduisit monsieur Cholet, pour l'aide que nous lui avons apportée et nous dit son plaisir de se retrouver parmi nous.

Léonce approuva de la tête cette traduction.

Pendant plusieurs semaines, on le ménagea, on lui épargna les jeux violents, on le condamna aux billes. Puis, petit à petit, les choses redevinrent ce qu'elles étaient auparavant.

Il ne restait plus à Mélanie qu'à rembourser les sommes empruntées.

Le 6 décembre amena la fête de saint Nicol, autrement dit saint Nicolas. Ce grand saint concurrent de Christophe s'était fait remarquer de son vivant une première fois en intervenant sur les flots pour préserver un navire du naufrage ; une seconde, en ressuscitant trois enfants qu'un boucher sans scrupules avait réduits en tranches et mis au saloir. Il était en conséquence le protecteur officiel des navigateurs et des écoliers. Pour le célébrer, tous les petits Nicolauds avaient donc été mobilisés par l'abbé Martinol. Un premier groupe de gamins transportait un navire en carton, tandis que d'autres coltinaient une bacholle d'où émergeaient les têtes de trois bambins. A cause de la ligne blanche, la procession ne sortit pas du territoire aveyronnais. Les Auvergnats se cantonnèrent sur le leur et tout se déroula en harmonie, même s'il y eut quelques « Vive saint Christophe ! » isolés. Un des effets bénéfiques de la ligne fut d'empêcher la guerre des saints qui sévissait depuis des siècles.

Puis la neige tomba, à larges flocons, que les enfants aimaient à recevoir sur la langue comme une friandise. La ligne frontière recouverte de blanc, plus personne ne se soucia d'Aveyron ni de Cantal. Chaque famille avait fait provision de bois, de farine, de châtaignes, de pommes de terre. Les vaches, les chèvres, les poules se tenaient au chaud dans les étables et les poulaillers. Saison des jours brefs et des longues nuits. Ernestine Counil ne craignait pas, le soir, de traverser le bourg pour venir passer la veillée chez Mélanie Bros et apporter les dernières nouvelles :

— Savez-vous que monsieur Cholet, l'instituteur, a acheté un poste de TSF ? Comme ça, il sait ce qui se passe dans le monde entier.

— Ça prouve qu'il a du temps à perdre. Moi, j'ai assez de savoir ce qui se passe chez mes lapins et mes chèvres.

— D'accord. Mais y a quelqu'un qu'est pas content.

— Qui donc ?

— Le père Garrouste qui habite juste derrière le préau de l'école. Monsieur Cholet a installé une antenne longue de dix mètres entre le préau et une perche qu'il a plantée au fond de son jardin. Le vieux Garrouste raconte que cette antenne est dangereuse, qu'elle attirera la foudre et il veut la lui faire enlever. Il a déposé une plainte à la mairie.

— Ça n'est pas la saison de la foudre !

— C'est ce qu'a répondu le maire. On verra ça à la saison des orages. « Je vous tiendrai pour responsable ! » a crié le vieux Garrouste en levant le poing.

— A quoi elle sert au juste, cette antenne ?

— A attraper les ondes. La TSF vient de Paris sous forme d'ondes, comme celles qu'on fait dans l'eau quand on y jette une pierre. Elles traversent les airs, elles s'accrochent aux fils des antennes. Et voilà.

A force de lire ses livres, Ernestine avait des lumières sur tout.

Conséquence du conflit entre l'instituteur et Garrouste : celui-ci enleva les trois enfants inscrits dans sa classe et les fit inscrire dans la classe nicolaude de mademoiselle Broussal qui manquait d'effectif. Les gamins parurent très affectés de quitter leurs camarades pour passer en territoire ennemi. Le plus jeune, Marius, versa même quelques larmes au moment des adieux. Ceux qui restaient dans l'école auvergnate ne lui en surent aucun gré. Chaque fois qu'ils voyaient les trois frères traverser la ligne blanche, ils leur chantaient aux fesses :

— Nicolauds ! Peladasses et pieds de veau !

Les trois Garrouste ne furent d'ailleurs pas mieux reçus dans la classe de mademoiselle Broussal. Ils s'y firent traiter de Cantalous-têtes-de-loups, et la maîtresse dut employer beaucoup de patience pour les faire accepter.

Les nouvelles apportées par la TSF étaient d'ailleurs très mauvaises. Un certain Eugène Weidmann venait d'avouer six assassinats. La guerre faisait rage en Espagne et en Chine. L'Allemagne hitlérienne menaçait toute l'Europe. Chaque mobilisable français préparait sa musette.

Il y eut à l'école une vaccination générale. Deux docteurs en blouse blanche reçurent les enfants épaules nues, et leur plantèrent une aiguille dans l'omoplate, disant :

— On va voir les courageux et les trouillards.

Léonce fut des premiers.

— C'est contre quoi au juste, cette piqûre ? demanda sa mère à Ernestine la savante.

— Contre plusieurs maladies : la variole, la diphtérie, la tuberculose. Elle en préserve nos enfants.

— On ferait bien, dit Mélanie, d'inventer un vaccin contre la méchanceté.

C'était trop demander à la médecine. Dans les églises, on demandait la paix au petit Jésus et à sa Sainte Mère. La Noël 1937 fut heureuse pour tout le monde dans les deux Saint-Coutain. Neigeuse à souhait. A la messe de minuit, l'église de Saint-Christophe fut trop petite, tous les habitants s'y pressaient. Excepté, naturellement, quelques païens invétérés et fiers de l'être comme l'horloger

Soubiesky. Lumières et musiques. Encens et feu de châtaignier. Trois messes basses interminables : les enfants s'endormaient sur les genoux de leurs grand-mères. Léonce assista le curé dans sa distribution de la sainte hostie. Il reçut dix sous en paiement, salaire exceptionnel. Depuis deux ans, il ne mettait plus ses sabots sous la cheminée ; néanmoins, au saut du lit, il trouva près de son bol de soupe l'orange traditionnelle et cinq écus d'argent empilés. En fait, cinq écus en chocolat dans du papier d'aluminium.

Mais la fête qu'il attendait le plus, la plus joyeuse était celle du Jour de l'An. En cette occasion, il était permis d'embrasser qui on voulait. On aurait pu très justement l'appeler la Fête des Poutouns. Mélanie passait d'abord les 30 et 31 décembre à balayer, épousseter, astiquer sa maison pour bien recevoir les visiteurs. Tout le côté auvergnat de Saint-Coutain s'affairait pareillement afin d'être irréprochable le 1er janvier. Les personnes faisaient aussi toilette. Ce qui permettait aux Nicolauds de prétendre que l'Auvergnat se tient propre un jour seulement sur trois cent soixante-cinq, car il entretient cette croyance : ce qu'on a le Jour de l'An, on l'a aussi le reste de l'année ; si le vent souffle de l'ouest, on est assuré d'avoir de belles pluies ; si la belle-mère est de bonne humeur ce matin-là, elle le sera jusqu'au 31 décembre suivant ; donc, si l'on est propre le 1er janvier… Voyez comme les Rouergats sont de méchantes langues. A quoi monsieur Rabanel, le maire de Saint-Coutain-des-Sources, répliquait vertement :

— Vous nous connaissez mal. Il est vrai que l'Auvergnat fait grande toilette le Jour de l'An. Mais il la fait aussi en deux autres circonstances d'exception : la veille de son mariage, et la veille de son enterrement. Même s'il ne lave que le devant, puisque le derrière ne se voit pas.

A cette riposte, il ajoutait une devinette assassine :

— Savez-vous pourquoi les Nicolauds gardent leurs sabots quand ils se couchent ?... C'est pour ne pas salir les draps avec leurs pieds nus.

Cet échange d'amabilités faisait rire plutôt que pleurer.

Le 1er janvier, Mélanie Bros recevait donc un peu de monde. Léonce devait accepter les baisers obligatoires, qui sentaient le vieux, le moisi, le tabac à priser. Il y avait aussi des baisers d'agrément, aux filles, qui s'étaient mis un peu de sent-bon, voire un soupçon de poudre empruntée à leurs mères. Le tout accompagné des vœux en français ou en patois :

— *Bono nado, bono sandà !* Bonne année, bonne santé !

De son côté, Léonce faisait la tournée des voisins-voisines. Et hardi que je te poutoune, que je te poutoune ! En échange, compliments des dames, quel joli jeune homme, qu'il a de beaux yeux. Les adultes lui permettaient de boire un doigt de Dubonnet. Il recevait aussi des étrennes : un pain au chocolat du boulanger, deux caramels de l'épicière, un illustré de madame Fau. La visite qu'il attendait le plus le conduisait chez les Margoël. Il déposait trois baisers, lentement, profondément, sur les joues de Flora, qui rosissaient. On l'avait peignée, fleurie, enrubannée. Le Jour de l'An lui allait bien. Ce 1er janvier 1938, en l'embrassant, il sentit son cœur battre si fort qu'il se demanda s'il ne devait pas la considérer, non plus comme une sœur, mais comme une bonne amie. De madame Margoël, il reçut une boîte de pastilles octogonales au parfun d'anis qu'elle avait rapportées de Vichy, bonnes pour la digestion. Mélanie les enferma dans un placard et lui en accorda une tous les dimanches.

L'école rouvrit sa porte le lundi 3 janvier. Le maître embrassa chacun de ses vingt-cinq élèves en leur souhaitant, lui aussi, une heureuse année.

— Savez-vous ce que nous allons faire ? proposa-t-il. Au commencement de cette année 1938, je voudrais que chacun de vous prenne une résolution particulière valable pour tous les jours qui vont suivre. Et je vous donne l'exemple : je promets de me montrer plus patient. A vous de jouer.

Chacun y alla de sa promesse solennelle : d'être moins bavard, de travailler mieux en classe, d'être plus attentif, de ne pas tirer les cheveux des filles... Ceux qui ne trouvaient rien se contentaient de répéter les promesses des autres. Léonce promit de manger chez lui le boudin qu'il n'aimait pas.

Et tout reprit comme les années précédentes. Le 15 janvier, la neige recouvrit le village et pendant deux mois, nul ne soupçonna sous sa couche l'existence d'une ligne blanche. Chacun menait tranquillement sa vie dans sa chacunière. Mélanie lavait le linge sale de ses pratiques. Madame Fau vendait du tabac et des journaux. Monsieur Fau coupait les cheveux et rasait les barbes. Le boulanger Boissié parfumait le bourg avec son pain frais. Le curé Jo bénissait les nouveau-nés, les nouveaux époux et les nouveaux morts. Le sacristain Esquirol sonnait les cloches. Soubiesky réparait ses montres et ses réveils en maudissant le capitalisme. Le facteur Jourdan distribuait les lettres. Le pharmacien Rieu composait ses poudres et ses cachets. Les vaches ruminaient dans leurs étables, les cochons grognaient dans leurs soues, la chatte Noiraude ronronnait sur les genoux de Léonce.

La seconde quinzaine de février amena un froid sibérien. Les fontaines se pétrifièrent, les vitres se couvrirent de dentelles de givre, le vin gela dans les bouteilles. Chaque matin, Léonce trouvait dans son pot-de-chambre son urine de la nuit changée en glace jaune. Le feu lui-même gelait dans les cheminées. Plus personne ne foulait les rues verglacées. Des corbeaux gisaient les ailes ouvertes sur les grands espaces blancs.

La lune nouvelle porta remède à cette situation ; saint Aubin lui prêta son appui ; le mercure remonta dans les thermomètres au-dessus de zéro. La terre continua de tourner autour du soleil bien qu'on eût l'impression que c'était le contraire.

— Je ne crois que ce que je vois, affirmait très fort Soubiesky lorsqu'il rencontrait Jo Cayla. Je croirai à l'existence de Dieu quand je le verrai.

— Et mon cul, demanda le curé, l'as-tu déjà vu ?

— Heu... non.

— Et pourtant, je t'assure qu'il existe.

C'était un argument qu'on apprenait au séminaire dans les cours d'apologétique populaire : *Réponses idiotes à des questions idiotes.*

Le Mardi gras amena la fin du Carnaval. Les enfants se couvrirent la figure d'un masque de carton qu'ils avaient, généralement, fait de leurs mains. Ou bien, ils se barbouillèrent le nez et la figure. Et tous, garçons et filles, s'affublèrent de vêtements dérisoires, de châles, de chapeaux gibus. Alors vint la parade de Trévon, un mot patois qui veut dire « fantôme » : un bonhomme de paille dont la charpente était faite de deux perches diposées en croix. Porté par une joyeuse troupe, il défila dans les deux Saint-Coutain sans souci de la ligne blanche ;

il se dirigea vers la place de la Gazelle, accompagné d'une sorte de cantique :

Trévon ! Trévon ! Trévon
N'est ni fille ni garçon,
N'a ni sabre ni médaille.
Trévon n'est qu'un homme en paille
Et la tête en potiron !...

Au milieu de ce grand espace qui allait être son Golgotha, la perche verticale était plantée dans un trou, calée de pierres. Ainsi dressé, l'innocent fantoche ressemblait à un grotesque crucifié. Alors, un porteur de brandon approcha sa flamme du pied. Elle hésita un instant, vacilla, crépita. Soudain, exaltée par le vent, elle embrasa tout le fantôme. Un hurlement de joie monta dans la nuit. Les étincelles s'envolèrent vers les étoiles. Se donnant la main, filles et garçons commencèrent autour de lui une ronde endiablée, chantant toujours « Trévon ! Trévon ! Trévon !... » Trévon devenu à la fois Jésus-Christ et Jeanne d'Arc. Sa combustion fut violente mais courte. Les flammèches pleuvaient dans tous les sens. Bientôt, il ne resta de lui qu'un monticule de cendres rouges sur lesquelles se dressait encore la croix des deux perches calcinées.

Soudain, le chœur s'éteignit. Les restes des tiges s'écroulèrent sur les braises. Une grande mélancolie gagna l'assistance, comme si elle venait réellement de sacrifier une créature de chair et d'âme.

Chacun abandonna ces décombres avec, dans la conscience, le sentiment d'avoir commis un crime abominable. Un peu comme cet Anglais qui, à Rouen, s'écria : « Nous avons brûlé une sainte ! »

L'homme a besoin, de temps en temps, d'un holocauste. D'un pogrom dans lequel il épanche ses vices, sa bestialité, ses instincts diaboliques. Après quoi, doucereusement, il adore ce qu'il a brûlé.

11

Ce Garrouste qui avait privé monsieur Cholet de ses trois gamins au profit de la classe nicolaude était un mauvais sujet, buveur, querelleur, pas trop vaillant. Ce qu'il avait le mieux réussi dans sa vie était sa fille Catherine, alors âgée de dix-huit avrils, jolie comme une fleur, quoique pas toujours bien peignée. Il la tenait sous clé autant qu'il le pouvait, craignant qu'on ne la lui prenne. Veuf depuis des années, il avait besoin d'elle pour cuire sa soupe et tenir son ménage. Il exerçait le métier de *fabre*, c'est-à-dire de forgeron-maréchal-ferrant ; et aussi, à l'occasion, celui de tondeur de brebis. Trois spécialités qui l'auraient bien nourri, s'il n'avait pas été si porté sur la chopine.

Les paysans lui amenaient leurs chevaux, leurs vaches, leurs bœufs. Il les sanglait dans le travail dressé devant sa porte, une charpente de bois et de fer d'où pendaient deux sangles. Car il fallait immobiliser la bête. Le propriétaire retenait chaque patte sur son genou. Garrouste arrachait de ses tenailles le fer ancien, qui trouvait souvent preneur parmi les curieux comme porte-chance : cloué sur une grange, il éloignait les mauvais esprits.

Au moyen du tranchet et du marteau, le fabre égalisait le sabot. Il se remplissait la bouche de longs clous à caboche pyramidale. Puis il allait chercher le nouveau fer qui se tenait au chaud dans la forge, le saisissait tout rouge au bout de ses pinces, l'appliquait d'une main sur la semelle du sabot, le clouait de l'autre main. La corne grésillait, répandant une fumée âcre qui encensait tout le quartier, au même titre que le café de la Méroninque. Léonce aimait ces deux odeurs.

Comme tondeur de brebis, Garrouste employait un seul outil, ses forces en forme de V majuscule. Longtemps, il eut aussi un client particulier : Jouon Poudeyme, c'est-à-dire Jean le Niais. Celui-ci vivait de petits travaux, quand il voulait bien, mais le plus souvent de mendicité. A première vue, on l'aurait pris pour un lion, à cause de sa crinière fauve, de son visage hirsute. Il se promenait toujours avec un sac de marin sur l'épaule dans lequel sa fortune était pressée. Son costume était fait de pièces superposées, deux ou trois culottes, maillot sur chandail, veste sur veste, de sorte que le dessus occultait les trous du dessous. Il se dégageait de cet amas une odeur indéfinissable, de grange, d'étable, de sous-bois, de crasse, de sauvage, qui affolait les chiens : ils hurlaient à la curée. Les mères se servaient de lui pour effrayer leurs enfants :

— Si tu n'es pas sage, Jouon Poudeyme t'emportera dans son sac.

Une fois l'an, il paraissait donc chez Garrouste et disait froidement :

— C'est pour la barbe et les cheveux.

Le maréchal le faisait asseoir sur son enclume, saisissait ses forces à brebis et lui tondait la figure et la tête. Le poil pleuvait sur la terre battue. Jeté sur le charbon de la forge, il produisait une courte flamme et presque la même puanteur que la corne brûlée. Poudeyme reprenait une figure humaine, des joues et un menton pâles sous les cernes sombres des pommettes. On ne le reconnaissait plus. On s'étonnait qu'il parût si jeune.

— Quel âge as-tu au juste ?

— Vingt-huit siècles.

— Tu les portes bien.

Un jour qu'il sortait de la maréchalerie ainsi restauré, il heurta au passage madame Laroussinie, la veuve du général, qui revenait de la messe.

— Hé ! Pardon, excuse ! fit-il, car c'était un garçon bien élevé.

Et elle, dans sa surprise :

— Mais... mais... mais...

— Je vous demande pardon, répéta-t-il.

— Votre visage me dit quelque chose.

— Regardez-le bien. On ne le voit pas souvent.

— Il me rappelle quelqu'un de connu.

— Possible.

— Puis-je savoir votre nom ?

— Jouon Poudeyme. Jean le Niais.

— C'est un sobriquet. Votre nom véritable ?

— Je l'ai perdu en route... M'en souviens plus. Mes salutations, madame.

Il s'éloigna dans ses vêtements superposés, la laissant toute rêveuse et se demandant : « Où ai-je déjà vu cette figure ? » Elle interrogea Garrouste : « Savez-vous son vrai nom ? » Il ne connaissait que celui de Poudeyme. C'est que la veuve souffrait d'une étrange curiosité : native de l'Aveyron, mais établie dans le Cantal, elle s'intéressait aux familles du village partagé, prétendait s'informer des alliances et des généalogies, n'hésitait pas à fouiller les registres de l'état civil. Ainsi occupait-elle les longs loisirs de son veuvage.

Le 26 mars, grande foire à Maurs. Tous les éleveurs de la région y transportaient du bétail. Le clou de la manifestation était un concours de taureaux salers qui devait rapporter à l'éleveur un diplôme, un panneau de bois à placer dans l'étable de la bête et une récompense de cinq cents francs décernée par la Chambre d'Agriculture.

Deux taureaux de Saint-Coutain-des-Sources et trois aveyronnais participaient à la compétition parmi deux douzaines d'autres. Les membres du jury, vétérinaires, bouchers, fromagers, considérèrent les animaux exposés, retenus par des chaînes, le mufle bas, insensibles aux honneurs. Seul un numéro les identifiait. Autour de l'enceinte, les paysans regardaient, prononçaient leurs jugements personnels, commentant les volumes, les poils, les cornes, les queues, les oreilles, les sexes, essayant d'influencer les examinateurs. Les taureaux s'impatientaient de tout ce monde et tapaient du sabot sur la litière.

Sourds aux gloses, les jurés faisaient leur travail, prenaient des notes sur leurs calepins, enregistraient les mensurations, tâtaient les échines et les fessiers. En fin de journée, ayant délibéré dans le secret, ils annoncèrent à la foule muette le nom du vainqueur :

— Numéro 25, c'est-à-dire Turbo, âgé de trois ans, appartenant à monsieur Paul Cantournet, des Truels, département de l'Aveyron.

Silence stupéfait. Puis murmures. Puis protestations exaspérées :

— Comment ça, un éleveur de l'Aveyron ! Alors qu'il était en concurrence avec douze éleveurs du Cantal !... Une honte !... De qui se moque le jury ?... A quel prix l'a-t-on acheté ?

Le jury, par la voix de son président, affirma haut et fort qu'il n'était pas à vendre. Que le concours était ouvert à tous les éleveurs de la région. Que discuter la victoire de Turbo sous prétexte qu'il venait du département voisin était une forme de racisme. Et la foule :

— Les Aveyronnais n'ont donc pas assez d'élever leurs vaches-chèvres, leurs aubracs ? Il faut encore qu'ils mettent la main sur nos salers et qu'ils reçoivent les honneurs ?

Cantournet empocha les cinq cents francs, reçut la médaille, le diplôme et le panneau et s'en alla sous les huées. Tirant sa bête par les naseaux. Tous deux passèrent la nuit on ne sait où. Le lendemain, ayant marché douze kilomètres, et se dirigeant vers les Truels, l'éleveur aveyronnais eut l'audace de traverser Saint-Coutain sans se soucier de la ligne blanche, promenant son Turbo paré de pompons et de panaches, arborant ce dossard : *Premier prix des taureaux salers au concours de Maurs*. Au milieu des sifflets et des vociférations.

Quelques jours plus tard, éclata une guerre nouvelle : celle du remembrement. La mode était à la réunion des parcelles dispersées. Les communes circonvoisines avaient déjà procédé à cette opération qui exigeait du temps, de la patience, la bonne volonté des propriétaires. Presque tous ceux de Saint-Coutain possédaient des pâturages, bois, champs à culture ou friches dans les deux départements. Comment les rapprocher, comment satisfaire chacun, comment ne léser personne ? Par la force des choses, la commission chargée de régler cette redistribution fut composée de membres délégués par les deux conseils municipaux, sous la présidence de monsieur Margoël, géomètre-arpenteur. Or il se trouvait que tous ces messieurs étaient également propriétaires, donc juges et parties.

Leur première tâche fut de classer les sols en trois catégories : les bons, les médiocres, les mauvais. Chacune affectée d'un coefficient de valeur : 4, 2, 1. Ce qui fait qu'un hectare de la première espèce (prairies d'engrais, terres à blé ou à betteraves) en valait deux de la seconde (pacages d'altitude, sols sablonneux) et quatre de la troisième (friches invétérées, terrains de broussailles et de buissons). Naturellement, chaque propriétaire prétendait ne posséder que des meilleures :

— Une friche, ce terrain ? Mon grand-père y cultivait de l'avoine et de l'orge.

— Sans doute. Mais l'abandon l'a fait dépérir.

Il fallut recourir à un groupe d'arbitres où entraient les deux maires, les deux curés, des vieillards témoins des anciennes cultures. Mesurer les dimensions, rechercher des bornes depuis longtemps enfouies, observer à la loupe le plan cadastral. Monsieur Margoël et son aide promenèrent leurs chaînes, plantèrent des jalons. Le pharmacien analysa les sols. Les notaires se mirent de la partie.

Pendant trois mois, on ne parla plus que de remembrer ce qui avait été démembré par les héritages.

Vint enfin le verdict de la commission. Comme il fallait s'y attendre, chaque propriétaire trouva que les commissaires s'étaient bien servis. L'un d'eux, acceptant des terres dites mauvaises, avait triplé la surface de son domaine. On le vit par la suite chauler ces sols prétendument stériles et en tirer de prodigieuses récoltes de pommes de terre. Beaucoup firent appel de ces décisions et comparurent devant le juge de paix qui donna raison à ses amis, tort à ses ennemis. Quelques-uns, enfin, accusèrent monsieur Margoël d'être le plus grand tricheur du remembrement. Lui aussi s'était bien servi. Il trouva sur ses portes des inscriptions à la peinture noire : *Margoël = Margoulin. Arpenteur et menteur.* Beaucoup de Coutainois lui refusèrent le salut.

Un dimanche soir qu'il revenait de promenade avec sa femme et sa fille dans leur Juvaquatre, il trouva une foule devant sa porte et la voiture des pompiers : le hangar où il rangeait son matériel d'arpentage était en train de brûler. Les gendarmes arrivèrent de Maurs, commencèrent leur enquête. Un bidon d'essence qui n'avait rien à faire en ces lieux révéla qu'il s'agissait d'un incendie criminel. Vengeance probable d'un propriétaire terrien lésé par le remembrement. Presque tous prétendaient l'être. On ne put jamais identifier le coupable.

Dans le mois qui suivit, monsieur Margoël vendit

sa maison et partit s'établir à Saint-Coutain tout court. Sans dire au revoir à personne. Ainsi le Cantal se trouva privé de sa personne et de ses compétences. Sa fille, retirée à monsieur Cholet, passa sous l'autorité de mademoiselle Broussal.

Flora et Léonce se firent des adieux derrière le monument aux morts, assis côte à côte sur la bordure de granit de la jardinière où languissaient des pavots. Au crépuscule, car c'est une heure qui convient à la douleur. Elle expliqua que quelqu'un avait voulu faire brûler toute sa famille, qui, par chance, était de sortie ce jour-là. Et lui, qui ne comprenait rien aux causes et aux effets :

— Pourquoi ?

— Parce que les Cantalous ne nous aiment pas.

— Moi, je suis Cantalou, et je t'aime.

— Tu es une exception. Mon père et ma mère sont d'ailleurs originaires de l'Aveyron. Alors, on y retourne. Je regrette mes camarades. Et monsieur Cholet.

— Et moi, tu ne me regrettes pas ?

— Oh ! Nous nous reverrons, si tu veux bien. A vol d'oiseau, ta maison et la nôtre, la nouvelle, ne seront pas à plus de six cents mètres.

— A vol d'oiseau !

— Nous pourrons nous rencontrer à la Gazelle, qui n'est pas partagée par la ligne blanche. Nous nous cacherons dans les bosquets qui l'entourent.

Il se demanda s'il devait pleurer un peu. Il essaya,

sans y parvenir, parce qu'il savait que, s'il perdait Flora comme voisine de classe, elle n'allait pas au bout du monde et qu'il la retrouverait à vol d'oiseau.

— A bientôt, conclut-elle.

Ils s'embrassèrent sur les joues comme si c'eût été un Jour de l'An.

La classe sans elle parut à Léonce dépourvue d'intérêt. La place de Flora fut occupée par Julie Verjus, la fille de l'éboueur-cantonnier, une rousse aux yeux verts, marquée de taches de son. Studieuse, lécheuse, toujours pendue aux lèvres et aux gestes du maître, elle ne songeait qu'au travail scolaire, elle voulait devenir institutrice.

Il souffrait à présent d'étourderies qui l'envoyaient souvent au fond de la salle lire les portraits du BON et du MAUVAIS ÉLÈVE. La nuit, il entendait la pluie grignoter le toit de sa maison comme un troupeau de rats ; quand il réussissait à s'endormir, il rêvait de sa sœur à vol d'oiseau. Autrement dit, il s'imaginait rouge-gorge, volant au-dessus du pavillon des Margoël. Il entrait même par la fenêtre ouverte de Flora, sautillait sur son lit, picorait dans ses mains comme elle faisait naguère dans les siennes.

Comment appeler cela ? Un drame ? Un incident ? Une farce ? Un scandale ? La chose prouva du moins qu'une entente véritable pouvait être établie entre les deux Saint-Coutain.

Un lundi matin, à huit heures, les élèves de monsieur Cholet furent bien surpris de ne pas trouver leur maître arpentant la cour de récréation, son sifflet retenu au cou en sautoir. Cela ne s'était pas produit une seule fois depuis qu'il avait remplacé monsieur Rabanel. Qu'en penser ? Les volets de sa chambre restèrent clos. Dormait-il encore ? Etait-il malade ? Ou décédé ? Plutôt contents de cette situation qui les privait de classe, garçons et filles continuèrent de jouer aux billes ou de sauter à la corde.

La récréation se prolongea de la sorte jusqu'au moment où Soubiesky, passant par hasard en ces lieux, demanda aux enfants :

— Qu'est-ce qui se passe ?

— On sait pas. On ne voit pas monsieur Cholet.

L'horloger entra dans la cour, tira le cordon de la cloche, cogna à la porte, appela sans obtenir de réponse. Il courut à la mairie. Verjus vint avec une échelle, l'appliqua au mur. Il força les volets, les écarta, regarda à l'intérieur de la chambre. Personne. L'instituteur s'était enfui, à vol d'oiseau. Les gamins rentrèrent chez eux.

Or, quelques instants plus tard, le père Cayla qui revenait d'une visite à son confrère Martinol, curé de l'autre paroisse, rapporta au maire Rabanel que quelque chose d'anormal était en train de se produire chez les Nicolauds, qu'un attroupement s'était formé devant l'école tenue par mademoiselle Broussal. Rabanel y courut. Les élèves aveyronnais étaient privés d'institutrice de même que les auvergnats privés d'instituteur.

Une autre échelle fut appliquée à la façade. Le maire Brandalac en personne la gravit, suivi de maître Pujol, son adjoint. On les vit pousser les battants de la fenêtre entrouverte, sauter dans la chambre. Ce qu'ils virent dépassait l'imagination : un tableau sardanapalesque. Sur la table, d'abord, des bouteilles de champagne vides, des verres renversés, les restes d'une bamboula. Sur le lit, les corps nus et embrassés de l'institutrice aveyronnaise et de l'instituteur auvergnat, plongés dans un sommeil orgiaque. Voilà à quelle espèce de maître et maîtresse étaient confiés leurs enfants ! Les deux municipaux se remplirent d'abord bien les yeux de cette vision scandaleuse. Puis Brandalac, se souvenant du virage de lits qu'on pratique dans les casernes, saisit le matelas et le renversa sur le plancher avec ses occupants. Enfin réveillés, les deux misérables poussèrent dessous des cris et des grognements. Monsieur Cholet se releva, hébété, couvrant son sexe à deux mains et bégayant :

— Kè kè kè… Qu'est-ce qui se passe ?

— Il se passe, gronda le maire, que vous êtes

révoqués tous les deux ! Vous êtes la honte de la fonction enseignante ! Habillez-vous !

La demoiselle préféra rester enfouie sous le matelas jusqu'au départ des trois hommes. Les enfants rentrèrent chez eux et furent privés d'école pendant une semaine. Après quoi, vinrent des remplaçants. Les deux titulaires ne furent pas révoqués, comme l'avait annoncé le maire Brandalac. Les administrations académiques, indulgentes aux faiblesses humaines, envoyèrent simplement les deux pécheurs vers d'autres postes, loin de Saint-Coutain. Monsieur Cholet sollicita de sa hiérarchie l'autorisation de faire une dernière classe. Une classe d'adieu. On lui accorda une heure.

Tous les élèves étaient là devant lui, muets de stupeur et de chagrin, sachant qu'il avait commis une faute et qu'il devait les quitter. Il avait revêtu son meilleur costume ; une cravate papillon à pois blancs sur fond bleu soulignait son menton fendu. Jamais Léonce ne l'avait trouvé si beau. Debout sur l'estrade, il passa sur son front sa main à quatre doigts comme pour effacer un cauchemar. Il se racla la gorge. Il réussit à parler :

— Mes chers élèves…

L'émotion lui brisa la voix.

— … je dois partir. Vous aurez bientôt un autre maître…

Des sanglots éclatèrent, vrais ou simulés. C'était

à qui voulait manifester le plus de chagrin. Julie Verjus faisait *haaa ! haaa !*

— On m'a permis de rester encore une heure avec vous. Je ne vous ferai pas une dernière leçon de morale. J'aurais plutôt besoin qu'on m'en fasse une. Quand vous serez plus grands, je suis sûr que vous me comprendrez et que vous pardonnerez ma bêtise. Je dois faire pénitence, moi aussi. D'accord. Elle est cruelle. Afin de vous montrer mon affection, je désire vous laisser quelques souvenirs de moi.

Il débarrassa le bureau derrière lequel il avait coutume de s'asseoir, enleva registres et encriers. Puis il disposa dessus toutes sortes d'objets qu'il prenait dans ses poches ou dans les tiroirs : crayons, gommes, bons points, images, plumes, pastilles, tablettes de chewing-gum, tube de colle, trombones, règle, calendrier... Tout le pauvre attirail dont il s'était servi pendant des années dans cette classe. Et même, faute d'autre chose, morceaux de papier sur lesquels il avait écrit sa signature. Ensuite, par ordre alphabétique, chaque garçon ou fille quitta sa place et vint choisir son lot. Léonce, après avoir longtemps hésité, demanda un calepin dans lequel monsieur Cholet s'était amusé à relever des proverbes dans leurs versions patoise et française : « *Flor de fiurey Vai mau al poumey*. Fleur de février Va mal au pommier. *Al mes d'abriau Tota bestia tchanza de piau*. Au mois d'avril Toute bête change de poil... » Il fut un des mieux servis. Il demanda cependant par extrême faveur de prendre un second souvenir qu'il donnerait à Flora Margoël, bien qu'elle eût quitté cette école. Ce qui lui fut accordé.

Quand tout le monde eut sa bricole, monsieur Cholet passa de table en table et embrassa chacun, provoquant beaucoup de vraies larmes. Il dit enfin :

— Je laisse la place à mon successeur. J'espère que vous l'aimerez autant que moi.

Ce n'était pas possible ; mais ses élèves le lui laissèrent croire en approuvant de la tête. Quoique l'heure ne fût pas encore terminée, il leur dit au revoir de la main et s'en alla, laissant la place à un certain monsieur Albert qui attendait dans la cour de récréation.

Ainsi, monsieur Cholet et mademoiselle Broussal quittèrent Saint-Coutain et n'y revinrent jamais. On n'eut plus de leurs nouvelles.

12

Il fallut tout reprendre à zéro. Le nouvel instituteur, monsieur Albert, était un jeune débutant partisan de toutes les audaces pédagogiques, méthode globale, méthode active, méthode Freinet. La classe changea de nom et s'appela « espace de vie ». Les pupitres, précédemment alignés comme des soldats à la parade, furent disposés en demi-cercle au centre duquel le maître pratiquait ses acrobaties. Foin des règles apprises par cœur ! Des tables d'addition et de multiplication ! Des départements et de leurs chefs-lieux ! On se mit à rédiger un journal de classe et, s'il vous plaît, à l'imprimer ! Chaque élève eut la possibilité d'y voir ses textes, ses dessins, sa signature. Des vocations poétiques se révélèrent. On établit un jumelage avec une école alsacienne, Wolxheim, près de Mulhouse, au sud de Strasbourg, ce qui permit, par la même occasion, de faire connaissance avec le Haut-Rhin et le Bas-Rhin. On échangea des journaux et des cartes postales, ce qui leur permit de découvrir l'Auvergne.

En quelques semaines, l'espace de vie fut rempli de souris, de hérissons, d'orvets, de hannetons, d'araignées en cages dont on étudiait les mœurs. On envoya promener Vercingétorix, les rois de France et les dates d'histoire ; mais on étudia le cheval et la pomme de terre à travers les âges. Une fois par semaine au moins, par temps favorable, monsieur Albert emmenait ses élèves, non plus en classe-promenade, mais en « classe de découverte ». On battait la campagne, on cherchait à identifier les oiseaux et les herbes, on interrogeait les laboureurs, les électriciens qui grimpaient aux poteaux avec des pinces de crabe (car l'électricité était enfin arrivée à Saint-Coutain), les cantonniers, les bûcherons. On interviewait les mendiants, notamment Poudeyme, qui s'était laissé repousser la barbe et les cheveux, et qui expliqua ses motivations :

— Je vis comme ça par amour de la liberté et par haine de l'argent.

On s'intéressait aux fourmis, aux sauterelles, aux coccinelles, aux papillons. On revenait la tête bourrée de philosophie. Chacun couchait ses impressions sur le papier, avant de les confier à Gutenberg.

Les petits apprenaient à lire sans alphabet, à

écrire sans ardoise. Monsieur Albert distribua des pipeaux. Bientôt, tout l'effectif sut jouer *Au clair de la lune* et *J'ai du bon tabac*. Rien que du classique.

Bref, tout le monde, élèves et parents, préféra le jeune monsieur Albert au vieux monsieur Cholet, ce champion de la morale, de la discipline et du participe passé.

Le jeudi, les enfants inoccupés se réunissaient à la Gazelle, le foirail épargné par la ligne blanche. Les petits Nicolauds venaient aussi et l'on jouait ensemble, oubliant les querelles des adultes. Léonce avait quelquefois la possibilité d'y retrouver Flora. Les garçons se lançaient dans des jeux violents, interdits dans la cour de l'école. Principalement à la balle au pied qu'ils appelaient le *fote-balle*. Et aussi, par temps sec, au ballon ovale qu'ils appelaient le *rugueby*. Il en résultait des yeux pochés, des nez saigneux, des culottes déchirées. Les filles regardaient le spectacle, applaudissaient, encourageaient de leurs cris. Aucun arbitre ne participait, d'abord parce que personne ne connaissait exactement les règles du jeu ; ensuite, parce qu'il n'était pas question d'obéir à une autorité supérieure. Ce qui comptait, c'était de taper, du pied, de la tête, du poing, du genou. Les équipes étaient souvent composées d'un effectif peu conforme aux habitudes internationales : douze jouaient contre quatorze, seize contre vingt-deux.

Les gamines venaient donc plutôt pour « supporter » les joueurs, comme on dit aujourd'hui. Mais elles participaient quelquefois à un jeu de cache-cache, une variante de colin-maillard, qui se pratiquait dans une remise remplie d'anciennes voitures à cheval désaffectées. Il y avait là un cabriolet, un fiacre, une calèche. Les banquettes de cuir, les capitonnages sentaient encore le musc, le cigare froid, la poudre de riz, les parfums d'avant 1920. On fermait la porte du hangar pour réduire la lumière. Tous, garçons et filles, disparaissaient dans les véhicules pendant qu'un seul « bouchait ». Quand il avait compté jusqu'à dix, il s'introduisait à son tour, pareil au renard dans un poulailler. Là encore, il s'agissait d'identifier dans l'obscurité les poulettes. Léonce se laissait guider par une certaine odeur de biscuit qui le conduisait tout droit à sa sœur Flora. Ses mains se promenaient sur le visage, les cheveux, les épaules, le cou de la fillette. Ces investigations délicieuses se prolongeaient aussi longtemps qu'il était décent de le faire, mais n'allaient pas au-delà des surfaces découvertes. Il lui arrivait seulement de poser sur sa tête un baiser imperceptible. Alors, alors ! il poussait son cri de victoire :

— Flora Margoël !

Après quoi, il devenait à son tour chair à renard.

Et les demoiselles procédaient de même, en tout bien tout honneur.

Léonce et Flora grandirent ainsi, séparés par la ligne blanche, mais bien plus encore par la volonté d'un père géomètre-arpenteur. Le 14 juin 1938, alors qu'ils se trouvaient dans un des bosquets de la Gazelle, enveloppés de feuilles et de branches, Flora lui fit cette révélation :

— J'ai aujourd'hui onze ans.

— Je le savais. Joyeux anniversaire !

— Tu ne m'embrasses pas ?

Il se pencha vers elle, effleura ses joues de soie, aller et retour, trois fois, au nom du Père, du Fils et du Saint-Esprit. Soudain, lors du dernier passage, elle posa une main derrière sa nuque à lui, l'attira vers elle, colla ses lèvres contre les siennes. Il en eut le souffle coupé.

— Eh bien… fit-il.

— Encore.

Elle avait la bouche humide. Il ne trouva pas ça très ragoûtant.

— Nous sommes, ajouta-t-elle, Roméo et Juliette.

— Connais pas.

— Deux amoureux célèbres. J'ai vu un film à Aurillac, avec Yvan Mosjoukine.

— Connais pas.

— A la fin, ils meurent tous les deux, empoisonnés. Nous, on n'est pas obligés. Mais nous ne devons plus nous considérer comme une sœur et un frère. A présent, nous sommes deux fiancés.

— Je veux bien.

— Donc, on s'embrasse en fiancés.

Ils recommencèrent. Elle avait sucé des pastilles Valda, son souffle sentait la menthe.

Quand ils sortirent du bosquet, ils eurent l'impression d'avoir grandi de dix ans.

Une autre fois, sans demander permission à personne, elle rendit visite toute seule à Léonce et Mélanie. Celle-ci accueillit joyeusement la « demoiselle aux lapins ». Flora les revit dans leurs cages, les caressa, les baisa entre les oreilles. Son fiancé lui présenta aussi la chatte Noiraude qui accepta de se coucher sur ses genoux.

— Je reviens, dit la mère.

Après un moment d'absence, elle reparut portant un bol de fraises qu'elle venait de cueillir au jardin. Lavées, luisantes, constellées de leurs grainules roses.

— Vous les aimez ? demanda-t-elle.

— A la folie !

— Eh bien ! Servez-vous.

— Je peux ?

— Tant que vous voudrez.

Elle en picora une. Puis deux. Puis trois. Léonce l'encourageait d'un sourire.

— Et toi ? demandait-elle de temps en temps.

Il secouait la tête comme s'il ne les avait pas aimées. Ils firent si bien tous les trois qu'elle atteignit le fond du bol. De plaisir, les autres battirent des mains.

— Comme je suis gourmande ! s'excusa-t-elle.

Dès lors, elle ne fut plus la « demoiselle aux lapins », mais la « demoiselle aux fraises ».

Monsieur Albert présenta quatre élèves à l'examen du Certificat d'études, dont Léonce Bros. Deux garçons et deux filles. Tous furent reçus brillamment. Mélanie fit encadrer le diplôme de son fils par Ernest Magne, le menuisier-charpentier, fabricant de cercueils, et le suspendit dans sa salle, au-dessous du crucifix.

L'été qui suivit, Léonce et Flora ne se virent pas beaucoup, car, une fois de plus, elle partit en août aux bains de mer, tandis qu'il travaillait, selon ses forces, dans les fermes de la Châtaigneraie. Les maîtres appréciaient sa vaillance et le peu qu'il leur en coûtait. Son patron principal était monsieur Jalenque, du Meynial, qui avait cette particularité d'avoir donné à ses bœufs les noms de ministres : Daladier, Herriot, Bonnet, Doumergue. Daladier était toujours lié à Bonnet, Herriot toujours à

Doumergue. Et cela faisait bien rire le monde lorsqu'on l'entendait crier :

— Hue Daladier, grande charogne !... Hue Doumergue, gros feignant !

Léonce, lui, ne comprenait rien à ces insinuations politiques.

En septembre, la guerre faillit éclater. Les murs se couvrirent d'affiches blanches appelant à une mobilisation partielle. Beaucoup d'hommes partirent. Pas tous, seulement ceux qui avaient un mauvais numéro sur leur fiche militaire. Quelques semaines plus tard, ils regagnèrent leurs foyers, éberlués d'être encore vivants, car Daladier, dit le Taureau du Vaucluse, lié à Bonnet, avait sauvé la paix à Munich.

En octobre, riche de son Certif, Léonce reprit la classe afin d'achever ses études primaires obligatoires. Lors d'une rencontre à la Gazelle, il eut le chagrin d'entendre Flora lui annoncer qu'elle quittait Saint-Coutain, que ses parents l'avaient inscrite dans un collège d'Aurillac, où elle préparerait le Brevet. Le Brevet ! Mirifique diplôme qui permettait d'accéder aux plus brillantes carrières, dans l'enseignement, la poste, les services financiers, l'enregistrement, le commerce. Il demanda quelle profession elle désirait embrasser plus tard.

— Celle d'écrivain, comme Colette qui possède aussi le Brevet pour seul diplôme. Mais je reviendrai à Saint-Coutain. Non seulement aux vacances scolaires, mais quelquefois en fin de semaine. Je ne t'oublierai pas. Tu restes mon fiancé.

Et elle lui donna un baiser en gage. Son cœur se gonfla de consolation, car lui ne pouvait espérer qu'une carrière : celle d'ouvrier agricole. Entre eux, resterait toujours la ligne blanche qui sépare le Certif du Brevet, l'ignorance du savoir, la pauvreté de la richesse.

Deuxième partie

1

Au cours supérieur, Léonce commença l'année scolaire 38-39 toujours le plus grand et le plus respecté de sa classe. A douze ans et demi, il en paraissait quinze. Le maître lui demandait des travaux de force : ramoner les tuyaux du poêle, déplacer l'armoire-bibliothèque, transporter les cages des animaux. Lors d'une classe de découverte, il lui arriva de se coltiner un petit qui s'était foulé une cheville, comme le berger porte un agneau. Dans la cour, en cas de dispute, il était pris volontiers par les plus jeunes pour arbitre et pour juge de paix, c'est lui qui disait : toi tu as tort, toi tu as raison. On aurait pu lui appliquer une expression qui d'ordinaire n'allait qu'aux vieillards pleins de sagesse : il « portait sentence ». Il rendait ses jugements sous le robinier comme Saint Louis sous un chêne. Personne ne le discutait.

A mesure que les jours s'écoulaient, il sentait grandir en lui son amour pour l'école. Pour sa façade grise. Pour sa cloche. Pour son préau sous lequel les araignées faisaient du trapèze. Pour sa classe si familière où flottait encore le souvenir de Flora. Il éprouvait le regret anticipé de devoir quitter cette maison prochainement, ce qui voulait dire sortir de l'enfance et entrer dans la vie des adultes et ses problèmes infinis. O le bonheur d'avoir seulement à résoudre des problèmes de robinets et de trains qui se poursuivent !

Pendant ce temps, dans la campagne environnante, les plantes, les insectes, les rongeurs, les oiseaux poursuivaient leur modeste existence, se reproduisaient, déclinaient, mouraient selon leur habitude millénaire. Dans le jardin, les carottes s'empanachaient de leurs feuilles minutieuses, les choux grossissaient du ventre, les poireaux de la queue, les aulx de la tête. Mélanie lavait toujours le linge sale des dames fortunées. Ernestine Counil portait les dépêches en lisant ses romans à trente sous. Monsieur Rabanel, que l'on croyait immortel, vint à décéder ; tous les hommes de Saint-Coutain-des-Sources, ses anciens élèves, et les notables de l'autre Saint-Coutain assistèrent aux obsèques. Derrière le cercueil, marchaient les pompiers avec leur clique, lesquels, n'étant pas très riches de répertoire, se contentèrent de jouer leur rengaine en guise de marche funèbre :

Nous voilà donc en rang par quatre,
Soldats du feu, soldats de l'eau.
Les secours sont notre boulot,
Les pompiers ont du poil aux pattes.

Ce fut un enterrement des plus réussis. Dans les jours qui suivirent, monsieur Rabanel fut remplacé à la tête de la commune par Joseph Mazarguil, marchand de vins.

Comme elle l'avait promis, Flora s'arrangeait pour revoir Léonce à toutes les vacances scolaires. Elle était devenue une vraie demoiselle vêtue à la mode d'Aurillac, avec des saucisses de cheveux qui tombaient le long des joues et qu'on nomme des anglaises. Elle portait des lunettes, ce qui rendait la dissemblance de ses yeux presque invisible, et annonçait la personne instruite qu'elle était en train de devenir. Elle ne semblait plus avoir honte des petits seins qu'on devinait cachés sous son corsage comme deux chatons derrière un rideau. Elle fit étalage de son savoir et se mit à lui parler espagnol :

— *Me llamo Flora. Y tú, ¿ cómo te llamas ?*[1]

Comme il restait bouche bée, elle lui fournit la réponse :

— Dis : *Me llamo Leonce.*

— *Me llamo Leonce.*

1. Je m'appelle Flora. Et toi, comment t'appelles-tu ?

— Il faut mettre le bout de la langue entre les dents, comme ça : Leon*c*e.

— Leon*c*e.

— *Muy bien.*

La leçon dura bien dix minutes. Elle le félicita, disant :

— Tu es doué. Tu prononces très bien. A présent, répète après moi : *Te quiero mucho*[1].

— Qu'est-ce que ça veut dire ?

— Devine-le toi-même. Répète : *Te quiero mucho.*

— *Te quiero mucho.*

— *Yo también*[2].

Elle lui déposa sur la bouche un baiser si léger qu'un papillon n'aurait pas pesé davantage. Puis elle partit en dansant. Car elle ne marchait jamais : elle dansait. Il resta tout confus, se demandant ce qu'elle lui avait fait dire et si elle l'accepterait longtemps pour fiancé, lui qui ne savait s'exprimer, et très timidement, qu'en français et en patois.

En Espagne, Barcelone et Madrid étaient tombées aux mains du franquisme. Saint-Coutain eut fort à faire pour recevoir des réfugiés républicains. Un troupeau d'hommes, de femmes,

---

1. Je t'aime beaucoup.
2. Moi aussi.

d'enfants éclopés, sanglants, guenilleux, faméliques. Les paysans de la région leur firent une place dans leurs fermes, leur donnèrent du pain et du travail, et s'en trouvèrent bien. Léonce vit Flora entrer en conversation avec eux.

Vint le printemps 1939. Celui-ci ne demandait qu'à ressembler aux autres, avec ses giboulées de mars, ses floraisons d'avril, ses cerises de mai-juin. A ce propos, Léonce Bros eut une controverse avec un particulier. Un jour qu'il cueillait, sous l'unique cerisier de leur jardin, ses derniers fruits, les plus mûrs, les plus noirs, les plus sucrés, il s'entendit interpeller :

— Pfuitt ! Pfuitt ! Pfuitt ! Cet arbre est à moi !

Flora lui avait enseigné le langage des oiseaux, il comprit parfaitement les propos de ce merle à bec jaune :

— A moi ! A moi ! A moi ! Pfuitt ! Pfuitt !

— Pas du tout, répondit le garçon d'une voix calme. Pas du tout ! Il fait partie de notre domaine, qui appartient à madame Jalenque, et qu'elle nous loue cent cinquante francs par trimestre. Il n'est donc pas à toi.

— Il n'est donc pas à toi non plus. Pfuitt ! Pfuitt !

— Nous avons droit aux fruits et aux légumes comme si le sol nous appartenait.

— Pfuitt ! Je n'en crois rien.

— Je peux te montrer le bail, si tu veux, signé par

ma mère Mélanie Bros, renouvelable à trois-six-neuf depuis 1926 ou 27.

— Ça ne compte pas ! Ça ne compte pas !

— La loi est avec nous.

— Cet arbre est à moi ! A moi ! A moi ! Je le tiens de famille !

La moutarde finit par monter au nez du garçon :

— Permets un peu... permets-moi... merle à bec jaune...

— Rien du tout ! Rien du tout !

— S'il te plaît, permets-moi de t'envoyer chier !

— J'en viens. J'en viens. Pfuitt !

— Tu n'es pas de ceux avec qui l'on peut discuter.

Il frappa dans ses mains, le merle s'éloigna. Provisoirement. Ainsi finit leur prise de bec.

En juillet, le jeune instituteur organisa une petite fête pour adoucir la peine des séparations. Les élèves eurent la liberté de jouer aux charades, aux métiers, au pendu. Chacun fut invité à chanter une chanson ou à réciter une poésie. Léonce chanta son air préféré, celui que détestait sa mère, *Parlez-moi d'amour*. Mais il était si ému qu'il oublia le second couplet. Il fut applaudi quand même. Les filles avaient préparé un goûter. On mangea des bouriols au sucre et de la tarte aux marrons. Puis monsieur Albert serra toutes les mains en criant :

— Bonnes vacances ! Et bonne chance !

C'est ainsi que Léonce abandonna son enfance pour entrer dans l'âge adulte. Impression confirmée par un changement vestimentaire. Depuis des semaines, Mélanie Bros y travaillait. Elle avait pris ses mesures de la taille, des hanches, de l'entrejambe. Bref, elle était en train de lui préparer ce qu'elle appelait « une paire de braies longues ». Un pantalon en velours côtelé. En entrant dedans, son fils se sentit une dimension nouvelle. Les deux pans lui procuraient aux genoux et aux jambes un agréable chatouillement.

— Celles-là, tu les prendras pour travailler, avertit la mère. C'est du solide. Pour les dimanches, je t'en préparerai une autre paire.

C'est dans ces braies qu'il partit se mettre au service de madame Jalenque.

Les hommes qui possédaient un poste de TSF étaient inquiets, les nouvelles étaient effrayantes. Après les honteux accords de Munich qui devaient rétablir la paix, Adolf Hitler, que l'on croyait rassasié par l'annexion d'une partie de la Tchécoslovaquie, avait envahi ce pays tout entier. Des photos publiées dans *La Dépêche* montraient des Praguois pleurant à chaudes larmes tandis qu'en même temps ils levaient le bras droit pour faire le salut hitlérien. Son compère Benito Mussolini profita de l'inertie des Anglais et des Français pour enjamber l'Adriatique, envahir l'Albanie et poser une couronne de plus sur la tête du petit roi Victor-Emmanuel III, qui s'en trouva exhaussé de quinze centimètres.

A ces coups de force, la France réagit enfin en organisant le 14 juillet un magnifique défilé sur les Champs-Elysées. Les soldats produisirent une très forte impression ; sous leur nouvelle tenue kaki, il ne leur manquait pas un bouton de guêtre. Dans le ciel, grondaient les bombardiers Potez 63 et Léo 45 (familièrement appelés « cercueils volants » par les connaisseurs), les chasseurs Dewoitine 520, Morane 406 et Curtis P36, ces derniers achetés aux Américains. Les pavés pétaient le feu sous les chars Renault, munis d'un canon court qui avait l'air d'un cigare entre les dents. Le peuple se cassait les mains pour applaudir, les femmes lançaient des fleurs et des baisers, la foule avait à cœur de hurler aussi fort que celle de Nuremberg aux défilés nazis ; elle croyait que les compétitions se gagnent sur les gradins plus que dans l'arène ; que la victoire récompense immanquablement les plus forts braillards. Après quoi, sûrs de la puissance de leurs armes, les Parisiens allèrent s'asseoir aux terrasses des cafés et commandèrent des demis de bière pour ne pas se déshydrater.

Pendant ce temps, les usines d'outre-Rhin fabriquaient par milliers des chars lourds et des chasseurs-bombardiers. Ayant éprouvé ses avions en Espagne sur le dos des républicains, Hitler regardait maintenant du côté de la Pologne et du couloir de Dantzig inventé par le traité de Versailles pour affaiblir l'Allemagne en la coupant en deux. La Prusse orientale réclamait son rattachement à la mère Patrie, tandis que les minorités germaniques restées dans le couloir juraient qu'elles ne pouvaient plus supporter les courants d'air.

A Saint-Coutain comme ailleurs, tout le monde sentait approcher le souffle brûlant de la guerre, ce dragon affamé de chair humaine. Il bondit enfin sur l'Europe le 2 septembre en commençant par la Pologne qui avait précédemment participé au dépeçage de la Tchécoslovaquie. Septembre ! Le plus beau mois de l'année, le plus riche de fruits et de douceurs, septembre du miel, de la laine, des pommes, des premières vendanges, du meilleur lait. Le septembre 1939 fut celui de la destruction et de la mort. Les hommes de Saint-Coutain rejoignirent leur corps sans tambours ni trompettes.

Madame Jalenque vit partir son mari – qui avait pourtant fait une partie de la précédente guerre –, ses deux fils et un domestique. Elle garda le vieux Célestin, encore bon à quelque chose. C'était une maîtresse femme. La ferme lui appartenait par héritage et ses voisins ne disaient jamais « chez Jalenque », mais « chez madame Jalenque », comme si son conjoint comptait pour du beurre. Une gaillarde solidement charpentée qui levait les fourchées de foin comme un homme. Il n'empêche qu'en ce maudit mois de septembre, elle se trouva embarrassée à la tête du domaine. Elle fut bien contente de prendre à son service un jeune gars comme Léonce, pas encore mobilisable. Elle et lui, avec Célestin, arrachèrent les pommes de terre, séparant les petites des grosses, celles des porcs de celles du monde. Puis vint le tour des raves et des choux-raves. La cueillette des châtaignes, conservées dans leur bogue jusqu'à la Noël, au prix de piqûres infinies. Le ramassage du bois mort. Les premiers labours.

Au début, Léonce se rendait chaque matin chez madame Jalenque proposer ses services. Elle le gardait si elle avait besoin de lui ce jour-là ; sinon, elle le renvoyait au lendemain. Puis elle finit par le garder complètement. Elle le nourrissait bien de trois soupes par jour, auxquelles s'ajoutaient le pain, le lait, le fromage, le lard à volonté. Il couchait dans la chambre du domestique mobilisé.

Célestin lui apprit à traire les vaches, à lier les bœufs Daladier, Bonnet, Herriot et Doumergue. A les conduire à l'abreuvoir. A remplir leur crèche de foin. A nettoyer l'étable. Les bidons de lait étaient enlevés par un laitier de Maurs et partaient à la fabrication du cantal. En revenant, ils rapportaient du petit-lait qu'on donnait aux habillés de soie. Léonce apprit toutes les spécialités que doit connaître le bon paysan : agriculteur et éleveur, mais aussi, selon les besoins, un peu menuisier, charpentier, sabotier, maçon, forgeron. Trente-six métiers, trente-six misères, comme il dit pour se faire plaindre.

Chaque dernier jour du mois, la fermière lui remettait les gages convenus : cinquante francs. Un beau billet bleu où l'on voyait dans un cercle, par transparence, le profil de la République. Les guerres ne présentent pas que des inconvénients. Celle-ci lui fournissait du travail et de l'argent. Il n'était pas loin de souhaiter qu'elle durât un peu afin qu'il pût remplir son livret de caisse d'épargne. Se rappelant le pouvoir des métaux précieux, madame Jalenque mettait de côté les pièces de dix et de vingt francs, faites d'un alliage d'argent et de nickel ; elle en remplissait une boîte de fer.

Les mobilisés donnaient parfois de leurs nouvelles. A Montbéliard, Jalenque s'occupait à ravitailler la troupe. Norbert, son fils aîné, précisa dans une lettre qu'il se trouvait au dos des assiettes à soupe. La maîtresse les examina et lut *Sarreguemines*. Elle ouvrit son dictionnaire Larousse : *Chef-lieu d'arrondissement de la Moselle. Fabrique de faïences*. Le second fils, en Alsace, faisait de la peinture sur bornes ; lors d'une permission, il expliqua qu'il les badigeonnait de goudron afin que l'ennemi, en cas d'invasion, privé de leurs précieux renseignements, se trompât de route. Au su de cette précaution, les Coutainois se sentirent rassurés et imaginèrent moqueusement les soldats nazis perdus dans les campagnes, obligés de demander leur chemin aux populations civiles qui naturellement les dirigeaient à rebours, les poussaient à se perdre davantage et à fuir comme l'ogre dans le conte de Jeannot et Jeannette.

En fait à partir de mai, c'est en France que ce fut la débandade. Les officiers d'active, d'abord, informés avant les autres ; dans leur voiture personnelle chargée jusqu'au toit de fermes, de cantines, de valises, roulant avec l'essence de l'armée.

— Rendez-vous sur la Loire ! avaient-ils donné pour consigne à leurs hommes. Et si l'on se rate, rendez-vous aux Pyrénées.

La Belgique, le Luxembourg, le nord de la France foutirent le camp sur les routes sans savoir où ils allaient. Le généralissime Gamelin fut remplacé par Weygand. Le gouvernement de la République foutit le camp à Bordeaux. A Dunkerque, les Anglais foutirent le camp tout en demandant aux Français de tenir bon sur leurs arrières ; le 92e RI, composé d'Auvergnats, retint plusieurs jours les blindés allemands aux portes de Lille ; et quand les Français furent admis à s'embarquer, un grand nombre périt sur le torpilleur *Sirocco* coulé par les avions ennemis. L'espérance en la victoire foutit le camp. On sut par la suite qu'elle s'était embarquée aussi pour se réfugier à Londres.

Saint-Coutain reçut quelques familles lorraines, secourues par les deux municipalités. Les routes étaient encombrées de fugitifs à pied, en voiture, à bicyclette, quelquefois en brouette. Que de grand-mères ainsi véhiculées ! Ils allaient le plus loin possible des combats. La TSF parlait d'*exode*, mot jusque-là peu employé, sauf par les prêtres pour désigner la sortie des Juifs de l'Egypte. Parmi ces errants, quelques militaires harassés, sans casque ni fusil, essayaient de se faire prendre pour des civils.

On sut que Mussolini avait déclaré la guerre à la France afin d'être présent au partage de nos dépouilles. Le 17 juin, la radio fit entendre le glorieux chevrotement du maréchal Pétain, élu par une majorité de députés chef de l'Etat français :

— Je me suis adressé cette nuit à l'adversaire pour lui demander s'il est prêt à rechercher avec nous, entre soldats, après la lutte, et dans l'honneur, les moyens de mettre un terme aux hostilités...

L'armistice fut signé à Rethondes, dans le wagon même qui avait vu celui du 11 novembre 1918. Preuve que cette guerre n'était qu'une suite de la précédente, qui pensait être cependant la der des ders. Expression empruntée au jeu de belote : « 10 de der », dix points accordés au dernier pli.

Grâce au jeu du maréchal, la paix était donc revenue. On s'attendait à voir revenir aussi les hommes mobilisés. Ce fut le cas de quelques-uns ;

mais il en manquait beaucoup : on sut qu'ils avaient été faits prisonniers et emmenés en Allemagne par leurs vainqueurs. Les trois Jalenque et le domestique étaient du nombre. Léonce s'en réjouit, content de ne pas perdre sa place. Cette situation fit aussi la fortune de Rina Ketty, une chanteuse traduite de l'italien, qu'on entendit chaque jour sur les ondes de Radio Paris :

J'attendrai...
Le jour et la nuit
J'attendrai toujours
Ton retour...

Toutes les épouses esseulées fondaient en larmes. Excepté, naturellement, celles qui n'avaient pas eu la patience d'attendre et s'étaient trouvé des consolateurs.

Monsieur Albert, le jeune instituteur, attendait en Poméranie orientale la fin de ces vacances qui devaient durer quatre ans et demi. Il fut remplacé provisoirement par madame veuve Rabanel, institutrice retraitée, qui voulut bien reprendre du service. Très attachée aux méthodes anciennes, elle fit redisposer les pupitres en lignes parallèles et restaura chaque matin la leçon de morale, complément du petit déjeuner. Sous le regard grand-paternel du Maréchal dont le portrait tricolore ornait le mur principal de la classe. Obéissant aux instructions officielles, les enfants ramassaient les marrons d'Inde pour faire du savon, les glands pour faire du café, les mûres pour faire du raisiné, les noisettes et les faînes pour faire de l'huile.

Dans ces campagnes, l'occupation allemande qui, par ailleurs, fit tant de mal produisit quelques effets heureux. Jamais les produits de la terre ne s'étaient si bien vendus. Les habitants des villes venaient de loin pour solliciter des carottes, des choux-raves qui s'appelaient maintenant rutabagas, et surtout les sacro-saintes pommes de terre, qu'ils acceptaient de payer à prix d'or. Jamais la paysannerie française ne fut aussi honorée. Elle prenait sa revanche sur mille ans de mépris. A présent, les culs-terreux recevaient les hommages de la bourgeoisie aussi bien que du prolétariat. Ils recevaient aussi les flagorneries du gouvernement : « La terre, elle, ne ment pas… » On rappelait à tout bout de champ la phrase de Montesquieu : « J'aime les paysans, ils ne sont pas assez savants pour raisonner de travers. »

Les tickets de rationnement distribués par les mairies même à ceux qui n'en avaient pas besoin étaient pour ces derniers une source de petits revenus. Mélanie Bros achetait son tabac et son café pour les revendre ou les échanger. On retrouva les habitudes de troc des populations primitives. Les viticulteurs troquaient leur vin contre des chaussures ; les médecins troquaient leurs soins contre du fromage ; à Saint-Coutain, Marianne Boisset, putain reconnue, troquait ses faveurs contre de la margarine.

En 1941, la célébration de l'Armistice n'attira qu'un petit nombre de personnes de chaque côté du monument aux morts. Un groupe d'anciens combattants de 14-18, coiffés du béret noir de la Légion, organisme qui avait juré de consacrer toutes ses forces à la Patrie, à la Famille et au Travail, faute d'autre musique, chanta *La Marseillaise*. Tous les pékins, hommes et femmes, se mirent au garde-à-vous, les premiers portant la main à la tempe droite pour faire le salut militaire. Or il se trouva que le dénommé Jouon Poudeyme, faisant comme s'il ne voyait rien, n'entendait rien, demeurait assis sur les marches de Marianne, comme au spectacle, le chapeau bien vissé sur la tête. On vit alors maître Pujol, adjoint au maire nicolaud, prendre un coup de sang, s'élancer sur Jean le Niais et le décoiffer d'une calotte bien assénée, avant de regagner le groupe des légionnaires. Le notaire Pujol ne savait point que, par ce geste patriotique, il venait de se condamner à mort.

Ledit Maréchal s'efforçait pourtant de gagner les cœurs. Celui des agriculteurs. Celui des vieux et des vieilles en les gratifiant d'une retraite que la IIIe République avait votée, mais n'avait pas eu le temps d'appliquer. *Pétain tient toutes ses promesses, même celles des autres*, proclamait sa propagande. Celui des mères, que personne, jusque-là, n'avait songé à honorer, auxquelles il conféra une fête officielle. Celui des familles de prisonniers : elles comptaient sur lui pour assurer leur retour. Celui des possédants qu'avaient effrayés les succès du Front populaire de 1936. Celui du clergé : « Pétain, c'est la France ; et la France, c'est Pétain ! » proclama le cardinal Gerlier, primat des Gaules.

Le 31 août 1941 eut lieu un grand rassemblement de légionnaires à Clermont-Ferrand. Le curé Joseph Cayla engagea vivement toutes ses ouailles, anciens combattants ou non, à s'y transporter. Des autocars, qui en temps ordinaire manquaient de carburant, furent approvisionnés afin de véhiculer les adorateurs du Maréchal. Pour gagner les sportifs, il alluma de son briquet la flamme olympique qui dormait sous le boisseau depuis trois ans ; transmise de coureur en coureur, elle gagna Marseille où elle fut embarquée en direction de l'Empire.

Vu l'absence des hommes, la France ne remplissait pas beaucoup de berceaux. Pétain jugea bon d'encourager les naissances en créant les Allocations familiales. Tout le monde n'en fut pas satisfait. On entendit Soubiesky, qui n'avait pas participé à la guerre à cause d'une jambe plus courte que l'autre, grommeler sous sa moustache stalinienne :

— Si je dois payer des impôts pour nourrir les enfants des autres, je demande qu'on rétablisse le droit de cuissage.

2

Jusqu'en novembre 1942, aucun Allemand en uniforme ne se fit remarquer à Saint-Coutain. L'armée d'occupation pillait néanmoins la zone dite « libre » établie par le traité de Rethondes en utilisant les services français du Ravitaillement. Ceux-ci exigeaient la déclaration des terres cultivées, le nombre d'animaux que possédait chaque fermier, la livraison proportionnée de pommes de terre, de céréales, de lait, de bêtes de boucherie. La seule chose que l'Allemagne envoya fut un vocable nouveau, difficile à prononcer : *Ersatz*. Toute chose rare eut son ersatz. Le sucre eut la saccharine. L'essence, le gaz de bois. Le charbon, le schlamm. La laine, la fibre d'ortie. L'épinard, les fanes de radis. Le savon, la pierre ponce. L'ancienne pâtisserie ayant été prohibée, les boulangers proposèrent des pommes cuites, des biscuits à la farine de châtaigne, des mokas au beurre de chèvre, des bananes séchées. Les épiciers vendaient de la sauce mayonnaise garantie sans œufs et sans huile. Le cidre remplaça le vin. Le marron d'Inde, qui n'avait servi jusque-là qu'à soigner les hémorroïdes, fut consommé en guise de chicorée, d'amande pâtissière, d'insecticide. Le soja, ersatz universel, grillé remplaça le café ; bouilli, les haricots et la viande ; réduit en poudre, la farine. La liberté eut pour ersatz le libertinage. Le lapin fut le premier sauveur de la France affamée ; chaque famille eut son clapier, nourri de feuilles, d'herbes, d'épluchures. Si les restrictions alimentaires firent mourir beaucoup de personnes, elles eurent en compensation des effets bénéfiques sur celles qui précédemment mangeaient trop ou buvaient trop ; l'alcoolisme, la cirrhose, le diabète, l'obésité disparurent presque complètement.

Telle était la situation générale. Mais Saint-Coutain souffrit moins que le reste du pays grâce aux châtaignes qui n'intéressaient pas l'Allemagne. Grâce au blé, au seigle, au beurre, au fromage dissimulés. Grâce aux tricheries patriotiques. Au moulin de Culbe, dont le Céliou faisait tourner jour et nuit la roue à aubes, Léonce se rendait souvent pour le compte de sa patronne par un sentier détourné, au clair de lune, porteur d'un sac de grain. Il en rapportait un sac de farine, abandonnant en paiement le son dont le meunier nourrissait un troupeau d'oies.

Après novembre 42, on vit passer des soldats allemands en camion, en moto, en side-car. Ils parurent bien surpris par la ligne blanche, quoiqu'elle eût cessé d'être entretenue. On les amusa en leur faisant croire qu'il s'agissait d'un jeu d'enfants. Ils achetèrent du beurre, payé avec des billets de la Sainte-Farce, dont ils remplirent leurs gamelles. On les vit le manger sans pain ni cuillère, avec la lame de leur couteau, riant comme des crocodiles de cette revanche qu'ils prenaient sur l'ancien sacrifice exigé par leur Führer :

— Il nous faut choisir entre avoir des canons et avoir du beurre. Nous aurons des canons.

Habitués à la margarine et au saindoux, ils se gavaient de ce qui leur avait manqué, *glücklichen wie Gott im Frankreich*, heureux comme Dieu en France.

Au cours des années noires qui suivirent, les deux Saint-Coutain ne connurent pas les horreurs, combats, exécutions sommaires, pillages, incendies, déportations qui accablèrent des villes comme Aurillac, Saint-Flour, Murat, Maurs. La protection de saint Christophe et de saint Nicol y fut sans doute pour beaucoup. Outre leurs redevances obligatoires au service du Ravitaillement, les paysans furent seulement un peu mis à contribution par les maquisards vrais ou faux qui, eux aussi, payaient avec des billets de la Sainte-Farce. La monnaie officielle perdait d'ailleurs chaque jour un peu de sa valeur. Ce qui se payait dix en février se payait quinze en mars et vingt en avril. Madame Jalenque répugnait à pratiquer cette inflation ; si elle le faisait quand même, c'était du moins avec de beaux scrupules :

— Après la guerre, on se rappellera ceux qui se sont comportés honnêtement et ceux qui auront profité du malheur des autres.

En revanche, les gages qu'elle versait à ses domestiques restaient parfaitement immobiles : embauché à cinquante francs par mois en 1940, Léonce gagnait toujours cinquante francs par mois en 1944. Son livret de caisse d'épargne n'était pas près de déborder. Mais il ne se plaignait pas, sachant que le retour de la paix ne pouvait manquer de produire des changements. En attendant, il faisait profit des conseils du vieux Célestin, à qui tout était assuré, la nourriture, un toit, les habits, les soins, le tabac à priser, et qui se vantait de n'avoir jamais un sou en poche ni en dépôt.

— L'argent ! L'argent ! Une invention du diable ! Au jour du Jugement, tant vaudra la merde que l'argent. Le travail est la vraie richesse.

Le savoir de ce bonhomme était incroyable dans tout ce qui touchait à la terre, aux animaux, aux bâtiments, aux sources, au ciel. Il prédisait le temps qu'il ferait le lendemain, et ne se trompait qu'une fois sur quatre ; encore était-ce la faute au vent qui avait tourné. Il lui enseigna à greffer, en fente, en couronne, en écusson ; à obliger un prunier sauvage à produire des cerises ou des abricots. Cela l'amenait à philosopher :

— J'ai entendu dire qu'on peut greffer aussi les hommes. Un doigt sur une main. Un nez à la place d'un autre. Un os, ou une veine, ou un rein. Peut-être, un jour, on greffera un cœur. Ou un foie. Ou un poumon. On réparera les hommes comme on répare une bagnole. Ce qui serait bien, c'est qu'on greffe sur quelqu'un la bonté à la place de la mauvaiseté.

Célestin avait des visions lointaines et prophétiques. Ce qui ne l'empêchait pas de conclure, en riant de toutes les dents qui lui restaient :

— Moi, con comme je suis, je me ferais bien greffer un peu d'intelligence.

Ainsi que beaucoup d'hommes simples, il confondait la sottise avec l'ignorance. S'il ignorait l'histoire de France, Célestin enseigna à Léonce comment détruire un nid de guêpes :

— On dit que seuls les hommes sont capables de mauvaiseté ; que les animaux sont jamais méchants. Pas vrai. Les guêpes sont des bestiaux qui songent qu'à faire du mal, qu'à piquer le monde qui leur demande rien. Y a plusieurs personnes qui en sont mortes. Faut les esterminer.

Il l'emmena dans les prés mouillés qui bordaient le Céliou, lui montra les nids souterrains, à peine visibles sous une couverture d'herbe :

— Elles sortent par une petite cheminée et vont manger les prunes. Inutile de verser de l'eau dans le trou. Tu pourras en noyer cent, les autres se sauveront.

Il eut besoin d'une cloche à fromage et d'un bol à demi plein d'eau ordinaire.

— On attend le soir que toutes les guêpes soient rentrées, car elles se couchent comme les poules. On place le bol à côté du trou. On recouvre l'ensemble avec la cloche de verre en l'enfonçant bien dans le sol pour qu'elle n'offre aucune échappatoire. Le lendemain, les guêpes se lèvent avec le soleil. Elles boivent un peu d'eau. Elles veulent s'éloigner, mais la cloche les retient. En fin de journée, les rayons du soleil les ont fait périr, beaucoup se sont noyées. Il faut renouveler deux ou trois jours de suite ce piège, au crépuscule. Au bout de quoi, plus une seule n'a survécu.

En revanche, Célestin ne pouvait pas grand-chose contre les mouches, qui étaient la plaie de la ferme en été. On attachait au plafond des rubans-gluaux. Elles s'y collaient si nombreuses que les rubans étaient bientôt tout noirs ; et toujours vibrants de quelques-unes pas encore mortes, qui battaient follement des ailes dans l'espoir de se délivrer. On pouvait du moins en protéger un peu les vaches en les aspergeant à l'*Emouchine*, une liqueur à l'odeur forte. Les bêtes étaient mieux défendues que les hommes.

— C'est pas la peine, estimait Célestin, de s'attaquer aux mouches. Si tu réussis à en tuer une, elle en attire mille qui viennent à son enterrement. Et puis, elles font bien leur travail.

— Quel travail ?

— Elles nous retiennent de trop parler. Dans bouche close n'entre point mouche.

Léonce apprenait ainsi la grande vertu du silence. Certains jours, ils passaient des heures entières à travailler côte à côte sans desserrer les dents.

Pour désigner les soldats boches, on se mit à employer le nom de Doryphores. Un insecte à rayures jaunes et noires, grand dévoreur de *truffes* (de pommes de terre). Comme on ne disposait d'aucune bouillie pour les sulfater, Léonce était chargé de cueillir ces bestioles sur les feuilles, avec leurs larves rouges qu'on eût prises pour des groseilles ; d'en remplir une boîte de fer et de les écraser du talon en bordure de la *truffière*. Plût à Dieu qu'on eût pu faire de même des occupants !

Août 43 produisit cependant un événement aussi heureux qu'inattendu : monsieur Jalenque, bénéficiant de la libération offerte aux prisonniers de guerre nés avant 1900, revint de son *Stalag* bavarois. Amaigri, bronchiteux, mais vivant. Dès qu'il eut repris ses vêtements de paix, il se saisit d'une faux et partit couper de l'herbe. La terre auvergnate, l'air auvergnat, les nourritures auvergnates lui rendirent en quelques semaines les forces perdues. Il racontait les sévices qu'il avait subis en Allemagne. Comment, par exemple, il avait été condamné pour avoir volé trois kilos de charbon :

— Dans notre baraque, il faisait un froid terrible. Tout le bois que nous avions pu ramasser avait brûlé dans le poêle. Un jour, je me suis mis à la recherche de quelque combustible. J'ai trouvé des briquettes de charbon dans un hangar de nos gardiens. J'en ai pris quatre que je tenais à deux mains cachées sous ma capote. Et voici que je tombe sur un *Feldwebel*, un adjudant : « *Nicht grüssen ?* qu'il me fait. On ne salue pas ? » Je lève la main droite, le charbon tombe par terre. Quinze jours de cellule, en compagnie d'un autre prisonnier qui avait volé des pommes de terre. Un Normand, plus jeune que moi. Nous disposions de quatre mètres carrés pour nous deux. On couchait sur des bat-flanc de planches, sans matelas, avec une seule couverture. Obligés de nous serrer l'un contre l'autre pour nous tenir chaud. On passait le temps à dormir. Ou bien à raconter sa vie, son travail dans le civil, sa famille. Au début, ça nous occupait l'esprit. Mais ensuite, ce Normand me répétait toujours les mêmes histoires. C'était un pêcheur de Cherbourg, moi, la mer, ça ne m'intéresse pas. J'avais beau lui dire : change de disque. Toujours il revenait sur le prix du maquereau et du hareng, sur les vents, sur les tempêtes. A la fin, lui et moi, on pouvait plus se souffrir. Si la punition avait duré quinze jours de plus, je crois qu'on se serait bouffé le nez l'un l'autre.

A ces évocations, monsieur Jalenque secouait la tête avec tristesse :

— Un malheur commun ne favorise pas toujours l'entente. J'ai vu deux frères, sous le même uniforme, se disputer le même morceau de pain. Et quel pain ! Couleur de la bouse de vache.

Vint l'année 1944 qui devait être la plus sanglante et la plus glorieuse. Les occupants avaient inventé le STO (Service du Travail Obligatoire) qui imposait à tous les Français de vingt et un à trente-cinq ans d'aller remplacer dans les usines allemandes les ouvriers mobilisés sous les drapeaux. En compensation, un certain nombre de prisonniers français devaient être libérés. C'était le principe de la « relève », préconisée par le gouvernement de Pétain. Beaucoup d'hommes partirent de gré ou de force. Beaucoup plus refusèrent et, pour échapper aux poursuites, se réfugièrent dans la clandestinité.

Ainsi, les Allemands eux-mêmes alimentèrent les camps de la Résistance.

En mai, parurent soudain dans la région des affiches blanches, placardées aux portes des granges et des lieux publics :

> *RÉPUBLIQUE FRANÇAISE*
>
> *ORDRE DE MOBILISATION GÉNÉRALE*
>
> *Par ordre du général de Gaulle, tous les hommes valides de 18 à 45 ans sont appelés à servir volontairement dans les rangs des Forces Françaises de l'Intérieur placées sous les ordres du général Koenig. Ils se rendront à la Bastide, commune de Venteuges (Haute-Loire) pour être incorporés au bataillon Lafayette du 92e RI et seront porteurs de quarante-huit heures de vivres et chaussés solidement...*

A pied, à bicyclette, en voiture, par le train, chantant *La Marseillaise*, drapeaux claquant au vent, sous les yeux éberlués des gendarmes, une troupe de garçons se mit en route vers le réduit de la Margeride. Ils arrivaient de tous les coins des quatre départements de la région R6. Dans les villes importantes, là où les Doryphores étaient en nombre, ils emportaient des cannes à pêche pour laisser croire qu'ils allaient taquiner le goujon. Mais devant ces légions de pêcheurs, les nazis n'eurent pas de longues illusions. A la fin du mois, les effectifs de la Résistance représentaient deux mille sept cents hommes autour du Mont-Mouchet, beaucoup d'autres ailleurs. A l'entrée du camp, une banderole annonçait fièrement *Ici commence la France libre*. Souvenir de la proclamation de 1792 aux portes de Strasbourg : *Ici commence le pays de la liberté*. Voilà comment se forma la concentration de maquisards qui devait aboutir à la bataille du Mont-Mouchet. Défaite par les chiffres, victoire par l'esprit de Résistance à l'oppression.

Le même mois, monsieur et madame Margoël, craignant pour la vie de Flora, la retirèrent de son collège aurillacois et la ramenèrent à Saint-Coutain tout court. A dix-sept ans, elle était devenue ce qu'on appelle un beau brin de fille. Aussi élégante que l'époque pouvait le permettre, chaussée de souliers à semelle de bois qui la grandissaient bien de six centimètres. Son plus bel ornement restait sa chevelure sombre et bouclée, nouée sur la nuque en catogan, ornée d'un ruban vert espérance.

Elle voulut bien rencontrer Léonce, qu'elle appelait son « petit fiancé », dans le bocage de la Gazelle. Ils s'assirent sur un tronc d'arbre abattu et se prirent la main. Elle raconta sa vie future :

— Quand la guerre sera finie, je retournerai au collège, puis au lycée, afin de préparer mon bac... Ensuite, je serai écrivain. J'écrirai des romans à la manière de George Sand, où je raconterai la vie à la campagne. Tu connais George Sand ?

A l'école, il avait lu des pages de *La Mare au diable* et de *François le Champi*. Et elle de poursuivre :

— Je gagnerai beaucoup d'argent. J'achèterai une ferme pour élever des vaches salers, des chèvres, des moutons, des lapins. Tu seras d'abord mon cellérier[1]. Tu dirigeras le travail, les récoltes, tu engageras des domestiques. Mais ensuite, tu deviendras mon mari.

Elle prit son souffle, comme le nageur qui va plonger, elle rougit jusqu'aux oreilles, pour dire enfin :

— Et nous dormirons ensemble.

Lui en eut l'haleine coupée. Elle demanda si ce programme lui convenait. Il approuva très fort de la tête et des paupières. Mais, y ayant réfléchi, il osa exprimer un doute :

— Ça ne se pourra pas... notre mariage...

— Pourquoi donc ?

— Toi qui seras instruite, aussi célèbre que George Sand, tu n'épouseras pas un ignorant comme moi qui a juste le Certificat d'études.

— Je te donnerai des leçons. Je continuerai de t'apprendre l'espagnol. Répète après moi : *Me agrada perfectamente*[2].

— *Me agrada... perfectamente.*

---

1. Mon régisseur.
2. Cela me convient parfaitement.

Elle sourit. Il crut qu'elle se moquait. Mais non, tout au contraire, elle manifestait son plaisir qu'il fût un aussi bon élève. Elle promit de lui enseigner pareillement l'anglais et l'algèbre. Petit à petit. Pour le récompenser, elle l'embrassa sur le nez en lui tirant les deux oreilles.

Un autre jour, elle proposa :

— Veux-tu que je te dise quelque chose que j'ai écrit ?... Tu me diras si je peux devenir un écrivain.

— Je t'écoute.

— Que préfères-tu : de la prose ou des vers ?

— Ce qu'il te plaira.

— Voici un petit poème que j'appelle *Myosotis*. Sais-tu ce que veut dire en grec ce mot, myosotis ?

— Ne m'oubliez pas ?

— Pas du tout. Il veut dire : oreille de souris. A cause de la forme de ses feuilles.

Elle récita :

Les amoureux se recommandent
De ta couleur et de tes brins ;
Même ceux qui ont les yeux bruns,
Jaunes, marron ou vert amande.
Ainsi, tandis qu'ils se répandent
En bluettes, toi, tu souris.
Tu écoutes leur propagande
De tes oreilles de souris.

Elle ajouta ce commentaire :

— Quand je parle d'yeux jaunes et marron,

naturellement, je pense aux miens. Est-ce que mon poème te plaît ?

— Oui, oui... fit-il vaguement.

Elle se contenta de cette approbation mesurée. L'instant d'après, elle chercha et cueillit un brin de myosotis. Sur ses oreilles de souris, ils se penchèrent tous les deux, joue contre joue. Elle déposa dedans un baiser, puis lui tendit la plantule. Il la tint longtemps entre les doigts, ne sachant qu'en faire. Ils se quittèrent et c'est seulement lorsqu'il fut loin d'elle qu'il s'inclina sur la fleur et récupéra des lèvres le précieux dépôt.

Les maquisards libérèrent Maurs d'où les Allemands avaient décampé avec armes et bagages. Puis ils libérèrent tout le canton et défilèrent dans Saint-Coutain en ordre parfait, la mitraillette sur la hanche. Alors commença l'épuration. La milice patriotique arrêta quelques personnes qui s'étaient un peu trop compromises en soutenant la cause du maréchal. Elles furent expédiées à Aurillac pour jugement.

Le 13 août, sur le coup de 14 heures aux horloges de Berlin, maître Pujol, notaire à Saint-Coutain tout court, président de la Légion nicolaude, promu maire nicolaud par l'Etat français, se trouvait dans sa salle à manger en compagnie de sa fille Monique et de son fils André en train de jouer au rami, lorsque quelqu'un tira le cordon de la sonnette. Monique ouvrit la porte. Trois maquisards en uniforme la bousculèrent, pénétrèrent dans la pièce. Le notaire et son fils s'étaient levés.

— Pujol, collabo, ami de Pétain, voici ce que tu mérites.

Le colt que brandissait l'homme cracha le feu. Pujol s'écroula sous les yeux de ses enfants. Les vaillants militaires disparurent, laissant derrière eux une odeur de poudre. André Pujol prétendit plus tard devant les gendarmes qu'il avait reconnu l'homme au pétard :

— C'était Poudeyme, le mendiant, bien rasé. J'en suis sûr.

— Dans ce domaine, lui répondit-on, vous ne pouvez être sûr de rien.

On n'entendit plus jamais parler des exécuteurs.

3

Et la paix revint sur le Cantal et l'Aveyron. Pourtant, la guerre continuait en territoire allemand. Et même dans la poche de Royan où des soldats nazis enragés tiraillèrent plusieurs mois après l'armistice de Reims, transformant en fortin chaque maison. On ne leur offrit pas le bonheur d'un combat de rues : ils furent écrabouillés par l'aviation et l'artillerie, la ville réduite en cendres.

Une paix pleine de rancœurs et de revendications. Soubiesky, l'horloger communiste, menaçait journellement ceux qui le contredisaient :

— Joseph va arriver chez nous un de ces quatre matins. Et il va mettre de l'ordre dans cette société pourrie. Vous allez voir ce que vous allez voir.

Et d'un geste menaçant, il tirait sa moustache.

Certains agriculteurs et autres profiteurs du marché noir tremblèrent en effet dans les premiers jours. Cherchant à les frapper au portefeuille, le ministre des Finances René Pleven décida que les anciens billets de banque – de cinquante à cinq mille francs – seraient échangés contre une monnaie nouvelle. Chaque échangeur devait présenter sa carte d'identité et le coupon n° 19 de sa carte d'alimentation. Ce fut une vraie panique chez les nouveaux riches. Ils se mirent en quête de pauvres pas trop pauvres, honnêtes mais point jusqu'au scrupule, parents, alliés, voisins, amis, obligés, à qui confier une heure ou deux une part de leurs économies. Avec promesse d'une récompense proportionnée après la bourrasque.

Les bureaux de poste, les caisses d'épargne, les banques, les perceptions virent arriver des hordes de commerçants, d'artisans, de cultivateurs honteux, portant sous le bras des paquets de billets enveloppés dans du papier journal, se demandant bien ce qu'on allait leur faire ou leur prendre. On ne prit rien que leurs nom et adresse. Ils reçurent en échange des coupures imprimées en Amérique, aux dimensions du dollar, sans aucune figure de la République, du Commerce, de l'Industrie ni du Tremblement, couvertes de lignes inextricables. Y compris un étrange billet de trois cents francs. On sut par la suite qu'elles avaient franchi l'océan Atlantique dans des caisses portant la mention *Champignons*. Beaucoup de trafiquants renoncèrent à échanger tout leur magot afin de n'en pas révéler le montant ; les billets anciens sacrifiés finirent au feu. Les plus malins avaient pris la précaution, avant le retour de la République, d'investir dans n'importe quoi, terres, maisons, tableaux, mobilier, bibelots. On vit des bouchers-charcutiers acquérir les œuvres complètes d'auteurs meublants, Victor Hugo, Balzac ou Zola en éditions de luxe.

Ces six années de guerre laissaient derrière elles des séquelles de corruption, de mercantilisme qu'aucune mesure ne semblait pouvoir éteindre. Le vin officiel, algérien ou languedocien, se vendait vingt-cinq francs le litre contre tickets ; mais les vignerons du Fel débitaient le leur quatre-vingts ou cent francs. Encore fallait-il les en solliciter le chapeau à la main. Un dessin paru dans un journal satirique montrait dans cette attitude un citadin venu implorer quelques kilos de carottes. A qui le péquenot répondait avec hauteur :

— Avez-vous des titres universitaires ?

Cependant, peu à peu, le beurre, les œufs, la viande se firent moins rares ; mais ils se débitaient encore dans les arrière-boutiques, rideaux baissés, voix amorties. Le marché noir était la nouvelle peste, contre laquelle prières, menaces, poursuites s'avéraient inefficaces. Un ministre du Ravitaillement, Yves Farge, proféra une solennelle promesse :

— Je tuerai le marché noir avant Noël. Et pour

cela, s'il le faut, j'enverrai les spéculateurs à la guillotine.

Le Parlement lui en refusa les moyens. Il eut alors l'idée géniale d'instituer, à côté du marché officiel, un libre « marché parallèle ». Grâce à ce merveilleux parallélisme, le marché noir changea de nom, se retrouva blanchi, donc bel et bien supprimé comme l'avait promis Yves Farge. Il ne restait qu'un pas à faire : supprimer le marché officiel, restaurer la bonne vieille loi de l'offre et de la demande. Ce qui fut fait petit à petit, sans produire aucune effusion de sang.

Durant cette longue période de chagrin et de famine, Mélanie Bros n'avait eu à vendre que son tabac et quelques lapins. Madame Jalenque, elle, se comporta comme la moyenne des agriculteurs, honnêtement, puisqu'elle ne demanda pour son beurre et ses fromages jamais plus que le double du cours officiel. Après quatre ans d'abattages clandestins, de trocs, de marché noir, de parallélisme, une fois rétablies les habitudes du commerce normal, les paysans retrouvèrent leur millénaire condition de pauvres bougres. Méprisés comme précédemment par la bourgeoisie et le prolétariat.

En 1945, malgré sa fuite d'Aurillac, Flora Margoël avait obtenu son premier bac. Elle obtint le second en 1946, au grand dépit de Léonce car ce double succès les éloignait encore. Elle essayait bravement de le rassurer :

— Tu sais mille et mille choses que j'ignore. Tu connais tous les champignons. Tu greffes les arbres. Tu tonds les brebis. Tu trais les vaches. Tu sais comment prendre le miel dans les ruches. Tu répares les sabots. Tu es capable de bâtir un mur, d'abattre un arbre mort, de monter sur un toit pour ramoner une cheminée. Moi, je ne sais qu'écrire et bavarder.

C'est vrai qu'il connaissait toutes ces pratiques auxquelles il n'attachait aucune importance parce qu'elles sont communes à tous les paysans grands et petits. Que Flora les prît en considération le consola un peu, comme elle le désirait, de sa condition de valet de ferme. Un jour, il pourrait sans doute être son digne cellérier.

Ils continuèrent de se voir en cachette des deux familles. A l'intérieur, par exemple, de l'une ou l'autre église, avec la complicité de saint Christophe et de saint Nicol. Ou bien dans la remise aux calèches. Dans les bosquets de la Gazelle. Enveloppés de crépuscule lorsque Flora partait, un bidon à la main, chercher son lait dans une ferme. Leurs dialogues se réduisaient souvent à des monologues, car elle déversait sur lui des phrases empruntées à ses lectures ou à ses écritures :

— Notre amour est défendu comme celui de Roméo et Juliette. Mais c'est ce qui fait son charme.

Même si le monde entier est contre nous, je te resterai fidèle. Promis, juré. Dis-moi seulement combien tu m'aimes.

— Combien ?... Est-ce que ça se mesure ?

— Comme ça ? (Elle écartait les mains d'une coudée.) Ou comme ça ? (Elle écartait d'une toise.)

— Je t'aime bien... de cent kilomètres.

— Si peu ?... Vraiment si peu ?

Il ne savait trop comment dire, car les mots lui venaient difficilement. Il se contentait de la serrer sur son cœur, si fort qu'elle gémissait :

— Aïe ! Tu m'étouffes !

Quelquefois, il essayait de s'exprimer en caresses audacieuses. Elle les immobilisait, avec de douces excuses :

— Non, mon âme. Nous irons plus loin seulement après notre mariage. Je suis comme une île déserte. Il faut que je protège les découvertes qui te sont réservées.

Puis, le laissant penaud, elle allait vers son lait, en balançant le bidon.

En 1947, ayant accompli sa vingtième année, il subit les épreuves d'une autre sorte d'examen : celui du conseil de révision. Autrefois, des médecins à képi violet obligeaient les conscrits à se présenter devant eux nus comme des vers. Cette nudité rappelait trop celle des malheureux Juifs dans les camps d'extermination. On leur en fit grâce, ils purent garder un slip ou un caleçon. Il n'empêche que tous ces corps dépouillés ressemblaient à du bétail. L'odeur de leur transpiration était si âcre que l'un d'eux tourna de l'œil et s'affala sur le plancher. Un lit de camp était disponible pour le recevoir ; mais il se trouvait occupé par des capotes et des képis. Ne voulant pas les déranger, le major à trois galons se contenta de se baisser sur l'évanoui, de le souffleter vigoureusement, de lui crier aux oreilles :

— Relève-toi, espèce de mauviette !

Le conscrit finit en effet par se remettre debout, encore un peu titubant, honteux de sa faiblesse.

Ayant été jaugé, pesé, palpé depuis le haut jusques au bas, Bros fut déclaré « bon pour le service armé ». Il se rhabilla. Dans un bureau voisin, une soldate lui demanda dans quelle arme il souhaitait servir. Y ayant réfléchi, il répondit :

— Où vous voudrez.

Le vendredi, sur la place du Monument, le marché reprenait peu à peu son activité d'avant-guerre. Les marchands aveyronnais s'installaient d'un côté de la ligne blanche, les auvergnats de l'autre. Ils apportaient des fruits et légumes venus de l'Ardèche, du Languedoc ou des colonies. Tout cela sentait bon, régalait les yeux et les narines, vous mettait l'eau à la bouche. Léonce pouvait à présent s'offrir autant d'oranges qu'il le voulait, sans avoir besoin de les voler. Sa mère d'ailleurs n'en était pas friande ; elle préférait les pommes de Cons.

Il venait aussi des bazars ambulants qui proposaient des vêtements, des chapeaux, des chaussures, des articles ménagers, des outillages divers. Monsieur Jalenque adorait se promener parmi les étals, considérer les prix, entendre les camelots faire leurs démonstrations. Sachant qu'il lui ferait plaisir, il emmenait Léonce, aussi avide que lui de ces curiosités. C'était pour eux l'occasion d'endosser leurs habits du dimanche, de prendre une chemise propre et une cravate. Ils erraient ainsi d'un vendeur à l'autre, marchandaient, n'achetaient généralement rien. Conversant avec d'autres cravatés. Heureux de ce spectacle gratuit et des rencontres qu'ils faisaient.

Les deux fils Jalenque et l'autre domestique étaient également revenus de leurs Stalags. Léonce fut cependant gardé ; Célestin prit sa retraite et s'en alla finir ses jours à l'hospice de Maurs.

Au printemps 1948, le conscrit Bros reçut un ordre de route afin d'être incorporé au 6e GCB (Groupement de Cavalerie Blindée) en garnison à Trèves, RFA. Durée du service militaire : douze mois.

— Où c'est, Trèves ? demanda Mélanie.

— En Allemagne.

— C'est nous à présent qui les occupons.

J'espère que vous leur ferez tout le mal qu'ils nous ont fait.

Ayant examiné sur une carte la position de Trèves, Flora fut contente de voir cette ville dans la vallée de la Moselle tout près de notre frontière. Il pourrait de temps en temps venir en permission. Ils se firent mutuellement des promesses de fidélité.

— Je n'aimerai jamais personne d'autre que toi, jura-t-il en levant la main droite.

— Me seras-tu aussi fidèle corporellement ?

Elle dut lui expliquer en rougissant ce qu'elle entendait par là :

— La fidélité corporelle va avec celle du cœur. Un homme qui aime ne doit pas accepter la souillure du contact avec une autre femme. Sinon, il se comporte comme un chien qui va de chienne en chienne.

Il leva la main droite une seconde fois.

Le 23 avril, il ne pleuvait pas, ce qui garantissait une bonne année de cerises, car quand il pleut à la Saint-Georges, sur cent cerises, restent quatorze. Son sac sur l'épaule, Léonce Bros suivit la même route qu'autrefois lorsqu'il allait à Aubière en vendanges avec sa mère. De Clermont, un autre train le transporta jusqu'à Lyon où il passa la nuit dans la salle d'attente, en prenant son sac pour oreiller de crainte qu'on le lui vole. Les allées et venues, le vacarme des convois l'empêchèrent de dormir. Il tapa dans les provisions de bouche dont

Mélanie l'avait pourvu. Ayant longuement étudié les horaires et les panneaux indicateurs, il trouva le quai d'où il devait partir pour Dijon dès six heures du matin. Il se fit confirmer par un cheminot qu'il s'agissait bien du bon convoi. Deux précautions valent mieux qu'une. Trois valent mieux que deux.

A Thionville, un camion militaire vint le prendre avec une dizaine d'autres recrues. Des deux côtés de la frontière, les villes et les villages étaient pareillement ravagés. Ils reconnurent l'Allemagne seulement aux indications routières.

Les méandres de la Moselle, les vignobles étagés le long des pentes le remplirent d'étonnement. Plus encore, les charrues qui labouraient le sol entre les lignes de ceps, tirées non point par des ânes ou des chevaux, mais par des filins et des treuils à moteur. Après une heure de route, ils entrèrent dans Tier.

Trois ans après le retour de la paix, Trèves essayait de se relever de ses ruines. Certaines rues n'étaient encore qu'un alignement bien ordonné de pans de murailles. On reconnaissait un escalier suspendu, un potager de cuisine étripé, des portes qui battaient comme des ailes, des papiers peints. Des gens avaient vécu là-haut, à douze mètres du sol, réduits maintenant en cendres comme leurs meubles. Mais partout, des hommes, des femmes, des enfants transportaient à bras, en brouette des briques, des échelles, des sacs de ciment. Tout se reconstruisait.

L'ancienne capitale des Trévires, considérée dans l'Antiquité comme une « seconde Rome », s'étendait des deux côtés de la rivière jalonnée d'îles et d'îlots, mais principalement sur la rive droite. Déjà des façades à colombages dressaient fièrement leurs frontons aigus, comme ces décors de cinéma derrière lesquels il n'y a rien. Le monument le plus remarquable et le mieux restauré était une ancienne porte de la ville, qui jadis en comptait sept. Etrange bâtisse à trois étages, sombre comme la poix, aux innombrables fenêtres, aux formes arrondies, composée de blocs de grès ajustés les uns sur les autres sans mortier, mais retenus ensemble par des crampons de fer, dont beaucoup manquaient. Le soldat Bros apprit avec étonnement le nom qu'on lui donnait. Non pas *Schwartztür* ou quelque chose d'approchant comme elle aurait dû, mais *Porta Nigra.*

— Bougre de bougre ! s'écria-t-il. C'est du patois cantalien. Ça veut dire Porte Noire.

Elle devait ce nom à la patine que les siècles avaient déposée sur l'ancien rose de la pierre. Lorsque, en compagnie d'autres cavaliers, il demanda à la jeune Allemande qui les cicéronait la raison de ces mots inattendus, elle répondit :

— *Porta Nigra* est le nom latin de ce monument.

— Moi, je vous dis, insista-t-il, que c'est du patois de chez nous, en Auvergne.

— Cela prouve que vous parlez latin sans vous en apercevoir.

La caserne du 6ᵉ GCB n'était en fait qu'un groupe de baraquements et de hangars installés au-delà de l'amphithéâtre romain – autre vestige – au sud-est de la ville, de la Südallee qui séparait les vieux quartiers des nouveaux en cours de construction. Au milieu, se dressait tout de même un bâtiment en dur abritant les bureaux, l'infirmerie et les chambres des officiers.

Bros ne sut jamais pourquoi, agriculteur de profession, il avait été incorporé dans un régiment de cavalerie blindée. Par bonheur, il passa sous la coupe du sergent Gardette, un tankiste de Montluçon, donc presque auvergnat, qui entreprit de faire son instruction technique. Il l'intéressa aux jeeps, aux camions GMC, et surtout à ces énormes monstres qu'étaient les chars Sherman. Avec sept cents chevaux logés dans leur moteur. Armés d'un canon et d'une mitrailleuse. Gardette lui apprit à manœuvrer les deux manches à balai qui commandaient les mouvements des chenilles et permettaient, selon qu'on accélère celle de droite ou celle de gauche, de tourner à gauche ou à droite. Il lui montra dans le plancher la trappe circulaire par laquelle, en principe, l'équipage pouvait s'échapper quand l'engin avait reçu un projectile incendiaire.

— En fait, tu as rarement le temps de l'ouvrir et de te sauver, et tu es transformé en boudin.

Chaque soldat disposait de deux casques américains, un léger et un lourd. Le premier réservé aux parades, le second aux entraînements. Au cours de leurs manœuvres dans les campagnes environnantes, ils attrapaient des volailles, poules, oies, canards qui n'appartenaient à personne. Du moins s'en persuadaient-ils. Ils les saignaient, les plumaient, les faisaient cuire dans leurs casques lourds. Si un paysan se présentait pour protester, la conversation était impossible à cause des langues. L'Allemand n'insistait d'ailleurs pas trop longtemps ; il avait une telle terreur du soldat soviétique qu'il considérait l'occupant français comme un protecteur. Il contribuait même quelquefois au pique-nique en apportant quelques bouteilles de vin, ou un flacon de *Kirschwasser*, d'eau-de-vie de cerises.

La météo, en revanche, se montrait résolument hostile. Le 6e GCB subit en mai un temps qui n'aurait pas déparé les monts d'Auvergne : pluie, brouillard et neige. Les hommes couchaient sous une couverture de toile caoutchoutée qui ne méritait guère le nom de tente. Heureux ceux qui pouvaient s'étendre, enveloppés dans leur poncho à pressions, sur les moteurs des chars dont ils récupéraient la chaleur.

Ils trouvaient du réconfort dans les *Kneipen*, *Weinhandlungen* et autres bistrots ou brasseries. Ils disposaient d'un peu d'argent, marks d'occupation, au cours de 0,82 franc. A leur table, le patron disposait une bouteille vide avec un petit drapeau tricolore planté dans le bouchon. On avait l'impression d'être seulement des touristes. Les fumeurs de pipes et de cigares remplissaient la salle d'une mer de nuages au-dessus de laquelle flottaient leurs têtes chauves, leurs casquettes, leurs bonnets. Tout cela au milieu d'un brouhaha de rigolades et de plaisanteries incompréhensibles, mais dont les regards indiquaient clairement que les *Welches* [1] en étaient les cibles. L'obséquiosité du personnel compensait ces insolences. Si c'était une serveuse, on l'entendait souvent dire en déposant les chopes :

— *Bitte schön* [2].

A quoi les troubades répondaient délicatement en se posant une main sur la braguette :

— Schön bitte.

La rigolade passait de leur côté. La fille souriait aimablement ; elle ne connaissait pas les finesses de la langue française.

La bière allemande est très mousseuse. Les Trévois la buvaient en enfonçant le nez dedans, dans des chopes d'un litre qu'ils enveloppaient de leur avant-bras, comme on embrasse une fillette. Mais le vin se consommait au décilitre. Il avait un

1. Nom de mépris donné aux Français.
2. S'il vous plaît. Mais *schön* veut dire aussi « beau, belle ».

bouquet délicat, parfois une saveur de raisin vert. Il était souvent accompagné d'une soucoupe de fromage couronné d'oignon cru.

En fin d'après-midi, immanquablement, venait un moment où Allemands et Allemandes s'enchaînaient par les coudes et, se balançant d'un côté puis de l'autre, entonnaient un de ces airs anciens, mélancoliques, romantiques, qui les font pleurer dans leur bière. Exemple : l'histoire de la blonde sirène qui attirait les bateliers du Rhin et les condamnait au naufrage :

Die schönste Jungfrau sitzet
Dort ohen wunderbar,
Ihr goldnes Geschmeide blitzet,
Sie kämmt ihr goldenes Haar.
« Là-haut, une fille est assise,
La plus belle qui soit au monde,
L'or de ses bijoux resplendit,
Elle peigne l'or de ses cheveux… »

Il arrivait même qu'une femme vînt quérir dans le groupe des Frantzouses un garçon qui lui plaisait et l'incorporât à la chaîne vivante. Erreur psychologique. Pour se moquer, les Welches dédaignés se liaient aussi, se balançaient aussi en braillant *La Madelon*, *La Marseillaise* ou *Le Temps des cerises*. Ils s'efforçaient de couvrir les autres. Les ricanements devenaient huées. Cela finissait quelquefois par des bagarres. On voyait les verres, les bouteilles,

les tabourets voltiger comme de petits oiseaux. Jusqu'au moment où la Police militaire entrait en force et expulsait tout ce qui portait uniforme.

Toutefois, ces accidents, dus à des excès de décilitres, étaient peu fréquents. Les Allemands tenaient à se montrer amis des vainqueurs, coopérants, innocents des crimes imputés à Hitler et à ses complices. Si l'on entrait en conversation avec eux, ils juraient, la main sur la conscience, qu'ils avaient toujours ignoré l'existence des camps d'extermination. Beaucoup se découvraient d'ailleurs une parenté, ou du moins une vieille amitié, avec tel ou tel Lévy ou Bernstein. Une exposition de photos prises dans ces camps étalait leurs horreurs sous une tente, devant l'église Notre-Dame. Elle était régulièrement fréquentée par les soldats alliés ; mais la population civile ne s'y intéressait guère, se persuadant qu'il s'agissait là de décors et de mises en scène hollywoodiens ; que jamais rien d'aussi abominable n'avait existé ; que les vainqueurs ont toujours eu l'habitude de salir les vaincus.

A la caserne, beaucoup d'Allemands étaient d'ailleurs employés. Principalement des femmes dans les services administratifs : interprètes, secrétaires, sténodactylos. D'autres travaillaient aux cuisines. D'autres grattaient les parquets avec des culs de bouteille que des troufions obligeants découpaient dans la masse d'un coup de baïonnette. Plusieurs, mariées ou non, se prostituaient à leurs employeurs pour arrondir leurs fins de mois. Les maris éventuels fermaient les yeux, contents de trouver leur soupe plus grasse. Il existait même près de l'évêché un *Kabarett* qui portait le nom de la sirène naufrageuse, *Lorelei*, et qui, en fait, n'était qu'un bordel déguisé. Seuls les officiers pouvaient se permettre de recourir à ses filles. Les troubades y entraient tout au plus pour vider une chope et se remplir les yeux.

Léonce Bros n'eut jamais cette tentation. Il avait promis à Flora de lui être fidèle corporellement. Il lui envoyait des cartes postales représentant la Porta Nigra ou la Basilika protestante. Un cours de langue allemande était organisé dans la caserne ; il le suivait régulièrement, heureux de pouvoir un jour parler devant Flora une langue étrangère qu'elle ne connaîtrait pas.

Sa première permission – dix jours, trajet non compris – était prévue pour la mi-août, en pleine saison des foins. A Saint-Coutain, il comptait offrir ses services à madame Jalenque. Or, le 28 juillet, il fut mis de garde nocturne dans le hangar A16 où dormaient quatre jeeps et quatre camions GMC. Son rôle était d'empêcher les civils de venir piller l'essence, de remplir leurs jerrycans en siphonnant les réservoirs. La consigne était claire : en cas d'intrusion, triple sommation : « *Halt ! Halt !*

Halt ! » Si à la troisième le pillard ne lève pas les bras, ouvrir le feu.

Six heures à tuer d'abord. La mitraillette à l'épaule, il souleva la toile, erra autour du hangar. Les lampes électriques déversaient sur le camp une lumière grisâtre. Au loin, la ville assoupie bruissait de moteurs et de chants avinés. Les troupes occupantes se donnaient du bon temps. Dans le ciel, un croissant de lune, en conversation avec l'étoile du berger. Des marabouts circonvoisins arrivaient les ronflements des troufions endormis. Ses semelles de caoutchouc produisaient sur la terre humide un bruit de ventouses.

Il fit deux fois le tour du hangar A16, puis rentra à l'intérieur. Il y régnait une obscurité presque complète, atténuée par la seule lueur qui filtrait des vasistas.

Comme autrefois dans la remise de la Gazelle, il prit place dans un véhicule. Une jeep, au volant de fer. Il manœuvra les leviers en émettant, à la manière des gosses, un ronflement de bouche : « Brrrou... Brrrou... Première, seconde, troisième, marche arrière. »

Deux heures du matin. Encore quatre à tirer, avant la relève. Se sentant gagner par la somnolence, il chantonna *Parlez-moi d'amour*... Puis il mâchonna un chewing-gum antisleep.

Il changea de véhicule. Recommença les mêmes gestes dans un GMC dont le pare-brise était orné par le portrait d'une pin-up américaine. Des yeux immenses, un sourire éblouissant. Quoiqu'il y eût entre elles peu de similitudes, il se mit à penser à Flora. Il reparcourut le long chemin de leur amour, de leurs jeux, de leurs frôlements, de leurs baisers. Rien n'avait pu les séparer, ni la ligne blanche, ni leurs conditions sociales, ni les cancans des populations. Ce qu'il appréciait le plus chez elle, c'était la franchise avec laquelle elle exprimait ses sentiments :

— Je sais que tu n'as pas de père connu. Les mauvaises langues te traitent de bâtard. Il y a eu dans l'histoire de France des bâtards très glorieux. Ça ne me gêne en rien. On n'épouse pas quelqu'un pour ses ancêtres… Je pense à toi tout le temps. Ça m'embête bien, j'aimerais penser à autre chose. Tu m'accables l'esprit. Quand je lis un roman, je trouve des ressemblances entre nous et les personnages. Impossible de t'oublier un instant. La nuit dernière, sais-tu ce que j'ai rêvé ? Que je ne t'aimais plus. J'en éprouvais un soulagement incroyable. Et puis je me suis réveillée. Et de nouveau tu m'as empêchée de voir le soleil. Quel casse-pieds tu es !

Elle éclatait de rire, puis le prenait dans ses bras. Elle disait encore :

— J'aime ton odeur. Tu produis sur moi le même effet que la valériane sur les chats : une espèce de folie.

Et encore :

— J'aime ta voix. Tu devrais chanter.

— Je chante, de temps en temps. *Parlez-moi d'amour...*

— Je veux dire : tu devrais cultiver ta voix. Pour le plaisir.

— J'ai assez de cultiver les pommes de terre.

Comme la nuit durait, il se désencombra un peu de Flora et se mit, dans le GMC, à penser à sa mère Mélanie. Mère travail, mère économie, mère courage. Il se souvint du bonheur qu'il avait reçu d'elle chaque fois qu'il tombait malade. Sa main sur son front, les ventouses, les cataplasmes, les frictions à l'eau-de-vie, les tisanes au miel, les briques chaudes. Assise ou debout à son chevet, vaillante sentinelle, prête à arrêter l'ange de la mort, quitte à se laisser emporter par lui. Quoique bâtard, il n'avait jamais manqué d'aucun nécessaire, ni en vêtements, ni en nourriture, ni en affection.

Il pensa à l'instituteur, monsieur Cholet, si élégant, qu'il avait tant admiré, et dont il gardait le calepin rempli de proverbes. Les paroles de son enseignement tombaient de sa bouche pareilles à des anneaux d'or. Un matin d'hiver que Léonce se tenait trop près du poêle, un pan de son sarrau noir avait pris feu. Comme fasciné, il regardait la flamme manger l'étoffe, sans autre recours que ses larmes qui pleuvaient dessus. Monsieur Cholet avait surgi soudain, puis étouffé entre ses mains le feu dévorant. Sans son intervention, le jeune Bros se serait consumé comme Jeanne d'Arc à Rouen sur la place du Marché. Qu'était-il à présent devenu ? Avait-il oublié tous ses anciens élèves ?

C'est alors qu'il perçut comme un grattement de souris. Puis un roulement à peine audible. Un carré d'étoiles parut devant lui. Le faisceau d'une lampe de poche. Aucun doute : quelqu'un était en train de pousser la porte à glissière. Un pilleur d'essence. Le cavalier Léonce cria les trois sommations :

— *Halt !... Halt !... Halt !*

La lampe s'éteignit. Une silhouette dans le carré d'étoiles. Un homme armé, manifestement : Léonce distingua une crosse de fusil. Il tira, visant haut. La rafale de la Sten crépita contre les tôles du hangar.

Il jaillit du GMC, la mitraillette toujours braquée. Au tableau électrique, il abaissa le commutateur genéral. Et la lumière fut.

Personne avant la porte restée ouverte. Mais au-delà, un corps étalé sur le ventre, avec deux bidons en bandoulière, qu'il avait pris pour une crosse. Il ramassa la lampe, en dirigea le faisceau vers le pillard. Pas tout à fait kaputt, il grouillait légèrement et vomissait un sang noir. A sa taille, à ses membres grêles, on pouvait voir qu'il s'agissait d'un adolescent. « O Seigneur ! O Sainte Vierge ! Faites que je ne l'aie pas tué pour deux bidons d'essence ! J'ai tiré haut... » Les balles avaient pu ricocher sur quelque métal. « J'ai crié trois fois *halt* ! » Il aurait dû s'arrêter ; mais il avait bel et bien été frappé dans le dos. « O Seigneur ! O Sainte Vierge !... »

Sans prendre la peine de se pencher, il courut à l'infirmerie. Très mal reçu, à une heure pareille. On réveilla le médecin de service, qui dormait avec une infirmière allemande.

— J'ai tiré sur un homme. Il est blessé.

— Quel genre ?

— Un voleur d'essence.

— Un Chleuh ?

— Certainement.

— Laissons-le crever.

— Mon capitaine, je vous en prie... Je ne voulais pas le tuer. Allons le ramasser. J'ai crié trois fois *halt*, mais, mais... J'aurais pas dû. Les consignes... Faut le soigner. Au nom du Christ.

— Est-ce qu'ils se souciaient du Christ, ces salauds-là, quand ils massacraient nos populations ?

— C'est un gamin. Il n'est pas responsable.

— Les gamins ne valent pas plus que les vieux. Mais on va quand même s'occuper de lui.

Ils marchèrent vers le corps, sans trop courir. Quand le pilleur fut sur le brancard, le cavalier Bros put voir à quoi il ressemblait. Une tête blonde, un visage blême, une ombre de moustache, des traits tirés, une large tache rouge sur la poitrine. Age : quatorze ou quinze ans.

— Tes balles lui ont traversé les poumons, expliqua le major. Si elles n'ont pas tranché quelque artère essentielle, il s'en tirera. Sinon...

Geste d'insouciance. Et pour compléter sa pensée :

— Tu aurais dû le zigouiller. Ça nous aurait évité des complications.

— Est-ce que... est-ce que... bredouilla Léonce.

— Ne te pose pas de questions. Retourne à ta garde. Tu n'as fait qu'obéir aux consignes.

Il y retourna. Bouleversé. Les jambes flageolantes. Il reprit sa place encore chaude dans le GMC, sous la lumière générale. Le visage dans les mains, il se remit à prier. « Seigneur, je vous demande de sauver la vie de ce gamin qui était armé seulement de deux bidons vides. » Les paroles du Christ, répétées par Jo Cayla, tournaient dans sa tête : *Il est facile d'aimer un ami, n'importe qui peut le faire. Et moi, je vous demande d'aimer vos ennemis...* Ce garçon était-il son ennemi parce qu'il venait voler un peu d'essence ?

Jusqu'à l'aube, il rumina ainsi des paroles sacrées. Il en vint même à ce défi : « J'ai toujours su, mon Dieu, que vous avez créé le monde. Que vous êtes le maître de l'univers comme Renault est le maître de son usine. Mais si vous me refusez la vie de cet enfant, c'est que vous n'êtes pas bon. Vous regardez tourner le monde comme Renault regarde tourner sa fabrique. Dans l'indifférence. Mon

Dieu, faites que je continue de croire en votre bonté... »

A six heures, on vint le relever. Il courut à l'infirmerie. Le jeune pillard vivait encore.

Au bout d'une semaine, on l'informa qu'il était sauvé. Léonce se remit à croire en la bonté divine.

Le 10 août, il fut convoqué dans un bureau pour apprendre que son action d'éclat lui valait trois jours de permission supplémentaires. Il partit le 13 pour rejoindre ses foyers.

4

Avec le retour de la paix, la ligne blanche avait été restaurée ; de nouveau, Saint-Coutain se trouvait partagé par ce fil, devenu la plus étrange curiosité touristique des deux départements. Afin de faire admirer son uniforme kaki et son calot rouge, Léonce la franchissait vingt fois par jour. On lui posait mille questions :

— Tu conduis un tank, vraiment ?

— Capable.

Et il expliquait le fonctionnement des deux manches à balai.

— Que disent les Doryphores des camps d'extermination ?

— Ils n'étaient pas au courant. Ils disent que c'est une invention des Américains.

— Est-ce qu'ils ont eu beaucoup de destructions ?

— Enormément. Mais ils reconstruisent.

— As-tu couché avec leurs gonzesses ?

— Pas encore.

— J'espère que tu en violeras quelques-unes.

— Je ferai de mon mieux.

Naturellement, il racontait les singularités de Trèves et de sa région ; les charrues tirées par un filin ; la Porta Nigra qui avait un nom auvergnat ; la Moselle et ses péniches. En revanche, il ne raconta à personne comment il avait gagné trois jours de perm supplémentaires.

Il espérait revoir Flora. Pas de chance : elle était partie aux bains de mer traditionnels. Mais plusieurs Coutainois lui donnèrent l'assurance qu'elle se portait à merveille.

Les Jalenque voulurent bien le recevoir et l'embauchèrent pour les travaux de fauche. Il fit la connaissance de deux jeunes bœufs qui portaient le nom de ministres du moment : Ramadier et Pleven. De Maurs, où il finissait ses jours, le vieux Célestin envoyait quelquefois de ses nouvelles par l'intermédiaire du facteur :

— Célestin Mavel vous adresse bien le bonjour, disait l'employé des postes.

— Vous lui porterez le nôtre, répondait madame Jalenque, avec ce billet de cinq francs.

Elle prouvait ainsi publiquement qu'elle ne manquait pas de reconnaissance.

Durant ces treize jours de perm, il y eut un

dimanche. Léonce se rendit à la messe en uniforme. Son calot rouge attira bien des regards, même de certaines femmes mariées. Au sortir de l'église, tous les hommes voulaient lui payer chopine. Plus personne ne se souvenait de sa bâtardise. Il rentra chez lui légèrement pompette. Mélanie le prit dans ses bras, le baisa chaudement, comme si elle aussi était un peu amoureuse de lui.

— Quel dommage, s'écria-t-elle, que Flora Margoël ne soit point ici pour te voir ! Elle savait pourtant que tu devais venir. Elle me rend visite quelquefois pour me demander de tes nouvelles. Ses parents l'auront forcée à partir avec eux.

— Sûrement. Je reviendrai. J'aurai d'autres perm.

Au terme de celle-ci, il partit à pied jusqu'à Bagnac. Le long du chemin, il pleurait en songeant à sa fiancée qu'il n'avait pas vue. Ses larmes tombaient dans la poussière, on aurait pu le suivre à la trace comme le Petit Poucet. Par étapes successives, le train le ramena en Allemagne.

A Trèves, la présence de ses copains, notamment de Gardette, le Montluçonnais, le consola un peu. A la cantine, il passa de bonnes soirées à jouer aux dames et à la belote. Belote, rebelote et dix de der. Quelques jours plus tard, il fut nommé brigadier. Ses manches s'illuminèrent de deux galons rouges en forme de V renversé.

Fin septembre, il reçut de Flora la lettre suivante :

Cher Léonce,

Hier encore, je suis allée rendre visite à madame Mélanie Bros. Nous avons parlé longuement de toi. J'ai beaucoup d'affection pour elle. J'aime ta maison, ton jardin, tes lapins, ta chatte Noiraude. Ils me parlent aussi de toi. Avec impatience, j'attends la fin de ton service militaire. Sitôt que tu auras un travail convenable, nous pourrons nous marier. Ne m'écris pas, tes lettres seraient sans doute interceptées par mes parents. Ta maman me donne régulièrement de tes nouvelles. Elle m'a appris que tu avais été promu brigadier. Toutes mes félicitations.

Celle qui t'aime de tout son cœur.

Flora Margoël.

Le 11 novembre, les troupes françaises défilèrent dans la ville de Trèves indifférente à cette célébration. Il y eut tout de même une réception au *Rathaus*[1] pavoisé aux couleurs françaises et allemandes. Les soldats bénéficièrent d'un menu amélioré.

Les manœuvres d'automne portèrent essentiel-

1. Hôtel de ville.

lement sur la traversée de la Moselle par ponts de barques, canots à moteurs, moyens amphibies. Au cours d'un de ces exercices, le brigadier Bros reçut dans les yeux un jet d'essence brûlante et resta aveugle pendant une dizaine de jours. Il découvrit ainsi le monde de l'obscurité. L'art de se déplacer à tâtons, les mains en avant. La perception d'un obstacle grâce à un sixième sens que les ophtalmologues appellent paraoptique : l'aveugle perçoit la présence de ce volume sur son visage, de même que parfois l'on sent une présence humaine sans la voir. Durant cette période, malgré les assurances et les promesses des médecins, il crut à une cécité définitive. Il prit le commencement d'une habitude : celle de reconnaître les gens à la voix, au rire, à l'odeur, au toucher. De se débrouiller seul sans l'aide d'un conducteur. De découper sa viande et son pain. De remplir son verre en tenant au bord l'index de l'autre main. De bien installer sa chaise avant de s'asseoir, sous peine de se retrouver le cul par terre. De se raser sans miroir.

Puis on lui enleva son bandeau. Il porta quelque temps des verres foncés. Il retrouva enfin l'usage normal de ses yeux. Depuis lors, il s'intéressa spécialement aux non-voyants qu'il rencontrait dans la rue. Par exemple à un mendiant qui vendait des billets de loterie au coin de la Hindenburg Strasse, proclamant :

— Achetez mes billets ! Ils vous porteront

bonheur, même si vous ne gagnez pas. Croyez-en le vieux Heinrich !

Bros admirait son habileté à recevoir l'argent, à identifier les coupures et les pièces, à rendre la monnaie. Remerciant monsieur, madame, mademoiselle, jeune homme, sans jamais se tromper. Sens paraoptique.

Un dimanche qu'il passait dans ce quartier, Léonce entendit l'aveugle crier :

— Au voleur ! Au voleur !

Un malandrin, faisant mine de choisir dans une liasse, avait emporté la caisse du pauvre Heinrich. Le caporal s'élança derrière lui, en faisant chorus :

— Arrêtez-le ! Arrêtez-le !

La foule ne comprenait pas la langue française. Voyant ce militaire aux trousses d'un civil, les passants, non seulement ne firent rien pour arrêter le voleur, mais au contraire s'efforcèrent d'entraver la course du poursuivant. Léonce renonça.

Léonce eut une autre permission pour la Noël. Il croyait vivre ces quelques jours dans la joie des retrouvailles, et il les passa dans la tristesse. Sa mère Mélanie lui montra en effet un carton bordé de noir arrivé la semaine précédente, par lequel monsieur Martin Bros, demeurant à Condat-en-Feniers, l'informait du décès de madame Marie-Josèphe Bros, née Lherme ; les obsèques religieuses avaient eu lieu dans l'intimité familiale le 18 décembre 1948. Ainsi, Léonce venait de perdre une grand-mère qu'il n'avait jamais connue. Quoique chassée de chez elle ignominieusement en 1926, Mélanie en éprouvait visiblement un chagrin mêlé de colère :

— Mon père ne m'a informée ni de sa maladie, ni de sa fin, ni de l'enterrement. J'étais partie, il est vrai, sans laisser d'adresse. Il a quand même su me retrouver pour m'envoyer le carton. Quand on a de l'argent, on peut payer des enquêteurs. Ensuite, il l'a mise en terre secrètement pour ne pas montrer que j'étais absente à la cérémonie. Tout se serait passé autrement s'ils ne m'avaient pas mise à la porte comme une chienne galeuse. Que dis-je ? Une chienne, on la soigne.

Elle s'essuya les yeux de son mouchoir à carreaux. Au cours des veillées qui suivirent, elle voulut parler de son enfance, de Condat, des marchands de toile. Mais ces récits étaient si mouillés que Léonce finit par dire :

— N'en dis pas plus. Ce monde m'est étranger. J'aime mieux que tu le laisses où il est, au lieu de te tourmenter avec des souvenirs.

Un soir, il ajouta :

— En revanche, j'aimerais bien que tu me parles de mon père.

Elle répéta une réponse toute prête :

— Il est encore plus mort que ma mère. Oublie-le complètement.

Il retrouva les Coutainois qu'il connaissait. Excepté Flora Margoël. Sans doute, à cause du froid très vif, restait-elle cloîtrée chez elle. Il espéra du moins la voir à la messe de minuit à condition de l'entendre à Saint-Nicol. Il trahit donc saint Christophe et se rendit en costume civil à l'église concurrente. Il fut payé de sa félonie puisque, comme il s'y attendait, arrivé un des premiers et dissimulé derrière un pilier de granit, il vit entrer les Margoël en grande tenue. Juste comme ils passaient devant lui, il sortit de l'ombre. Après une seconde de surprise, Flora le reconnut et lui adressa un sourire qui le paya de ses silences et de ses absences. Réconforté, il prit place à plusieurs rangées de chaises de distance. Mais pendant les trois messes basses, comme autrefois dans la classe de monsieur Cholet, ils ne cessèrent d'échanger des regards. Après la longue cérémonie, il y eut à la porte un peu de bousculade. Il s'arrangea pour se trouver près de sa fiancée et lui saisit la main, à l'insu de la famille. Elle lui rendit cette douce pression.

Il regagna son régiment de cavalerie sans chevaux. Il y apprit à conduire les jeeps et les camions, et obtint les permis militaires correspondants. Il fut employé quelque temps comme chauffeur de maître.

L'hiver passa et le printemps revint. A quelques

semaines de sa démobilisation, un jour qu'il revenait d'Erhang où il avait transporté son capitaine, il longeait une prairie parsemée de points blancs. Tout de suite, ses yeux de campagnard les reconnurent : des champignons rosés. Ou psalliotes champêtres. Avec leur chapeau finement dentelé et une ceinture autour du ventre. O les délicieuses omelettes qu'en préparait madame Jalenque lorsqu'il revenait du pâturage avec une musette pleine de rosés !

Il sauta de sa jeep, poursuivit les champignons jusqu'à cent pas de la route, en combla son casque. Qu'allait-il faire de cette récolte ? Peut-être les cuistots accepteraient-ils d'en parfumer leurs ragougnasses.

Il reprit sa place au volant, tête nue, la cervelle remplie d'omelette aux psalliotes et de ragoût financière, les narines palpitantes. Ayant roulé quelques centaines de mètres, il vit une bicyclette dans le fossé de droite, les roues en l'air. Dessous, le corps de la cycliste, qui lui sembla être celui d'une jeune fille. « C'est le jour des récoltes », se dit-il. Le revoici par terre, penché sur la Gretchen. Elle avait roulé le long de la pente rocheuse, s'était cognée contre une pierre. Une balafre au front, un saignement de nez l'avaient barbouillée de pourpre. Elle ne semblait pas en péril de mort, mais bien étourdie. Penché sur elle, il ne possédait qu'un mot pour s'exprimer :

— *Schmerzen ?* Avoir mal ?

Gémissements.

Il disposa son poncho sur les sièges arrière de la jeep, saisit le corps inanimé par les épaules et les creux des genoux. C'était la première fois de sa vie qu'il tenait tout contre lui, abandonné à ses bras, le poids d'une femme. Il en éprouvait un mélange de trouble et de frayeur, craignant de ne pas faire ce qu'il fallait. Dirigée par le diable, au-delà de l'aisselle, sa main prit appui sur le sein droit de la fille. Sa mollesse, intermédiaire entre la balle de caoutchouc mousse et la crème Chantilly, lui inspira une injure : « Salaud ! Ce n'est pas le moment de bander ! » L'instant d'après, il étendit l'accidentée sur ce pauvre matelas, et il fila vers la caserne. Zigzaguant parmi les fondrières. Elle fut enfin étendue sur un brancard, entre deux infirmiers. Un secrétaire reçut la déposition de Léonce.

Dès le lendemain, il prit des nouvelles de Rosamund Leibl. Moins gravement atteinte qu'il ne semblait, elle était sortie de son évanouissement, avait donné son identité, son adresse. Son père, Hans Leibl, vigneron, était venu la reprendre. L'affaire semblait terminée.

Il n'en fut rien. Quelques jours plus tard, le vigneron en personne revint au cantonnement, demanda à voir le cavalier qui avait secouru sa fille. Léonce fut retrouvé. Avec l'aide d'un interprète, il y eut entre lui et le père à peu près l'entretien suivant :

— Je suis le père de Rosamund que vous avez ramassée et transportée à votre infirmerie. Je vous en exprime toute ma reconnaissance.

Léonce se tenait intimidé devant cet homme corpulent qui avait devant lui fait claquer les talons à la manière prussienne. Il se rappela le jeune pilleur d'essence mitraillé dans le dos et se dit qu'une bonne action pouvait en compenser une mauvaise.

— Je n'ai que cette fille et vous avez été son bon Samaritain.

Bros fronça les sourcils, essayant de retrouver dans sa mémoire cette histoire que Jo Cayla racontait au catéchisme et qui avait donné naissance, sans qu'il vît le lien qui les unissait, à une société de capitalisation homonyme. Chaque année, une représentante de la *Samaritaine* frappait à leur porte :

— Si vous acceptez de me verser dix francs par mois, à soixante ans vous toucherez une pension annuelle de tant... Mais si vous me versez vingt francs au lieu de dix, etc.

Mélanie avait toujours refusé le contrat qui lui rappelait trop le procédé des marchands de toile « colleurs ».

— J'aimerais, reprit Hans Leibl, vous recevoir chez moi. Rosamund et ma femme en seraient très honorées.

— Pourquoi pas ?

— Je viendrai vous chercher moi-même en voiture.

Rendez-vous fut pris pour le dimanche suivant. La voiture – une charrette à deux places que tirait une jument rousse – arriva vers les huit heures du matin. Tout le long du trajet, le vigneron essaya d'entretenir une conversation qui manquait de vocabulaire. Léonce répondait au jugé :

— *Ja... Nein... Sehr gut... Schön Wetter... Schön Weinberg...*

La maison des Leibl était composée de deux corps de bâtiment séparés par une cour dans laquelle on entrait par un portail tuilé comme le reste de la ferme. A droite, les écuries, les granges, les celliers. A gauche, l'habitation des personnes : à colombages, sous une couverture de petites tuiles plates et rectangulaires, d'un rouge vif, telles qu'en montrent les demeures bourbonnaises. Au pignon, deux têtes de chevaux croisées conjuraient le mauvais sort. En Auvergne, dans la même intention, on cloue des fers sur la porte des granges. Léonce se demanda pourquoi le cheval a ce pouvoir protecteur. La cour elle-même était une merveille, avec ses bordures fleuries, ses allées pavées de larges dalles et la fontaine qui, au milieu, glougloutait et pissotait. D'autres fleurs, dans des jardinières, soulignaient les fenêtres. Une girouette, en forme d'aigle éployée, rappelait la Prusse rhénane.

Dès qu'ils eurent mis pied à terre, Leibl posa une question accompagnée d'un geste du pouce :

— *Durst ?* (Soif ?)

— *Ein wenig*, fit Bros en souriant. Un peu.

Le vigneron poussa la porte d'un cellier et lui présenta un alignement de foudres dont les douves étaient sculptées de thèmes bachiques. Léonce y reconnut des vendangeurs porteurs de hottes ; des vendangeuses qui, un moment, oubliaient leurs paniers et mordaient à même la grappe, tournées vers le soleil ; des enfants ramasseurs de grains ; le maître dispensateur de bouteilles ; la maîtresse au corsage fleuri ; le chœur des centenaires chantant *Der Mensch muss trinken*, en français « Boire un petit coup c'est agréable ». Il se crut un moment à Aubière, dans les vignes de monsieur Duboy. Le maître des lieux heurta du poing chaque foudre, le présentant par son contenu : riesling, traminer, sylvaner. Après quoi, muni d'un gobelet transparent qui permettait d'admirer la robe de son contenu, il y versa un décilitre d'un vin couleur de paille. Les deux hommes trinquèrent, disant :

— *Prosit !*

Léonce sentit sur ses papilles les délices du riesling. Par petites gorgées, il atteignit le fond de son décilitre. Avec des hochements de tête qui signifiaient : « *Sehr gut ! Sehr gut !* » Il rendit la tasse et se préparait à retrouver la lumière du grand jour quand le vigneron l'arrêta d'un geste impérieux qui signifiait clairement :

— Pas question, Gaston ! Tu ne vas pas repartir sur une seule patte.

Il reçut donc un second décilitre : de traminer, dont le bouquet, mêlé au précédent, produisit un accord parfait.

Seconde fausse sortie.

— Eh quoi ! Tu ne vas pas faire à mon sylvaner l'affront d'un refus !

Troisième décilitre, d'un vin blanc au parfum d'ardoise. Il lui fallut l'absorber jusqu'à la dernière goutte. Sous prétexte de remercier le sauveur de sa fille, Leibl avait médité de le présenter aux siens soûl comme une grive. Mais comme lui-même avait bu les mêmes volumes, ils se trouvèrent bientôt dans un état d'hilarité et de fraternité universelles. Se prenant par le bras et se soutenant l'un l'autre, ils traversèrent la cour, atteignirent la porte de l'habitation. Ils y furent accueillis par Frau Gertrud Leibl qui ne se montra pas surprise de leur état.

— Nous avons trinqué à l'amitié franco-allemande ! expliqua le maître.

— Je vois, fit madame Leibl, avec un sourire indulgent.

Elle les introduisit dans un salon qui sentait la fumée de pipe. Des fauteuils les y attendaient. A peine fut-il tombé dans le sien que le caporal Bros s'y endormit. Il n'était encore que dix heures du matin.

Lorsque, vers midi, il recouvra ses esprits, il fut bien étonné de se trouver dans un fauteuil inconnu. Autour de lui, d'autres fauteuils, une table massive, des rayons couverts de livres, un portrait de Guillaume II, une batterie de pipes ornées de pendouilles. Bientôt, parut une servante qui déclara se nommer Hilda. Une bonne grosse paysanne aux joues rouges, encadrées par deux macarons de cheveux gris.

— Ils sont tous au culte protestant, crut-il comprendre. Ils m'ont chargée d'avoir soin de vous.

— Merci beaucoup.

Peu à peu, il émergea de sa torpeur. Il demanda de l'eau pour se rafraîchir le visage. Elle le conduisit vers un lavabo d'émail blanc. L'eau purifie le corps, les sentiments, les pensées ; elle lave même du péché originel. Il redevint le caporal Léonce Bros, du 6e GCB.

Vers midi, tandis qu'au loin exultaient les cloches du temple luthérien, la famille Leibl revint du culte dominical. La Fräulein entre papa et maman, le front encore entouré d'un pansement qui lui allait à ravir. Pas très jolie, le nez trop court, la bouche épaisse, les hanches fortes, prometteuses de multiples maternités. Du moins, son sourire découvrit des dents blanches, quoique un peu irrégulières. Ils restèrent un moment face à face, embarrassés.

— Eh bien ! dit le père. Remercie ton sauveur !

— Je vous remercie, monsieur, de m'avoir secourue, dit-elle en français.

O merveille ! Elle connaissait la langue des Welches !

— Tu peux même l'embrasser. *Küssen.*

Elle lui tendit ses joues encore marquées de marbrures. Elle sentait la menthe, comme si elle avait mâché du chewing-gum.

Ainsi commencèrent ses relations avec les Leibl. Chaque dimanche presque, il dut accepter de paraître à leur table, parmi d'autres invités, généralement des personnes d'âge. Tous lui manifestaient une sorte de déférence, due sans doute à son uniforme américain, à ses galons rouges, à son écusson français. Le repas commençait par une série de petits pâtés sur canapé qu'accompagnaient des eaux-de-vie de mirabelles ou de cerises. On se bourrait ensuite de soupe au foie de volaille, de choucroute, de gâteaux meringués. Il se méfiait du riesling et posait souvent la main sur son verre.

— Vous n'aimez pas mon vin ? s'écriait le vigneron, d'un ton faussement courroucé.

— Je l'aime trop. Je m'en méfie.

La Fräulein traduisait. Les éclats de rire faisaient

vibrer la vaisselle. On lui servit du brochet de la Moselle avec une sauce à la crème épicée, spécialement préparée par Rosamund, car celle-ci avait tous les dons, celui des langues, celui de la cuisine, celui de la musique. Léonce se demandait comment une famille allemande pouvait montrer tant d'opulence dans un pays ruiné par la guerre.

— Nos vignes n'ont pas été bombardées, expliqua Leibl. Saint Werner nous a protégés.

Naturellement, à la fin du repas, les coudes des convives formaient une chaîne ; et tous chantaient des lieder qui disaient le plaisir de vivre, de boire, d'aimer et de se balancer. Hans y allait de son solo particulier :

Ich hatt'einen Kameraden,
Einen bessern find'st du nit...
« J'avais un camarade,
Le meilleur qu'on pût trouver... »

Rosamund chanta en français *Le Temps des cerises*, follement applaudie par ses compatriotes qui n'en avaient pas compris un mot. A Léonce, on demandait de pousser la sienne. Et ce fut *Parlez-moi d'amour* ou bien *J'attendrai*, traduits par Rosa.

Elle voulut lui servir de guide et le promena dans toute la ferme, sans rien excepter. De dimanche en dimanche, il fit la connaissance des écuries, des remises, des séchoirs. Lors de la troisième visite, comme ils redescendaient du fenil par un escalier abrupt, lui devant, elle derrière, elle trébucha sur une marche, poussa un petit cri. Il se retourna juste à temps pour arrêter sa chute et la recevoir dans ses bras. Nouveau sauvetage. Cette situation parut à tel point plaire à Rosamund qu'elle ne cherchait pas à se détacher de lui. Il lui sembla qu'elle chuchotait à son oreille en langue welche :

— Je t'aime.

Il toussa pour couvrir sa voix, persuadé qu'il avait mal entendu.

— Je t'aime, répéta-t-elle.

— Oui, fit-il, j'ai été reçu ici avec beaucoup d'amitié... Je ne m'attendais pas...

Il ne s'attendait pas, après si peu de rencontres, à une telle déclaration. Il avait mis des années à s'apercevoir qu'il aimait Flora Margoël, à qui il avait promis sa fidélité corporelle et sentimentale. Il n'avait pas besoin de cet amour qui lui tombait dessus dans l'escalier du fenil. Ils redescendirent à la maison aussi penauds l'un que l'autre.

Il comprit qu'il valait mieux ne plus fréquenter la maison Leibl. Entre Rosamund et lui, il n'y eut ni brouille ni adieux.

Simplement, un silence définitif.

5

En mai 1949, il reprit ses vêtements civils et quitta Trèves pour regagner l'Auvergne châtaignière. A l'étape de Clermont-Ferrand, plutôt que de passer la nuit sur une banquette rembourrée aux noyaux de pêche, il prit le tramway d'Aubière et s'en alla quérir l'hospitalité à monsieur Duboy. Il fut reçu très honnêtement. Le vigneron le fit coucher dans une chambre bien close. La pluie martelait les vitres. Sur une console, une statuette rustique représentait saint Verny, traduction du saint Werner des Leibl : avec son bousset au bout d'une main, une serpette au bout de l'autre, en tricorne, bas de soie et souliers à boucle.

Le lendemain, après une bonne soupe et des remerciements à ses hôtes, il reprit un train qui le transporta jusqu'à Bagnac-sur-Célé. Il ne lui restait plus qu'à finir le reste du voyage par le « train onze », ainsi nommé à cause des deux jambes dont chaque homme dispose. Sauf les culs-de-jatte, naturellement.

A peine sorti de la gare, il fut pris à partie par des chiens aveyronnais qui flairaient sur lui sans doute une odeur d'Auvergne. Il voulut les éloigner en faisant des moulinets avec son sac et en criant :

— Ho-oussi !

Mais ils s'écartèrent à peine, feignant de ne pas comprendre, dans l'Aveyron l'on crie plutôt :

— *Te cinglaré* !

A Saint-Coutain, il trouva sa mère occupée à étendre le linge d'une lessive. Elle faillit laisser choir sa corbeille en le voyant. Elle courut à lui, l'embrassa en pleurant sur son épaule. Il lui sembla même qu'elle pleurait un peu trop. Il n'en comprit que plus tard la raison.

Tout de suite après, elle le mit à table et déposa devant lui un pan d'omelette froide, un saucisson entamé, du fromage.

— Pardonne-moi de te servir des *racourtchous* [1].

— Tes *racourtchous* sont très bons. Je ne demande pas autre chose.

Le pain du moins était frais. Et le vin sans âge : elle l'achetait en bouteilles au Casino ambulant.

La chatte Noiraude vint se frotter à ses jambes comme s'ils s'étaient quittés la veille. Il la prit sur

1. Des restes.

ses bras, l'embrassa entre les oreilles. Sitôt qu'elle put, elle enfonça le museau sous son aisselle et se mit à baver de bonheur.

Il dut leur raconter ses derniers mois de service en Allemagne. Mais ce n'était pas un garçon langagier. A l'école, déjà, monsieur Cholet se plaignait de ce qu'il appelait son mutisme et qui n'était que de la réserve, de la crainte de ne pas employer les mots justes. Il n'évoqua point Rosamund qu'il avait ramassée sur une pente rocheuse, ni les bonnes relations qu'il avait eues avec la famille Leibl. Il parla seulement du train-train quotidien, des corvées, de la nourriture, des exercices, de son emploi de chauffeur.

— Comment les Boches vous supportaient-ils ?

— Nous sommes pour eux des occupants provisoires qui les protègent des Russes, dont ils ont une grande frousse à cause de tout le mal qu'eux leur ont fait en Russie. Dans quelques années, nous les quitterons. Ils font semblant de ne pas nous voir.

— Est-ce qu'ils vont à la messe ?

— Ils ont des temples. Ils sont presque tous protestants.

Mélanie eut un frisson d'effroi. En ses moelles, venue des générations lointaines, demeurait la haine des *Higanaous*, des Huguenots, dont le nom même rappelait celui des loups-garous.

— Je suis bien contente, mon garçon, que tu sois revenu chez les catholiques, conclut-elle.

Le soir, en tête à tête, ils mangèrent une soupe épaisse et une cuite de châtaignes bouillies. Heureux infiniment d'être ensemble de nouveau, après cette longue séparation. Le fils regardait sa mère aller et venir dans la maison, gouverner chaque pièce, chaque objet, comme une reine en son royaume. Encore jeune, née en 1905, l'année du grand conflit entre l'Etat et les Eglises. Le curé de Saint-Christophe, l'abbé Raynal, s'était enfermé dans la sienne, proclamant qu'il excommunierait quiconque chercherait à en forcer les portes. Léonce fit le calcul : Mélanie venait d'accomplir sa quarante-quatrième année. A cet âge, maintenant que son gars était un homme, elle aurait pu encore chercher un mari. Il osa lui en toucher deux mots :

— Moi, se récria-t-elle, me mettre aux ordres d'un étranger ? Je veux rester maîtresse de ma vie et de mes biens.

Sa chambre attendait le démobilisé, avec le lit d'une place et demie, haut sur pattes, dans lequel on ne pouvait se hisser qu'au prix d'un peu d'alpinisme. Avec l'armoire de ses vêtements et chapeaux. Avec le bénitier reçu en cadeau de tante Alice à l'occasion de sa première communion, mais souvent à sec d'eau bénite. Du bout des doigts, il caressa les pierres nues et rugueuses des murs. Puis il récita mentalement les trois prières et s'endormit, mort de fatigue.

Au petit jour, il fut réveillé par le chant des coqs.

A Trèves, aucun coq ne chantait, c'est le clairon qui le tirait du sommeil. O bienheureux cocoricos ! Il sauta du lit, se mit à la fenêtre, regarda le ciel dont le gris pâle commençait à bleuir, la campagne tout humide de rosée, les cimes lointaines du puy Mary et du Griou derrière lesquelles le soleil annonçait son ascension. A travers le plancher, il entendait sa mère déjà affairée, le heurt des casseroles, le pétillement du feu. Il pressentait la douceur du café d'orge. Noiraude miaulait pour réclamer sa goutte de lait. Il se signa et remercia Dieu.

Dans la matinée qui suivit, il se rendit chez les Jalenque pour saluer ses anciens maîtres.

— Te voilà donc revenu, mon pauvre Léonce ! s'écria la patronne.

— Bien content de vous retrouver.

Elle le fit asseoir, lui offrit du vin et le fromage en compagnie de ses quatre hommes, le père, les deux fils et Pierre le valet. Il fallut bien parler. Elle exposa son programme :

— Si tu veux, je te reprendrai jusqu'à septembre. Ensuite, nous n'aurons plus besoin de toi. On va se consacrer de plus en plus à l'élevage, de moins en moins à la culture. Le lait et la viande, voilà ce qui rapporte. Pas le seigle, pas les pommes de terre, pas les châtaignes, pas le bois. Nous n'aurons plus qu'une paire de bœufs. Ensuite, rien que des vaches laitières. Tu nous aideras jusqu'aux prochaines moissons. Et tu chercheras du travail ailleurs. A ton âge, avec les bras et les épaules que le bon Dieu t'a donnés, tu n'en manqueras pas. Un seul valet nous suffit, nous gardons Pierre, qui est trop vieux pour qu'on le mette à la porte. Et tu auras nos remerciements.

Voilà pourquoi elle l'appelait « mon pauvre Léonce ».

Deux ou trois autres Coutainois, qui n'y avaient pas la même raison, le gratifièrent de cet adjectif.

— Je suis contente de te revoir, mon pauvre Léonce, dit madame Boissié la boulangère.

Il est vrai que, dans le langage du pays, « pauvre » était souvent un terme d'affection, même s'il incluait une nuance de pitié.

— Tu es resté bien longtemps en Bochie, mon pauvre Léonce, fit Ernestine Counil, la porteuse de dépêches.

— Douze mois tout juste.

— C'était trop. Beaucoup trop.

— Pourquoi donc ?

— Je ne composerai pas un poème à l'occasion de ton mariage avec Flora Margoël.

— …

— Parce qu'elle est déjà mariée.

Il en resta la bouche ouverte, les yeux écarquillés.

— Fallait bien, reprit-elle, que quelqu'un te le

dise, mon pauvre. Vaut mieux que ça soit moi. Avec des ménagements.

Elle lui conseilla de s'asseoir, lui offrit une goutte de cassis pour se remettre. Expliqua comment, à son avis, les choses s'étaient déroulées. Le géomètre-arpenteur n'avait jamais accepté que Flora devînt l'épouse d'un ouvrier agricole. Ils n'appartenaient ni au même monde, ni à la même paroisse, ni à la même culture. Une fille qui parlait l'anglais et l'espagnol ne pouvait devenir la femme d'un péquenot qui ne s'exprimait bien qu'en patois. Ils l'avaient forcée, par la menace, à prendre un notaire d'Entraygues, dans l'Aveyron. Il avait vingt ans de plus qu'elle.

— Quelle menace ?

— Je ne sais pas. De lui couper les vivres si elle le refusait. De l'enfermer dans un couvent. De la cloîtrer dans la maison. Peut-être l'ont-ils privée de nourriture. Peut-être l'ont-ils battue.

— Les canailles !

— Peut-être ! Va savoir !

— Et elle a capitulé ?

— Faut croire. Quelques jeunes d'ici sont allés faire le charivari sous les fenêtres des Margoël. Mais il a tiré en l'air quelques coups de fusil. Après tout, ça n'était pas vraiment l'affaire de tes copains. L'Aveyronnais a emmené Flora dans sa voiture américaine.

Jamais la richesse ne s'était mieux montrée que par les voitures de cette époque. Les usines françaises commençaient à peine de produire la Quatre-Chevaux, qui ne dépassait les 70 à l'heure que dans les descentes, par vent arrière favorable. Destinée à la classe moyenne. La classe supérieure roulait en Buick, en Cadillac ou en Chevrolet. Léonce, lui, roulait à bicyclette. Quelques amis cherchèrent à le consoler en lui disant de Flora tout le mal possible : une ambitieuse, une égoïste, une comédienne, une traîtresse passée à l'ennemi. Elle avait d'ailleurs les yeux de deux couleurs, signe de duplicité. Ils lui offrirent de bonnes chopines ; ils lui tapaient dans le dos pour l'aider à boire vin et chagrin.

— Allons, camarade ! Tu as perdu ta promise ? Tu en trouveras une autre qui aura les deux yeux bleus.

Et de lui citer Pierre, Jacques ou Paul qui avaient subi la même mésaventure et s'en étaient bien remis. Et de lui chanter en chœur :

A la tienne, Etienne ! A la tienn' mon vieux !
Sans ces garces de femmes, nous serions tous des frères.
A la tienne, Etienne ! A la tienn' mon vieux !
Sans ces garces de femmes, nous serions tous heureux.

Quelques jours plus tard, une autre raison le frappa de détester les Nicolauds dans leur ensemble, riches ou pauvres, hommes ou femmes, grands ou petits. Il rentrait de sa journée chez les Jalenque. Sur le visage de sa mère, il lut qu'un nouveau malheur s'était produit. Sans dire un mot, elle se contenta de le conduire derrière la maison et lui montra, couché dans l'herbe, un petit corps : celui de Noiraude. Ecrasée par une voiture. Il s'agenouilla, prit la chatte dans ses bras en sanglotant, déjà raidie par la mort, couverte d'un sang gluant.

— Des gosses m'ont avertie. Tout le monde la connaissait dans la paroisse. Je l'ai ramassée de l'autre côté de la ligne blanche.

— Qui a fait ça ?

— Celui-là n'a pas laissé son nom. Elle n'aurait pas dû se trouver chez les Nicolauds. C'est sûrement quelqu'un des leurs, on ne sait pas qui.

Il leva le poing en direction de Saint-Nicol. Mais que pouvait-il faire ? Déposer une plainte ? Un chat écrabouillé, est-ce que ça compte pour la justice ? Se venger lui-même ? Aller tuer quelque innocente bête nicolaude ? Ce n'était pas sa manière. Il ne lui restait qu'à cuver son chagrin et sa rancune.

Il prit une bêche, alla creuser un trou au fond du jardin, y déposa la petite défunte sur un lit de foin pour que la mort lui fût plus douce. Puis il la recouvrit de sable, cerna la sépulture avec un cordon de galets. Planta dessus un rosier afin que personne n'eût l'occasion d'y poser une semelle.

Et une lettre lui parvint. Expédiée d'Entraygues. Tout de suite, il reconnut l'écriture tout en rondeurs menues, qui formaient des lignes de perles. Celle de Flora Margoël, devenue madame Flora Campagnac. Elle expliquait... elle fournissait des excuses... elle implorait sa compassion... elle promettait une fidélité de mémoire. *Mille fois mon père m'a martelé cette idée que nous n'étions pas faits pour aller ensemble... Il m'a enfermée dans ma chambre pendant un mois, me nourrissant de pain et d'eau... Ma mère a ajouté son chantage : si j'épousais un va-nu-pieds (c'est ainsi qu'elle te nommait), elle en mourrait de chagrin. Déjà son pouls donnait des signes de faiblesse. J'ai fini par céder, dégoûtée de moi-même. Je suis allée à ce mariage comme on va au supplice... Peut-être mon père avait-il un peu raison : le nôtre était le mariage de deux enfants, de deux rêves... Tu resteras toujours le fiancé de mon cœur... Maître Campagnac n'est pas un mauvais homme. Il fait ce qu'il peut pour se rendre supportable... Je ne t'oublierai jamais, jamais, jamais...*

Léonce ne répondit pas à ces promesses : il

n'aurait pas trouvé les mots et aurait sans doute fait des fautes d'orthographe.

Il travailla donc tout l'été pour les Jalenque. Il fit la connaissance de Jean Mazel, le fils d'une veuve, venu passer chez sa mère ses deux semaines de congés payés. Ce garçon avait une place dans un bistrot de Paris, *Chez Fernand*, tenu par monsieur Fernand Lavèze, un Auvergnat de Saint-Flour, passage Gatbois dans le XIIe arrondissement, à quelques pas de la gare de Lyon qui est le déversoir de l'Auvergne. Jean Mazel persuada Léonce que son patron l'embaucherait, sur sa recommandation, car la bistroterie auvergnate vivait une époque de grande prospérité.

— Si tu n'as pas peur du boulot, si tu ne crains pas de bosser douze ou treize plombes par jour, tu recevras une bonne paye, en fonction de tes services. Et tu pourras t'élever dans la hiérarchie, jusqu'à devenir premier serveur. Peut-être même maître d'hôtel, dans un restaurant de la haute. Et qui t'empêchera de t'établir un jour à ton compte et de faire fortune ? Pas besoin de recourir aux notaires ni aux banquiers. Les Auvergnats se prêtent entre eux cinq millions, dix millions, avec une feuille de calepin pour reçu. Réfléchis à tout ça.

Léonce s'en entretint avec sa mère. Elle gémit un peu :

— Tu es à peine rentré d'Allemagne, et tu parles de repartir !

— Mon copain me promet la fortune, rien que sur une feuille de calepin. Mais je reviendrai souvent. Un jour, j'aurai moi aussi une voiture.

Elle ne pouvait faire autrement que de consentir. Jean Mazel – preuve de son aisance – possédait déjà une Peugeot d'avant-guerre, qui roulait encore bien, capable de faire un 80 sur route plate. Léonce y déposa sa valise, un bon casse-croûte dans une musette. Il emportait aussi ses économies qui, complétées par sa mère, atteignaient presque vingt mille francs. De quoi faire face à toutes les éventualités.

— Ecris-moi souvent, recommanda-t-elle. Et ne manque pas de venir pour la Noël. Noël avec tes vieux, et Pâques où tu veux.

— Il sera plein aux as, promit Jean Mazel dans son langage parisien. Vous ne le reconnaîtrez pas.

Elle le mouilla de ses larmes. Et la Peugeot l'emporta. Par la portière, son bras disait de grands au revoir.

Le voyage jusqu'à Paris dura dix bonnes heures. Jean Mazel semblait bien connaître la France. A chaque instant, il commentait le paysage, les curiosités, les villes et villages qu'on traversait. Ainsi Maurs-la-Jolie ; Aurillac et sa rivière Jordanne qui roule des pépites d'or ; le Lioran et son tunnel ; Massiac et sa chapelle Sainte-Madeleine perchée à l'extrême bord d'un précipice.

— En face, montra-t-il, il y a la chapelle de saint Victor. De temps en temps, sainte Madeleine sort de la sienne. Elle lance son chapelet devant elle, au-dessus de la vallée. Les deux saints se rapprochent en tenant les équilibres sur ce fil pour se faire la conversation. Comme les funambules des cirques.

La route épousait les méandres de l'Allagnon qui est un petit Allier, de même que l'Allagnonette qui le grossit. Ils passèrent dans le Puy-de-Dôme que Léonce connaissait bien. A Issoire, ils s'arrêtèrent le temps d'y acheter du « bon vin à boire », selon la promesse du dicton. Il n'était pas de trop, la route et la chaleur les ayant altérés. A Clermont, ils longèrent les usines de pneumatiques, détruites pendant la guerre par un bombardement anglais, mais depuis restaurées ; leurs tremplins d'essai lançaient haut dans le ciel le nom de Michelin. Riom le justicier ne les retint guère. Ni Aigueperse qui n'a qu'une vraie rue. Ni Gannat, qui s'armorie d'un chardon, « Qui s'y frotte s'y pique si gan n'a ». Ils admirèrent de loin Moulins et ses clochers. A Nevers, ils franchirent la Loire sur un pont majestueux et la suivirent jusqu'à Briare, où ils la quittèrent pour tourner à main droite, se dirigeant vers Montargis qui prétend être la Venise du Gâtinais.

Grand casse-croûte au bord du canal. Ils éparpillèrent soigneusement les débris de leurs coquilles d'œuf pour en nourrir les oiseaux. Ils traversèrent Fontainebleau sans boire à cette belle eau dont se vante sa fontaine.

Après Corbeil, ils entrèrent dans Paris par la porte d'Orléans.

6

Fernand Lavèze avait lui-même quitté son Saint-Flour natal pour monter faire fortune à Paris. Il y avait épousé Jeanne Bonnet dont le père, Géraud Bonnet, vendait passage Gatbois à manger, à boire, à se chauffer, plus tard à dormir. La façade l'annonçait en belles majuscules : *VINS LIQUEURS CHARBONS CASSE-CROUTE TÉLÉPHONE.* Ce dernier article, toutefois, était une pure curiosité qui n'attirait pas beaucoup de monde. Peu de gens savaient alors téléphoner. En outre l'appareil de Géraud Bonnet, au fond de la salle, était accroché au mur, sans aucune isolation. De sorte que tous les clients pouvaient entendre la conversation, qui devait se tenir à voix très haute ; de la rue on en percevait les éclats. Devenu gendre de Bonnet, Fernand avait fait construire une cabine. Et par la même occasion transformé le sous-sol en salle de réunion où se rencontraient les Auvergnats du quartier. Ils s'y racontaient des auvergnateries, échangeaient des souvenirs auvergnats, consommaient du saucisson, du fromage et du vin d'Auvergne. Parfois, un conférencier venait leur présenter un grand homme du pays : le Clermontois Blaise Pascal, l'Aurillacois Arsène Vermenouze, le Corrézien Etienne Baluze, le Lozérien Pierrounet, illustre rebouteux, qui a sa statue à Nasbinals.

Derrière les salles ouvertes au public, se tenait le dépôt des bois et charbons, fagots, margotins, boulets, gaillette, qui justifiait le titre de *bougnat* appliqué par les Parisiens à cette sorte de négociant. Les premiers charbonniers descendus du Massif central par la route ou par voie fluviale en même temps que la houille de Brassac et de Sainte-Florine se promenaient en effet par les rues de la capitale entre les bras de leur charrette, criant dans leur mauvais français :

— Charbounia ! Charbounia !

La clientèle était composée principalement de cheminots, d'ouvriers, de ferrailleurs, de maçons, d'employés municipaux. La maison Lavèze livrait à domicile et servait de cette façon des bourgeois fortunés que Fernand saluait la casquette à la main.

Naturellement, on trouvait sur ses tables, à la disposition de tout un chacun, l'hebdomadaire *L'Auvergnat de Paris*, fondé en 1882 par un autre

Bonnet – Louis – auquel d'autres Bonnet avaient sucédé, Louis II, Louis III, Louis IV. Ce Cantalien installé dans la capitale destinait sa feuille aux originaires du Massif central, curieusement limité à sept départements, le sien et les six qui le touchaient : Cantal, Aveyron, Corrèze, Lot, Lozère, Puy-de-Dôme, Haute-Loire. L'Allier, l'Ardèche, la Haute-Vienne en étaient exclus. Il n'empêche que, parmi les clients de Fernand Lavèze, les Ardéchois, les Creusois, les Limougeauds ne manquaient point. Attirés par la cuisine montagnarde de Jeanne Lavèze, par les moustaches et l'accent volcanique de son mari, par ses boissons compatriotiques, vins du Fel, de Dallet, de Saint-Pourçain, verveine du Puy, gentiane Vercingétorix.

Lorsque Léonce se présenta devant Fernand, recommandé par Jean Mazel, tout de suite le bougnat le mit à l'épreuve, interrogeant :

— *Ke sabz faïre ?*[1]

Quoique l'accent de Saint-Flour ne sonnât pas exactement comme celui de Saint-Coutain, le garçon comprit la question et répondit du tac au tac :

— *Ço ke me comandon... Sey prist de tot faïre*[2].

C'était une louable disposition.

— De quel patelin arrives-tu ?

1. Que sais-tu faire ?
2. Ce qu'on me commande... Je suis prêt à tout faire.

— De Saint-Coutain-des-Sources.
— Ça existe ? Jamais entendu parler.
— Après Maurs. Juste avant l'Aveyron.
— Serais-tu rouergat, par hasard ?
— Pas du tout.
— A la bonne heure.

L'entretien se poursuivit de la sorte, tantôt en patois, tantôt en français, et Fernand se convainquit que le garçon recommandé par Jean Mazel était un Cantalien de bonne espèce et de bon vouloir. On en vint au travail et à ses conditions :

— Je t'emploierai d'abord à livrer le charbon, la bière, la limonade à domicile. Tu as de larges épaules. C'est ce qu'il me faut.

Léonce n'osait parler d'argent. Le patron y vint de lui-même : huit cents francs par mois, nourri, logé, chauffé, blanchi. Le garçon espérait davantage ; mais il se dit que tout commencement est dur, qu'il gagnait moins chez les Jalenque ; il donna son accord.

En fait de logement, Fernand lui trouva une chambrette à un cinquième étage du passage Raguinot. Juste sous le toit infesté de pigeons et de moineaux en conflit perpétuel. Ils s'alimentaient principalement de crottin, les chevaux étaient encore nombreux dans le XIIe, attelés à des tombereaux de charbon, à des charrettes de légumes, à des haquets de barriques en route pour Bercy. Les oiseaux trouvaient aussi leur subsistance en pillant les étals et les montagnes de déchets entassés au point du jour devant les bistrots, restaurants, cantines, brasseries. De bonnes âmes jetaient des miettes et du grain aux colombes.

De sa fenêtre, Léonce avait du moins une vue remarquable sur Paris, le bois de Vincennes, la colonne de la Bastille et la Seine chargée de barques et de péniches. Sans compter, au loin, les flèches de Notre-Dame, la tour Eiffel, le Trocadéro et autres curiosités. Moins pittoresques, des hectares de toitures, des forêts de cheminées. Son premier soin fut d'acheter une carte postale qui représentait ces merveilles et de l'envoyer à Mélanie Bros pour la rassurer sur le sort de son fils.

Il n'était pas seul à ce cinquième étage. Ses voisins semblaient de bonne compagnie : un étudiant en médecine ; une jolie fille, sans doute putain à en juger par le nombre de ses visiteurs ; un accordéoniste originaire de Cusset qui faisait danser les samedis et dimanches rue de Lappe ; et un retraité des pompes funèbres qui finissait sa vie dans une chambre-cuisine en attendant d'être lui-même enterré. Rien que des professions libérales. Autre point commun : ils avaient tous en jouissance le même cabinet dont la porte, pour des motifs mystérieux, s'ornait d'un cœur tracé à la peinture rouge. Il fallait devant quelquefois faire la queue. Ce qui donnait l'occasion de se fréquenter, d'échanger des opinions politiques ou religieuses, de se mieux connaître. Naturellement, au cours de ces entretiens, le croque-mort parlait de sépultures et de concessions. Il avait des accointances dans tous les cimetières de la capitale et proposait à Léonce de le pistonner pour lui obtenir un des derniers carrés disponibles. Car ces lieux affichaient complet, et beaucoup de Parisiens devaient accepter hors la ville une résidence perpétuelle.

— Soyez tranquille, répondit le jeune Bros. Je n'ai pas l'intention de mourir ici. Dans le Cantal, nos cimetières offrent encore de la place. On en reparlera.

Le musicien bourbonnais lui offrit un carton qui lui permettrait de danser gratuitement rue de Lappe.

La petite pute, qui disait s'appeler Eglantine, se répandit en sourires et en offres de service :

— Je te ferai des prix en qualité de voisin.

L'étudiant en médecine décrivit les maladies à la mode, tuberculose, diabète, syphilis, et offrit ses éventuelles consultations. De son côté, Léonce n'avait rien d'autre à proposer que la largeur de ses épaules et la vigueur de ses bras en cas de travaux de force.

Les Auvergnats étaient très nombreux dans le XIIe ; le train de Clermont les déversait comme un torrent déverse ses galets. Le petit commerce leur était réservé. Rue de Chalon, fumait la cheminée d'un *petassaïre*, raccommodeur de bassines, étameur de louches, capable de rendre du brillant aux ferrailles les plus ternes. Passage Brunoy, un brocanteur-antiquaire d'Aurillac exposait fontaines, bouilloires, ferrats, aiguières de cuivre. Rue de Rambouillet, Paul Lacassagne débitait des charcuteries ; sa figure rougeaude, toujours mal rasée, ne déparait pas son étalage de jambons conservés dans la cendre de bois ; les ménagères venaient s'y approvisionner des quatre coins de la ville ; et, quand leurs achats le méritaient, il ajoutait une saucisse sèche et gratuite, disant :

— Petit cadeau de la maison.

Rue de la Lancette, Audoul vendait des fromages : le cantal jaune et gras, que l'on découpe au fil ; le roquefort fleuri de violettes ; son modeste cousin le bleu de Laqueuille ; la fourme d'Ambert qui se détaille par tranches, tranchettes et tranchounettes, de haut en bas, jusqu'à ce qu'on atteigne le fond, appelé le cul, qui en est le meilleur ; le saint-nectaire au goût de noisette ; le gaperon parfumé d'ail, qui reproduit exactement la forme du puy de Dôme ; les fromages de chèvre poudrés d'artisons qui leur confèrent un supplément d'âme. Audoul proposait aussi, servi à la louchée, le sarassou, que les dictionnaires nomment babeurre, et qui est si bon étendu sur du pain gris. Et encore des champignons séchés. Et des pâtisseries rustiques, fougasses, pompes, bouriols, que madame Audoul préparait sous les yeux mêmes de la clientèle.

Rue du Charolais, derrière la gare, Bedos, natif de la Lozère, tenait une boutique de chaussures diverses. Principalement de sabots et galoches que les privations de 40-45 avaient remis à la mode. Indispensables par ailleurs aux jardiniers. Or beaucoup de Parisiens cultivaient un lopin de terre aux environs de la capitale, où ils se rendaient en famille le dimanche et les jours de fête.

C'est assez dire que chez Fernand et aux alentours, Léonce Bros ne se sentait pas dépaysé. La campagne n'était pas loin. Lorsque son patron lui accordait quelques heures de sortie, il fréquentait le bois de Vincennes où poussent des chênes et des hêtres magnifiques. Il s'asseyait sur les talus qui bordent le lac Daumesnil, regardait nager les cygnes et les canards. Il entrait même en conversation sifflée avec les merles. Tout bien pesé, il parlait trois langues : le français, le patois cantalien et le langage des oiseaux. Il trouvait seulement que le paysage manquait de vaches.

Il fut donc premièrement livreur de charbon. Assisté d'un Polonais appelé Vasis ou Vasistas parce qu'il se prénommait réellement Wasislas. Les sacs étaient de sisal, un textile très rêche, quelquefois même coupant, mais d'une résistance à toute épreuve. Chacun comportait deux poignées opposées qui se terminaient par un gros nœud.

Mode d'emploi : déposer le sac sur la bascule, le tenir ouvert à deux mains, le charger de boulets ou de gaillette jusqu'à cinquante kilos, que Fernand Lavèze appelait un quintal, comme on dit encore dans les campagnes pour cent livres ; se mettre à deux pour saisir les poignées, et hop ! balancer le sac sur le plateau de la camionnette. Un seul homme suffisait au déchargement.

Muni de son permis de conduire les poids lourds, Léonce livrait seul à domicile. Le plus dur était de monter les étages avec son faux quintal sur l'échine. Le dos et la tête protégés par un sac de jute plié en forme de capuchon, il empoignait la queue de sisal et grimpait marche après marche quelquefois jusqu'au cinquième étage, se cramponnant de l'autre main à la rampe de bois ou de corde. Les immeubles étaient souvent construits sur des caves ; mais les clients, les clientes surtout voulaient s'épargner les ascensions. Il vidait son sac dans une caisse, au fond du vestibule.

— A la semaine prochaine ! disait-il en partant.

De véritables abonnements de livraisons existaient entre ces dames et Fernand Lavèze. Du moins, Léonce y gagnait-il chaque fois une pièce de cent sous qui tombait dans sa main droite. En fin de matinée, il avait tout du nègre, y compris la blancheur ivoirine de ses dents et de ses yeux.

Vers midi-une heure, il se débarbouillait la figure et les mains à un robinet d'eau froide et déjeunait en compagnie de Vasis sur une table nue, dans le dépôt du charbon. Le patron leur faisait apporter la spécialité auvergnate du jour : pot-au-feu, soupe aux choux, morue à la gaillarde, ou porc à la sauce enragée. Un quart de vin par repas, comme au régiment. Ils étaient peu payés, mais bien nourris.

Tandis que Fernand officiait derrière le comptoir, Jean Mazel servait dans la salle les plats préparés par madame et son aide-cuisinier. Il empochait directement les pourboires, l'usage les voulait de dix pour cent des additions au minimum. Mais chaque matin, en vertu du « droit de tablier », c'est lui qui versait cent balles à son patron. De sorte que, celles-ci déduites de ceux-là, il lui restait le soir cent ou cent cinquante francs de boni. Ce qui lui procurait en moyenne trois à quatre mille francs par mois. Nets d'impôts. Car il n'était pas assez bête pour les déclarer totalement au fisc. Il payait seulement une modeste cotisation à la Sécurité sociale inventée depuis peu. Résultat : il gagnait le triple ou le quadruple de ce qui revenait à Léonce. Quant à Vasis, personne ne sut jamais le montant de son salaire. Sans doute ne le sut-il jamais lui-même. Il ne tenait pas de comptabilité.

Il faut dire que Fernand le gardait plutôt par charité chrétienne que pour les services qu'il lui rendait ; il était très porté sur la boisson, comme tous ses compatriotes, si l'on en croit la comparaison « soûl comme un Polonais ». La plupart des nations jouissent ainsi d'une réputation vraie ou usurpée. On dit « joyeux comme un Italien », « en baver comme un Russe », « pédé comme un Grec », « querelleur comme un Allemand », « fort comme un Turc », « avare comme un Juif », « fainéant comme un Arabe ». Il paraît que les Turcs disent « cocu comme un Français ».

Un matin, Fernand commit l'imprudence de confier à Vasis le soin de mettre en bouteilles un tonneau de saint-pourçain qu'il avait reçu de Bercy. Il lui fallut une journée entière, ce qui n'était sans doute pas trop. Mais il ne put remonter de la cave sur ses jambes ; Léonce dut descendre et le coucher sur le monte-charge à manivelle. Soûl comme il n'est pas permis.

— Tu as bu combien de litres ? demanda Léonce.

— A peine un verre ou deux.

— Un verre ou deux t'ont mis dans cet état ?

— C'est la vapeur... l'odeur... rien que l'odeur...

— La prochaine fois que tu devras mettre le vin en bouteilles, bouche-toi le nez avec une pince à linge. Comme ça.

Il lui en fit la démonstration. Pour conclure avec une voix de canard :

— Et baintenant, bon cher Vasis, suis bon conseil et va te coucher.

Le Polonais se rebiffa :

— Va te coucher Vasis ?... Va te coucher Vasis ?... T'as pas le droit de commander... T'es pas mon père... T'es pas mon grand-père... T'es pas mon fils... Va te coucher Vasis ?... Va te coucher toi, petit con.

Aucune brouille ne suivit ce dialogue franco-polonais.

Une chose intéressait Vasis au plus haut point : le langage qu'employait le patron avec ses commis auvergnats. Il demanda un jour à Léonce de lui enseigner un peu de patois. Le jeune Bros s'y appliqua honnêtement. Il lui apprit les noms de diverses parties du corps ; ceux du pain, du vin, du jambon et autres aliments. Or voici que Jean Mazel voulut s'en mêler. A l'insu de Léonce, il remplit de sottises la tête du Polonais. Exemple :

— Sais-tu comment, en Auvergne, on souhaite le bonjour à une femme ?

— Apprends-le-moi.

— Il convient qu'on lui dise : *Chéz de gril dématy ?* [1] Ça veut dire : Vous vous sentez dispose ce matin ?... Répète un peu.

— *Chéz de gril... dématy ?*

1. Est-ce que ça vous chatouille, ce matin ?

— Demain, sitôt que tu vois madame Lavèze, tu la salues de cette manière.

La chose arriva comme prévu. Quand la patronne sortit de sa cuisine, notre Vasis s'avança, la casquette à la main pour plus de politesse.

— *Chéz de gril dématy ?*

D'abord, elle parut suffoquer. Puis elle devint toute rouge, avant de répliquer, très en colère :

— *Che tu né séz, iéou ne sey pa*[1] *!*

Et en même temps, elle lui jeta au visage la serviette mouillée qu'elle tenait à la main.

Vasis renonça à poursuivre ses études dialectologiques.

Comme le lui avait proposé l'accordéoniste de Cusset, Léonce fréquenta les bals musettes de la rue de Lappe. Principalement *Chez Bouscal*, dont le patron, Bouscatel, excellent cornemuseux, avait pris l'habitude de céder de temps en temps sa place à l'instrument à bretelle. Ainsi celui des frères Pegouri. Dans ce quartier, l'Auvergne et l'Italie faisaient bon ménage ; leurs immigrants débarquaient par la même gare et composaient autour de la Bastille une population macarino-bougnate. L'un des deux Pegouri avait fini par épouser la fille de Bouscatel, et l'accordéon, plus sonore, plus

1. Si ça te chatouille, moi pas du tout.

dégoulinant de notes, plus décoratif, avait supplanté la cabrette.

Muni de sa carte de faveur, Léonce s'essaya à gambiller au mieux chez Bouscal. On y trouvait encore les danses d'avant-guerre, valse, tango, fox-trot, boston ; et même la vieille bourrée que remettaient à la mode les amicales folkloriques. Les Auvergnats de Paris, quoique commerçants, médecins, hommes de lettres, fonctionnaires, cheminots, aimaient à se déguiser en paysans d'autrefois, avec chapeaux de feutre aux larges bords, blouses empesées, rubans tricolores : vert, jaune, rouge, comme les prairies, comme le blé, comme le vin.

Ils venaient là, chez Bouscal, pour faire, comme ils disaient, *petà lo borelho*, faire péter la bourrée. Et hardi donc que je te tape du talon aux temps forts ! Et hardi que je te chante en chœur les bourrées les plus populaires !

Lou dizioun bi,
Piarou, k'amavi la drola.
Lou dizioun bi,
Piarou, k'amavi lou bi.
— Ièou z'ayme tot,
Lou bi o may la drola,
Iéou z'ayme tot,
Priféroriò lou bi... [1]

1. On le disait bien, / Pierrot, que tu aimais les filles. / On le disait bien, /

La poussière du plancher battu montait et donnait soif. Dans la pièce voisine, on pouvait s'abreuver. Et l'on entendait se mêler les patois de toutes les paroisses massif-centraliennes.

Les hommes payaient dix sous par danse, les dames avaient la gratuité. Léonce également, grâce au carton de son voisin de Cusset.

Bonne voisine est un peu cousine. En revanche, Eglantine ne put lui faire agréer son voisinage libidineux. Mélanie Bros l'avait longuement mis en garde contre les femmes qui se vendent et vous transmettent des maladies épouvantables. A en juger par les clients qu'elle recevait, celle-ci avait des relations avec les cinq parties du monde : la blanche, la noire, la jaune, la rouge, la mélangée. Elle ne chômait guère. Un jour que la petite grue consommait chez Fernand un *Viandox* en compagnie d'une de ses collègues, Léonce attrapa au passage un peu de leur conversation. Il comprit que l'autre fille défendait ce qu'elle appelait l'Association, qui était en vérité un syndicat de putes :

— Nous ne sommes encore que vingt-cinq. Mais demain, nous serons cinquante, après-demain une centaine. Ainsi de suite. La CGT a commencé comme ça. Si nous nous soutenons les unes les autres, les macs ne pourront plus rien contre nous.

Pierrot, que tu aimais le vin. / – J'aime tout, / Le vin et aussi les filles. / J'aime tout, / Je préférerais le vin.

On déclenchera la grève. Nous devrons nous entendre aussi pour tenir tête aux clients. Par exemple, sur le temps qui doit leur être consacré. Toi, c'est combien ?

— Un quart d'heure. Vingt minutes.

— C'est beaucoup trop. Dix doivent suffire. Au-delà, le micheton paye deux passes.

Vint ensuite la question des tarifs :

— Pour le bas, cinquante balles. Pour le haut, quarante. Pour la totale, de quatre-vingts à cent. Faut pas casser les prix.

Léonce crut comprendre que ces dames se vendaient en tranches, comme les jambons d'Auvergne. Que le haut vaut moins que le bas, de même que l'épaule coûte moins que la cuisse.

Comme elles allaient se quitter, Eglantine poussa une sorte de gémissement :

— Hier, j'ai grimpé et descendu dix-huit fois mes cinq étages. Avec mes varices aux mollets. Dix-huit michetons de suite. Des vieux, des jeunes, des sales, des moches.

Sa collègue eut des mots de pitié :

— Dix-huit fois cinq étages ! Oh ! tes pauvres jambes !

7

Pendant cinq ans, Léonce Bros coltina ses sacs de charbon. Une besogne salissante, mais qui payait honnêtement, aussi bien le livreur que le patron. Lorsqu'il retournait à Saint-Coutain-des-Sources pour les congés payés, il constatait avec orgueil qu'il n'était plus pour personne « le bâtard », mais pour tous le Parisien. Il se complaisait à raconter les charmes de la capitale, les théâtres, les cinémas, les bateaux-mouches sur la Seine. Et les grands boulevards que chantait Yves Montand à la radio. On ne disait plus la TSF et la plupart des maisons possédaient maintenant un « poste » qui leur apportait des nouvelles du monde. Des nouvelles peu rassurantes : un conflit opposait les anciens alliés, Soviétiques contre Occidentaux. La guerre froide faisait rage. La Chine s'était partagée en deux comme le pâté d'alouettes : un cheval pour Mao Tsé-toung et une alouette pour Tchang Kaï-chek. Autrefois, les populations françaises se contentaient de leurs propres ennuis ; à présent, la Chine, la Russie, l'Amérique, le Japon entraient dans chaque famille et y apportaient des motifs d'inquiétude.

Mais si l'on interrogeait Léonce sur la nature de son travail, il se contentait de répondre :

— Je suis dans la limonade.

Ce qui n'était ni faux ni vrai. En fait, les charbons et le bois se vendaient de moins en moins, remplacés dans les foyers par le mazout, le gaz, l'électricité. En 1955, Fernand Lavèze prit une décision radicale : il cessa de vendre tout combustible afin de se consacrer entièrement au boire et au manger. Perdant ainsi son titre de « bougnat ». L'ancien entrepôt qui donnait sur le passage Raguinot fut transformé en salle de restaurant, ce qui doubla la surface alimentaire. Il avertit Léonce :

— Je n'ai plus besoin de toi dans le charbon. A présent, je t'offre une place à l'entretien et à la plonge. Cent balles de plus chaque mois, pour remplacer les pourliches que tu n'auras plus. D'accord ou pas ?

Comment refuser ? Il passait de la crasse à la propreté, ce qui était tout de même une sorte de promotion. Dès cinq heures du matin, il balayait les salles. Il astiquait le zinc. Il lavait les verres et la vaisselle. Il mettait en place les fûts de bière. Sa journée s'arrêtait à neuf heures du soir, après seize heures de travail, dont huit non déclarées à la Sécurité sociale. Jean Mazel l'encourageait, prends patience, avant d'être capitaine, il faut être matelot. Vasis les avait quittés pour le Purgatoire des ivrognes, Léonce se sentait indispensable, quoique mal payé. Edith Piaf goualait une chanson qui reflétait exactement son état :

Moi, j'essuie les verres
Au fond du café.
J'ai bien trop à faire
Pour pouvoir rêver...

Pour rêver, il attendait la nuit ; et c'était encore très souvent de Flora Margoël qui avait épousé un notaire et ne pensait plus à lui. Si du moins il l'avait baisée ! Le notaire n'aurait reçu que ses restes, ses *racourtchous*. Mais jamais il n'avait eu cette audace.

Léonce prit patience deux ans. Au bout desquels, on le mit au bar. Enseigné par Mazel et par le patron lui-même, il apprit à faire les mélanges, à maîtriser les fantaisies de la bière-pression, à en décapiter la mousse tout en conservant la couche traditionnelle, le faux col ; à comprendre et servir les caprices de la clientèle masculine ou féminine, à répondre courtoisement à ses insolences ; à mettre en place les croissants chauds du matin, les œufs durs de toute la journée ; à rendre la monnaie en déposant dans la soucoupe des pièces assez variées pour que le consommateur pût y choisir un pourliche non facturé.

Depuis plusieurs années – sur le modèle des Champs-Elysées – Fernand Lavèze avait instauré un snack-bar qui proposait des sandwiches. Un des premiers dans le XIIe arrondissement. Il mettait ainsi la restauration rapide à la portée de toutes les bourses. Léonce apprit à découper la baguette en trois tronçons, à fendre chacun sans séparer tout à fait les deux moitiés, à glisser à l'intérieur un canapé de beurre, une tranche de jambon blanc, des taillons de fromage ; à présenter le tout sous cellophane. Mais la garniture pouvait prendre un caractère anglais (tomates et œuf dur découpé), ou italien (anchois et *salsa di pomodoro*), ou grec (fenouil et huile d'olive), ou portugais (fromage blanc et sardines). Car la diaspora auvergnate vers Paris entrait à présent en concurrence avec d'autres immigrations venues de tous les coins du monde. « Faut s'adapter ou crever », affirmait Lavèze.

En 1956, Jean Mazel, qui avait transporté Léonce à Paris, quitta la maison pour le *Café de Flore*. Une des brasseries les plus célèbres de la capitale. Son nom était étroitement lié à l'intelligence parisienne. Y aurait-il eu la vague existentialiste des années 40 sans cet établissement ? Non loin de l'église Saint-Germain-des-Prés, il devait son nom à une ancienne statue de la déesse des fleurs qui jadis trônait en son milieu. Les garçons devaient connaître les tables réservées à Jean-Paul Sartre et Simone de Beauvoir, à Merleau-Ponty, à Raymond Queneau, à Jacques Prévert... Tout homme de plume parisien y avait ses assises régulières, le *Café de Flore* était le temple de la renommée. Ledit écrivain y prenait des poses, jouait de la pipe, noircissait de notes un calepin, avec l'espoir qu'un journaliste traînait par-là ses bottes et son appareil de photo.

Le *Flore* attirait aussi les intellectuels provinciaux ou étrangers qui tenaient à mettre leurs fesses – avec quelle émotion ! – sur la moleskine où Boris Vian, Jacques Laurent, Jean Cocteau avaient posé les leurs.

Voilà dans quel monde Jean Mazel venait d'être agréé, après dix ans de bons et loyaux services chez Fernand Lavèze. *Flore* était à l'épicentre de la pensée française, qui prétendait mettre en tremblement le reste du monde. Sur tous ces grands hommes, Mazel fournissait à ses copains auvergnats des détails croustillants. Sartre était plutôt pingre sur les pourliches. Prévert roulait lui-même ses cigarettes et enfumait la société. Vian buvait un mélange de Coca-Cola et de champagne, ce qui mettait en rage Queneau car, disait-il, le champagne abîme le Coca.

Chez Fernand, Léonce prit la place de Mazel au

service dans la salle. Il apprit à commenter les plats des menus :

— Le tournedos habillé est du filet de bœuf coupé en tranches épaisses, enveloppé de pâte feuilletée et garni de foie gras... La truffade est une combinaison de pommes de terre sautées à la poêle avec des lardons, de la tomme de cantal et un brin de persil... La patranque est de la truffade sans pommes de terre, remplacées par du pain trempé dans du lait...

Mazel lui avait laissé un cahier de recettes qu'il apprenait par cœur comme autrefois son catéchisme.

Le serveur en salle est souvent un équilibriste. Il apprit à porter quatre bouteilles et six verres sur le même plateau. A aligner trois assiettes sur son bras gauche, tandis que la main droite en tient une quatrième. Il y avait de la prestidigitation dans son art d'enlever la vaisselle sale, de la remplacer par de la fraîche, de jouer du tire-bouchon, d'emmitoufler la bouteille de vin.

Son droit de tablier d'année en année prenait du volume. Le service, commencé avant midi, se terminait vers trois heures du matin suivant. A peine endormi dans sa chambre du passage Raguinot, il était réveillé par les camions qui empruntaient l'avenue Daumesnil en direction des halles. Il se bouchait les oreilles avec du coton.

Chez Fernand devint *Brasserie du Crémail.* Nom auvergnat de la crémaillère. Il y venait toutes sortes de monde, de la plus basse espèce comme de la plus haute. De sorte qu'on y avait une image de la population française plus exacte qu'au *Café de Flore.* Beaucoup de cheminots, d'employés de la ville, d'artisans. Des étudiants, des postiers, des instituteurs. Des ouvriers qui entraient le matin siffler leur verre de blanc avant de rejoindre leur atelier ou leur usine. Des voyageurs entre deux trains, des gens de passage, des fidèles, de véritables abonnés.

Parmi ceux-ci, monsieur Simon, un retraité, s'installait dès le matin à un guéridon de la salle pour lire *L'Auvergnat de Paris* en buvant des Salers. Chacune lui durait bien une heure, à force de l'arroser, elle perdait toute saveur, toute couleur. La seconde le conduisait jusqu'à dix heures. La troisième, jusqu'à midi. Fernand le tolérait à cause de son grand âge, estimant qu'il était mieux dans son bistrot qu'à l'hospice. Et surtout il venait de Saint-Flour, comme lui-même. Ils s'entretenaient dans leur langue favorite. Après une longue carrière dans le métropolitain, monsieur Simon vivait d'une modeste pension, n'importunant qui que ce fût, aussi peu bruyant qu'une mouche d'automne. Hors ses conversations avec Fernand, il passait le temps à se faire des réussites, disposant gravement les cartes devant lui, les interrogeant, les retournant, les mariant, les séparant. Jusqu'au résultat final qui lui inspirait un petit rire de plaisir, ou un juron sanflorain de désappointement.

De temps en temps, il s'interrompait pour se rendre aux lieux de nécessité, situés au fond de la salle, à gauche du comptoir. Il devait souffrir d'une constipation permanente car on l'entendait gémir. Lorsqu'il revenait de ce coin de torture, il s'excusait, disant pour ceux qui pouvaient le comprendre :

— *Aïe ke me cal paty per cagà ! Y o pa fenna en doulou d'ifan !* (Aïe que je dois souffrir pour caguer ! Plus qu'aucune femme en accouchement !)

Au lieu de le plaindre, tous les Auvergnats se tenaient les côtes.

Ces lieux de nécessité offraient souvent des occasions de rire. Ainsi celle d'Elisa, une cliente collègue d'Eglantine, d'ordinaire bravache comme un cuirassier. On l'entendit d'abord pousser des cris aigus derrière la porte ; puis paraître encore retroussée et vociférant :

— Une souris ! Y a une souris dans votre chiotte !

— Bon, bon, fit Léonce après quelques secondes de surprise. Je m'en occupe.

Et la fille :

— A-t-on idée ?... Je vous enlève ma clientèle ! Vous ne me verrez plus.

— On va faire ce qu'il faut, madame Elisa, intervint le patron. Soyez tranquille. Ça n'arrivera plus.

Dans le W-C de Fernand, Léonce installa une

claquette. Un matin, il eut le plaisir de montrer à Elisa une souris étranglée. Elle consentit à ne pas mettre sa menace à exécution et continua de fréquenter la *Brasserie du Crémail.*

Léonce Bros resta une dizaine d'années au service de Fernand Lavèze. Au début des années 60, celui-ci décida de se retirer des affaires, de céder sa place à un Lozérien qui la convoitait depuis longtemps et de retourner en Auvergne pour y finir ses jours, au milieu des vaches et des volcans. Avant de partir, prévoyant des conflits entre l'ancien personnel et le nouveau patron, il gratifia chacun de ses commis d'un certificat en bonne et due forme où il exprimait la satisfaction qu'il avait eue de ses services.

Effectivement, Léonce et le Lozérien eurent de mauvais rapports. Bros chercha une autre place. Avec l'appui de son certificat, il la trouva chez Béteilh, un Aveyronnais établi rue Lacépède, derrière le Jardin des Plantes, à l'enseigne de *La Taverne rouergate*. Avant d'être embauché, il dut, selon la bonne règle, affronter un entretien qui commença par la question d'origine :

— D'où es-tu exactement ?

— De Saint-Coutain.

— Connais pas.

— C'est une commune aveyronnaise, près de la limite du Cantal. Vérifiez sur une carte Michelin.

Averti par l'enseigne de la brasserie, il avait jugé bon, en face d'un patron venu du Rouergue, de se présenter comme Rouergat lui-même. Cantalien chez Fernand, il devenait presque sans mensonge – oubliant la ligne blanche – aveyronnais chez Béteilh. Ainsi procéda la chauve-souris de La Fontaine en face des deux belettes qui la voulaient manger, l'une comme rat, l'autre comme oiseau, niant tantôt la première qualité, tantôt la seconde suivant les besoins :

Plusieurs se sont trouvés, qui d'écharpe changeants,
Aux dangers ainsi qu'elle ont souvent fait la figue.
Le sage dit, selon les gens :
« Vive le roi ! Vive la ligue ! »

Le plat le plus apprécié de la maison, naturellement, était l'aligot. Il fut inventé par les buronniers de l'Aubrac condamnés à vivre six mois sur leurs montagnes, loin de tous commerces, ne disposant pour se nourrir que de pommes de terre et de fromage. Ils pelaient les premières au couteau, en faisaient une purée, y ajoutaient un poids quasi égal de tomme découpée en lamelles. (Celle-ci est l'étape qu'atteint le caillé débarrassé de son liquide avant de devenir, par addition de sel et nouveau pétrissage, un fromage digne de ce nom au terme de sa longue métamorphose.) Ils y ajoutaient un peu d'ail pilé, qui donne sa saveur et son nom au résultat final. Le moment le plus difficile consistait à travailler le mélange à la cuillère de bois. Une cuillère à long manche qu'il fallait empoigner à deux mains et qui, par conséquent, convenait à des bras d'homme uniquement. La tomme fondait, formant avec la purée une masse homogène qui se détachait des parois de la marmite, s'enroulait, en filant autour de la spatule. L'aligot était alors à point. Il fallait le retirer aussitôt du feu ; sinon la tomme trop cuite devenait granuleuse, on avait l'impression de manger des plombs de chasse.

Une autre difficulté : servir l'aligot dans les assiettes. Car il s'était pris d'amour pour la spatule et refusait de s'en éloigner. Il fallait le projeter comme le maçon projette le mortier contre la façade. Question de coup de main qui revenait au cuisinier plus qu'au serveur. La plupart des clients étaient d'ailleurs des Aubraciens qui n'avaient pas besoin de leçon pour le consommer. Par petites bouchées, en buvant de temps en temps un peu d'eau ou de vin.

Les murs de la salle étaient ornés de cartes postales agrandies représentant les monts d'Aubrac, Laguiole, Lacalm, Nasbinals, la fabrication du fromage dans les burons ou mazucs. Entre ces posters, des outils agricoles décoratifs : râteaux, vans, fourches de bois, un joug à deux têtes.

Dans un coin, à l'opposé du comptoir, afin de

faire plus campagne encore, une belle horloge à balancier promenait son soleil de cuivre et sonnait les heures et les demies. Construite en Franche-Comté par Lucien Gray l'année 1827, elle avait donc exactement cent ans de plus que Léonce Bros. Ce nombre rond les rapprocha, comme s'il y avait eu entre eux quelque parenté. Il la considérait un peu comme une arrière-grand-mère et souvent clignait de l'œil vers elle avec affection.

La brasserie de Béteilh était d'un niveau supérieur à celle de Lavèze. La clientèle était composée de Rouergats qui avaient débarqué un beau matin à la gare d'Austerlitz, les dents longues, non point avec l'intention de gagner leur pain quotidien à Paris, mais avec celle d'y faire fortune. Et ils avaient réussi, dans le commerce ou la fonction publique. Ainsi avait fait Marcelin Caze, fils d'un meunier de Laguiole, devenu le propriétaire de la brasserie *Lipp*. De même les Lafon créateurs de *La Coupole*. Et combien d'autres ! Tout soldat a dans sa giberne son bâton de maréchal ; il suffit de l'en sortir.

On rencontrait même chez Béteilh une comtesse, madame de La Rovette, que les mauvaises langues appelaient madame de La Brouette. Portant des bottines à lacets, une robe longue à la mode de 1910, un corsage fleurdelysé et des cheveux teints. Le nez bourbonien, la bouche sans lèvres, le menton pointu, elle semblait sortir d'un théâtre et porter un déguisement d'opéra. Son déjeuner comprenait régulièrement un plat de frites, un œuf à la coque et le fruit du jour. Elle s'exprimait avec un accent russe ou roumain en agitant un petit éventail, même à la saison fraîche. Elle payait ses modestes repas en menue monnaie, comme si elle avait fracturé le tronc d'une église. Elle évoquait les temps lointains où elle avait fréquenté les gloires du siècle, Edmond Rostand, Georges Clemenceau, Dranem, Tourgueniev, Modigliani, le prince Fédor. Elle trouvait toujours un public attentif pour écouter ses souvenirs. Elle avait coutume de les terminer par un signe de croix orthodoxe, de droite à gauche, avec trois doigts réunis.

Elle déformait le nom du patron et il avait renoncé à la corriger. Un soir, elle lui annonca :

— Après demain, Bétail, je reçois chez moi cinquante amis à l'occasion de l'anniversaire du grand-duc Michel Alexandrovitch Romanov. Pouvez-vous leur servir le repas de midi ?

— Assurément, madame la Comtesse. Mais je ne sais pas au juste où vous habitez.

— Boulevard Saint-Marcel. Je vous donnerai l'adresse exacte. Quel sera votre prix ?

— Au prix que vous voudrez, madame la Comtesse. Ce sera selon le menu.

— Nous réglerons ce détail demain matin.

Elle venait de prendre sa propre collation. Ouvrant son sac à main, elle poussa un cri de surprise :

— Sapristi ! J'ai oublié mon porte-monnaie.

— Nous nous connaissons, madame la Comtesse. Vous réglerez cela la prochaine fois.

— Je suis très ennuyée. J'avais des emplettes à faire, et je n'ai pas un sou. Pas même de quoi payer un taxi.

Moment de silence. Estocade :

— Pourriez-vous, Bétail, me prêter cinq cents francs ?

Comment refuser cinq cents francs à une personne qui venait de lui commander cinquante repas ? Béteilh mit la main à la poche, en tira le billet.

— Merci, Bétail. A demain. Tout sera réglé. Dieu vous bénisse.

Signe de croix orthodoxe.

La comtesse de La Brouette s'en alla. Elle ne revint plus. Peut-être finit-elle sous un autobus. Béteilh considéra qu'il avait souscrit pour cinq cents francs d'emprunt russe.

De temps en temps, un inspecteur du travail venait examiner si les choses se déroulaient dans une parfaite légalité. Béteilh lui montrait ses livres. L'homme interrogeait le personnel. En général tout allait pour le mieux. Il s'aperçut cependant qu'un marmiton d'à peine seize ans, Maurice, était employé à la cuisine sans contrat officiel d'apprenti.

— C'est le fils d'une amie, expliqua le patron. Il vient ici de loin en loin par pure curiosité, pour voir si le métier lui plaît. Je le nourris simplement. S'il se décide, je lui signerai un contrat d'apprentissage.

L'inspecteur se gratta la barbe. Après un moment de méditation, il passa soudain à un autre sujet qui semblait n'avoir aucun lien avec le précédent :

— Dans quelques jours, au mois de mai, ma fille Victorine doit faire sa première communion.

— Félicitations, dit Béteilh. Ce sera une grande journée pour toute la famille, j'en suis sûr.

— Moi, je ne suis pas très porté sur la religion Mais ma femme est une fervente catholique. De plus, ça a l'air de faire tant plaisir à la petite. Nous nous réunirons autour d'une table, naturellement Rien que des parents. Et quelques amis.

Le patron commençait de comprendre d'ou soufflait le vent. Il ajouta :

— Accepteriez-vous de ma part une marque d'amitié ?

— Si elle est sincère !

— Elle l'est. Par exemple, quelques bouteilles de champagne ?

— J'y serais fort sensible.

— Combien serez-vous de convives ?

— Deux douzaines.

— Six bouteilles vous conviendront-elles ?

— Assurément.

Il ne fut plus question de Maurice ni de son contrat d'apprentissage. Léonce livra les bouteilles à l'inspecteur compréhensif, chacune cravatée d'un ruban bleu, couleur préférée de la Vierge Marie. « Qu'un véritable ami est une douce chose ! Il cherche vos besoins au fond de votre cœur... »

Léonce aimait les livraisons occasionnelles qui le promenaient à travers la ville, parfois très loin de la rue Lacépède. Pour cela, il enfourchait un triporteur et pédalait derrière la caisse réfrigérée par un lit de glace à la saison chaude. Sur ses trois roues, il circulait au milieu des chaussées et les voitures le respectaient comme s'il en avait eu quatre. Les chauffeurs de taxi l'interpellaient avec une familiarité amicale :

— Ecarte-toi un peu, Darry Cowl !

Sa ressemblance avec l'illustre bégayeur s'imposait. Poussant ainsi sa voiturette, il arrivait chez des Aveyronnais clients de Béteilh à qui il remettait des sandwiches à la garniture rouergate, fromage de Roquefort, omelette *meissounenco* [1] à base d'oignons frits.

La Taverne reçut un jour trois jeunes femmes qui semblaient en goguette. D'une beauté longiligne, les cheveux noués en catogan derrière la nuque,

1. Destinée aux moissonneurs.

elles s'installèrent à une table, se firent servir des plats substantiels, une bouteille de cahors, finirent par des liqueurs fortes. Elles étaient arrivées tardivement, vers les trois heures d'après-midi, dans une salle presque vide et Léonce put se consacrer entièrement à leur service. Impressionné par leurs rires, leurs dents éclatantes, leurs yeux que le rimmel prolongeait jusqu'aux tempes, leurs cils démesurés. Elles s'exprimaient en français, mais parfois en une autre langue pleine de roulades qui lui sembla être du russe. Leur jeunesse, leur gaieté polissonne les auraient volontiers fait prendre pour les pensionnaires d'un couvent en escapade. Elles demandèrent des cigarettes Balto. Léonce tendit la flamme de son briquet de fonction ; mais elles toussèrent tellement qu'il devina qu'elles n'avaient point l'habitude de fumer, que le tabac faisait partie de leur école buissonnière.

Après bien des hésitations, il osa dire :

— Pardonnez ma curiosité, mais j'aimerais bien savoir...

— Savoir quoi, beau jeune homme ?

— Savoir qui vous êtes. Françaises ? Etrangères ?

— Nous sommes hongroises.

— Et... votre profession ?

— Danseuses.

— Danseuses ! répéta-t-il, les yeux écarquillés.

— Ce beau jeune homme ne nous croit pas !

Et sans plus attendre, pour le seul plaisir de Léonce, du patron et de la patronne, des glaces, de l'horloge comtoise, elles quittèrent leurs chaussures et exécutèrent, pieds nus, un petit ballet improvisé qu'elles accompagnaient en fredonnant une musique de Tchaïkovski ou de Gounod. Léonce s'était réfugié derrière le zinc pour mieux admirer l'ensemble. N'en croyant ni ses yeux ni ses oreilles. Les Béteilh se tenaient à l'écart, devant la porte de la cuisine. Pour finir, s'étant sans doute glissé le mot en langue hongroise, chacune leva très haut la jambe et la déposa sur la bordure du comptoir. Ce qui donna au beau jeune homme l'occasion d'admirer deux slips roses et un bleu. Le patron conclut le spectacle en offrant aux trois donzelles une tournée de tokay, qu'elles payèrent en éclats de rire.

Avant de quitter les lieux, elles révélèrent qu'elles participaient à un film dansé et chanté qui se tournait aux studios Francœur de Montmartre. C'est ainsi que *La Taverne rouergate* fut mise en relation avec le monde du cinéma. Léonce et son triporteur lui livraient non seulement de la vraie nourriture et de vrais breuvages, mais aussi, quelquefois, des fictions nécessaires au tournage. Par exemple les fausses tartes à la crème que les comiques devaient s'envoyer à la figure et qui, en fait, étaient des tartes au fromage blanc.

Il eut parfois l'occasion de voir les vedettes en

tenue très légère dans leur loge, de constater que Martine n'était pas aussi blonde qu'elle le laissait croire ; que Florence, Françoise ou Michelle souffraient de vergetures dissimulées. Ces dames le laissaient entrer comme elles auraient fait d'un caniche, sans prendre garde qu'il était un homme. Elles riaient de sa confusion lorsqu'il les surprenait dans leur complète nudité. Un jour, il arriva que l'une d'elles, ayant reçu des sandwiches au caviar offerts par son producteur, s'aperçut qu'elle avait oublié son sac et qu'elle ne pouvait gratifier le porteur d'aucun pourboire. Elle s'en excusa.

— En compensation, dit-elle, si cela t'intéresse, je te permets de déposer trois baisers sur ma personne, aux points que tu choisiras. D'accord ?

L'honneur qu'on lui faisait le rendit d'abord muet d'émotion.

— Tu ne dis rien ? insista-t-elle.

— D'accord, d'accord, d'accord.

— Choisis bien.

Ses yeux la parcoururent de la tête aux pieds. Sans insistance, trop conscient qu'il s'agissait d'un simple pourboire, sans la moindre trace de sentiment, il baisa les deux paupières et la bouche. Elle sourit, disant :

— Le reste sera pour une autre fois.

8

Il était grand temps qu'il connût les mystères et les délices de l'amour charnel dont les bordels allemands, pendant son service militaire, ne lui avaient donné qu'un faible aperçu. La chose fut retardée par le fait qu'il quitta *La Taverne rouergate* en 1962, à la suite d'un désaccord, pour entrer à la *Brasserie de la Paix*, rue Beccaria, près de l'hôpital Saint-Antoine. Tenue par Robert Lavie, natif de Murat, ce qui fut pour Léonce l'occasion de redevenir cantalien, suivant les principes de la chauve-souris. Huit employés, dont trois filles, tous logés dans des rues avoisinantes. Clientèle d'infirmiers, de parents des malades de l'hôpital et de cent autres espèces humaines. Il faut de tout monde pour faire un monde.

Madame Adèle Lavie était une Lorraine parfaitement auvergnatisée. Danseuse de bourrée dans l'amicale *Les Muratais*. Elle se prit d'une affection particulière pour Léonce qui avait maintenant dépassé sa trente-sixième année et l'entraîna dans ledit groupe. Ils dansèrent ensemble l'escloupette qui oblige à taper du talon cinq fois de suite ; la bourrée des foulards ; la bourrée des bouteilles ; la fricassée qui imite une scène de ménage avec des avances et des reculs ; et autres gambillades. Léonce s'en tirait fort bien, Adèle mieux encore.

— Vous êtes, lui dit-il, une bonne professeuse.

Pendant ce temps, Robert Lavie faisait marcher la boutique, rétif à toutes formes d'amusement, passionné seulement par son commerce. Dans le taxi qui les ramenait coude à coude rue Beccaria, Léonce sentit plus d'une fois qu'Adèle lui prenait la main. Il faisait mine de ne pas comprendre ces pressions, peu intéressé par les sentiments qui pouvaient agiter le cœur d'une femme à tel point plus âgée que lui qu'elle aurait pu quasiment être sa mère. A la brasserie, elle faisait souvent appel à ses services, même quand cela ne paraissait pas indispensable : pour décrocher un rideau, pour enfoncer un clou. L'appelant « mon petit » avec une tendresse qui faisait rire les autres employés. Ceux-ci, de bouche à oreille, lui conseillaient même, en termes vulgaires, de donner satisfaction à la pauvre Adèle. Robert s'obstinait à ne rien voir, à ne rien entendre.

C'est pourtant Lavie qui engagea Mireille

comme fille de comptoir. On dit à présent « barmaid ». Pas marseillaise du tout, malgré son prénom ensoleillé. Berrichonne, avec des *r* plein la bouche :

— Et un Rrricarrd pour monsieur... Trrrois francs... Et un petit rrrosé... Merrrci beaucoup...

Mais des yeux incendiaires. Une bouche à la Marilyn Monroe. Des seins, comme affirmait un des garçons, à vous faire sauter les boutons de braguette. Il y eut tout de suite concurrence entre les commis pour essayer de la gagner. Cependant, elle souriait à tous, mais ne choisissait personne. Jusqu'au jour où Léonce se trouva seul avec elle dans la cave aux pommes de terre ; lui en train de dégermer les tubercules, elle un panier au bras.

Les choses allèrent très vite. Dans la pénombre du local qu'éclairait seulement un étroit soupirail. Tout de suite, Mireille lui sauta au cou, lui souffla dans l'oreille :

— C'est toi que je veux.

Après quelques rapides préliminaires, le tas de patates les reçut complaisamment. L'originalité du matelas compensait son inconfort. Lorsqu'ils se relevèrent, ils s'époussetèrent mutuellement. Ensuite, Mireille remonta avec son panier, tandis que lui continuait son dégermage.

Elle logeait dans une sorte de soupente mise gratuitement à sa disposition par la brasserie. Pas question de l'y rejoindre. Ils durent se contenter de ces rendez-vous dans la cave. Petit à petit, cependant, madame Lavie les soupçonna. Puis elle fut certaine. Elle accusa Mireille des pires fautes professionnelles, exigea de Robert qu'il la mît à la porte. Menaçant :

— C'est elle ou moi !

Il dut capituler. C'était un *joanè*, un mari trop soumis à sa femme.

C'est ainsi que Léonce vit la fin de ses amours aux pommes de terre.

L'histoire ne s'arrêta pas tout à fait à cette expulsion. Débarrassée de la volcanique Berrichonne, Adèle Lavie renouvela sur Léonce ses assauts de tendresses. Il finit par en être touché. Et un jour qu'il aidait sa patronne dans une chambre à cirer le parquet, il lui accorda cette satisfaction qu'elle espérait depuis si longtemps. Sans y mettre un soupçon de sentiment. Par pure charité chrétienne.

A la suite de quoi, Adèle lui fit la promesse qu'il resterait à la *Brasserie de la Paix* jusqu'à sa retraite, s'il voulait bien, de temps en temps, lui manifester un peu d'amitié.

Bien installé dans son emploi, Léonce envisageait l'avenir avec sérénité. Peut-être un jour, par mariage, par gérance ou par achat, succéderait-il lui aussi à un patron fatigué du commerce. En attendant, ses fonctions étaient d'une variété qui faisait leur charme. C'est ainsi que Lavie l'employa un certain temps à examiner les prix que pratiquaient les concurrents. Aux frais de son patron, il partait en tournée d'espionnage, jouait au client ordinaire, se faisait servir, observait l'épaisseur du jambon et du fromage dans les sandwiches, comptait les frites dans son assiette, gardait les tickets. Grâce à ce procédé, Lavie pouvait adapter ses tarifs.

Devenu premier serveur, il apprit l'art des courbettes. C'est lui qui recevait dès leur entrée les clients d'importance, les accompagnait au vestiaire, leur conseillait une table, un menu, un vin. Le sachant bon calculateur et bon observateur, monsieur Lavie lui demanda plus d'une fois de venir avec lui aux halles, lui laissant la journée suivante pour se reposer.

L'emploi le plus curieux qu'il eut à tenir fut celui de la cigogne dans une fable de La Fontaine. Il avait servi un civet de lapin à un vieux client fort digne qui s'offrait chaque dimanche un repas de brasserie. Après les crudités, il attaqua la gibelotte. Or voici que tout soudain il se lève, les mains au cou, toussant, suffoquant, près de mourir étranglé : une côte du lapin lui était restée dans la gorge. Sans doute, comme le loup, avait-il avalé gloutonnement. Léonce fut appelé à jouer le rôle de la cigogne. Le client ouvrit la bouche tant qu'il put. Bros y enfonça le rayon d'une lampe de poche, inspecta vainement la luette et les amygdales. L'os demeurait invisible.

— Ma mère, révéla-t-il, quand j'avalais de travers, me faisait boire un peu d'huile.

On en apporta un gobelet, le vieux monsieur ingurgita ce lubrifiant. On lui asséna quelques bourrades dans l'échine. L'os finit par glisser, à la satisfaction générale.

— Et maintenant ? demanda le client. Que va-t-il me faire ?

— Rien du tout, le rassura Bros. Il fondra dans votre intestin comme un morceau de sucre.

Telle fut l'heureuse conclusion de la fable.

Autre fait-divers. Téléphonique. L'appareil était au sous-sol, à côté des toilettes. Il fallait prendre au comptoir un jeton. Un matin que Léonce vaquait en ces lieux, occupé dans le placard aux balais, il entendit les propos qu'un garçon de dix-douze ans, se croyant seul, tenait à sa mère :

— Maman, je suis prisonnier, expliquait-il en étouffant sa voix sous son mouchoir. Prisonnier de la bande Ruffiani.

Celle-ci défrayait la chronique depuis plusieurs semaines. Elle avait enlevé un industriel de haute volée, lui avait coupé un morceau d'oreille, l'avait expédié par la poste à la famille, en exigeant une rançon astronomique. Après négociation, l'argent avait été versé, l'industriel libéré ; les ravisseurs couraient toujours.

— Je suis entre les mains des Ruffiani... Ils demandent une rançon de cent mille nouveaux francs... Je sais bien que tu ne les as pas et que je ne vaux pas si cher... C'est ma faute... J'aurais pas dû me sauver... Alors, ils vont me couper une oreille et te l'envoyer... J'ai pu leur échapper un moment et te téléphoner. Mais ils vont me reprendre... Les voici... Adieu, maman. Ne pleure pas.

Le petit raccrocha. Léonce sortit de son placard. Sans hésiter, il prit l'enfant par une épaule, le remonta dans la salle, le tenant bien ferme au collet malgré ses efforts pour s'enfuir.

— Qu'est-ce qui se passe ? demanda le patron.

Aux cris, aux pleurs du gamin, Adèle, d'autres commis étaient accourus. Le gosse était prisonnier de la bande Lavie.

— Mais pourquoi diable as-tu fait ça ? demanda le patron.

— Pour savoir.

— Pour savoir quoi ?

— Si ma mère m'aimait. Elle me bat tout le temps.

— Peut-être que tu le mérites.

— Je me suis sauvé pour savoir.

— A présent, tu le sais ?

— Oui... je crois. Je l'ai entendue pleurer dans le téléphone.

— A la bonne heure. Maintenant, on va te remettre à la police...

— Non, non, s'il vous plaît.

— A moins que toi, tu appelles ta mère de nouveau, pour lui annoncer que tu rentres à la maison. D'accord ?

— D'accord.

Adèle Lavie mit un point final à l'affaire en embrassant le petit sur les deux joues.

En novembre, à Saint-Coutain, les brouillards montaient de la vallée du Céliou et couvraient la campagne de leur cataplasme fumant. Les grues, disposées en V, traversaient le ciel en direction de climats plus favorables, poussant de longues plaintes. Des adieux, sans doute, à la terre qu'elles quittaient. Ou bien seulement des appels aux grues retardataires. Les bouleaux, les châtaigniers, les hêtres s'étaient somptueusement parés de pourpre et d'or. Dans les prés, les psalliotes au parfum d'anis ouvraient leurs ombrelles blanches.

Mélanie Bros avait fait provision de mousserons, de cèpes séchés, de châtaignes et de bois ; elle se préparait à bien affronter l'hiver. Pas seule. Après la mort de la chatte Noiraude, elle avait adopté un chien perdu, corniaud de la tête à la queue, qu'elle avait baptisé Souci parce qu'il avait le poil jaunâtre. Il lui servait de compagnon et de gardien. Et même un peu d'horloge ; chaque soir, exactement à cinq heures, il avait coutume de s'asseoir devant le buffet et de gémir pour obtenir un croûton de pain. A telle enseigne qu'elle pouvait régler son réveil sur ce gémissement.

Ils vivaient donc assez heureux ensemble, lorsque, un matin, alors qu'elle sortait de son jardin, elle eut la surprise de voir un taxi s'arrêter devant sa porte. Et Souci d'aboyer aussitôt en signe de malvenue. Elle le retint d'une main. Elle vit alors descendre de la voiture un vieil homme coiffé d'un chapeau mou, enveloppé d'une peau de bique. Il s'avança vers elle, appuyé sur sa canne, tandis que le chien continuait d'exprimer son aversion.

— Tu ne pourrais pas le faire taire ? Ou l'enfermer ?

A ce tutoiement, à cette autorité, à ces moustaches blanches, elle reconnut quelqu'un qu'elle n'avait pas vu depuis trente-cinq ans, monsieur Martin Bros, marchand de toile à Condat-en-Feniers, qui l'avait chassée de sa maison avec l'enfant de la honte qu'elle portait. Toujours aussi commandant. Mais délabré, voûté, avec un teint couleur de potiron.

Elle traîna Souci jusqu'à sa niche.

— Ma chère enfant, dit-il, les bras ouverts pour la recevoir sur son cœur, oublions le passé !

Elle préféra garder ses distances et ne pas répondre.

— Je souffre de douleurs dans les jambes, poursuivit-il. Me permets-tu d'entrer dans ta maison ? Et de m'asseoir un moment ?

Elle le précéda, lui ouvrit la porte, lui présenta une chaise. Avec ébahissement, il contemplait ces lieux qui respiraient une honnête pauvreté, le sol pavé de losanges de granit comme une voie romaine, la table recouverte de toile cirée, les bancs, le buffet de bois blanc, le réveil, le crucifix orné d'un brin de buis séché, le Certificat d'études de Léonce, le calendrier de l'année 1962. Il huma l'odeur d'une soupe en train de mijoter sur le fourneau.

— C'est donc là que tu vis depuis trente ans…

— Trente-cinq.

— Tu es propriétaire ?

— Non, locataire.

— Et tu gagnes ta vie ?

— Jamais je n'ai demandé l'aumône.

Il ôta son chapeau, découvrit son crâne chauve, se tira la moustache.

— J'ai grand regret de ce qui nous est arrivé… De cette brouille stupide…

— Mon fils et moi étions la honte de la famille.

— Des idées anciennes que partageaient tous les gens de cette époque. La religion… les liens sacrés du mariage… le déshonneur… la bâtardise… Un tas d'idioties que j'avais reçues en héritage de mes ancêtres et de toute la population de Condat.

Aujourd'hui, un enfant naturel, c'est un enfant comme les autres. Sa naissance n'est pas inscrite, d'ailleurs, sur son front. Je te demande pardon d'avoir été si dur. Si mauvais père. J'en ai… comme qui dirait… des remords.

— Si tu en as des remords, tu as pu les digérer pendant ces trente-cinq années. T'es-tu demandé de loin en loin si nous avions besoin d'un secours ? As-tu jamais pris de nos nouvelles ?

— Oui, j'en ai pris. Je t'ai fait rechercher par la gendarmerie. La preuve : je t'ai envoyé un faire-part lors du décès de ma pauvre Marie-Josèphe. On peut dire que ta mère est morte de chagrin, on peut le dire. Pendant tout ce temps, je l'ai vue dépérir. Je ne comprenais pas. Je ne voulais pas comprendre, enfermé que j'étais dans mon amour-propre offensé. C'est à la fin seulement qu'elle m'a tout avoué. « Je meurs, m'a-t-elle dit, des sept douleurs. »

— Elle a tout de même résisté un long bail !

Le vieil homme, confus, baissa la tête. Il sortit de sa poche une tabatière d'argent, y saisit une pincée de pétun qu'il disposa sur le dos de sa main gauche, la huma des deux narines. Pendant ce délai, il méditait une réponse honorable. Il s'en tira par une comparaison peu persuasive :

— La lame des peines met beaucoup de temps à user le fourreau.

Martin Bros avait lu des livres, il aimait le beau

langage. Mélanie le regardait froidement, comme elle eût considéré un colporteur à qui elle ne voulait rien acheter.

— Puis-je, fit-il, te demander un peu d'eau ?

Elle en remplit une carafe, la plaça devant lui avec un verre. Il espérait visiblement quelque chose de plus cordial, une goutte de vin, ou d'eau-de-vie, qui aurait été une goutte de réconciliation. Il but, il s'essuya les moustaches. Ses paupières étaient humides, non d'émotion, mais de vieillesse et de chassie. Elle eut un peu pitié de son crâne luisant que parcouraient des veines bleues comme les rivières sur la carte de France Vidal-Lablache. De ses joues caves. De ses mains tremblotantes sur le pommeau de sa canne. Il sentit se promener sur lui ces regards purifiés de toute rancune.

— Je suis pas beau à voir, résuma-t-il, pensant exprimer la pensée de sa fille.

— Tu as quel âge ?

— J'ai oublié. Mais je me sens vieux comme les pierres.

Un long silence. Il en sortit pour demander :

— Et ton fils ?

— Il a trente-six ans. Il va bien. Il travaille à Paris.

— A Paris ? Vraiment ? J'y connais beaucoup de monde. Dans quelle activité ?

— Dans la limonade.

— Marié ? Père de famille ?

— Pas encore.

— Il a le temps.

Nouveau silence. Nouvelle méditation.

— Dire que j'ai un si grand petit-fils et que je ne le connais pas ! A cause de ma bêtise. Je suis le seul coupable... N'y aurait-il pas moyen qu'on se rencontre ?... Mieux vaut tard que jamais. Non ?

— ...

— Qu'en dis-tu ?

— Je n'en dis rien.

Martin Bros demanda conseil à sa tabatière en y puisant une nouvelle prise. Le couvercle d'argent était marqué de deux majuscules en relief, *MB*. Vieux procédé des marchands de toile : on hume, on éternue, on réfléchit, le client prend patience.

— A Condat, maintenant, je vis tout seul. Dans une maison beaucoup trop grande pour moi.

— Tu as deux garçons, me semble-t-il.

— Ils sont loin : l'un à Marseille, l'autre en Chine. Chacun retenu par son travail ou ses idées. Ils me téléphonent de loin en loin. Mais tu es ma fille unique. Alors, je vous propose à tous les deux... Rappelle-moi le prénom de ton gars.

— Léonce.

— Je vous propose de venir vous installer chez moi. Je voudrais réparer ma faute ancienne. Vous aurez une cuisinière et une femme de chambre. Chacun, chacune vivra comme il lui plaira. Il y a des cafés, des hôtels à Condat où Léon pourra...

— Léonce.

— … où Léonce pourra trouver du travail. Et toi, chez moi, tu seras servie. Mais s'il te plaisait de chercher aussi une place, chez l'un ou chez l'autre, tu en aurais l'entière liberté.

Tic-tic-tic du réveil. Bzz d'une mouche collée au papier-glu. Halètement du vieil homme. Asthme ou émotion.

— Tu nous as quittés il y a trente-six ans. Mais tu es restée dans mon cœur.

Et elle :

— N'en fais pas trop.

— Tu ne me crois pas ?

— Il faut que je réfléchisse. Et que j'en parle à mon garçon. Je compte le revoir à la prochaine Noël.

— Je suis sincère… Je regrette… Je voudrais que vous me pardonniez…

Il eut un sanglot dans la voix. Il s'essuya un œil. Elle lui proposa un café carabiné d'un peu de gnôle ; il l'accepta avec reconnaissance. Puis ils restèrent un long moment face à face, muets. Ils avaient tellement de choses à se dire qu'ils ne se dirent plus rien.

Chaque année, aux approches de la Nativité, Léonce débarquait chez sa mère les bras chargés de bouteilles et de victuailles. Ils assistaient dans

Saint-Christophe à la messe de minuit. Puis, en compagnie d'Ernestine Counil, d'une ou deux autres relations d'amitié, ils célébraient ensemble un modeste réveillon autour d'une poule au pot farcie de châtaignes. La Noël 1962 fut parfaite, avec juste ce qu'il fallait de neige, de cantiques, de carillons.

Mélanie informa son fils de la visite et de la proposition reçues. (Elle disait « Martin Bros » et jamais « mon père »). Sa première curiosité satisfaite, Léonce répondit :

— Je ferai comme tu décideras.

Elle secoua la tête :

— Je n'ai pas envie de retourner dans cette maison d'où j'ai été chassée. Je pense que Martin Bros est une vieille canaille. Il se sent près de la longue maladie, il a besoin d'une infirmière à domicile en permanence, et il a pensé à moi. Après trente-six ans d'oubli, c'est trop facile de dire : je regrette.

— Tu me dis qu'il a versé une larme.

— Sur lui-même, pas sur moi.

— Et le pardon des offenses ?

Elle en resta la bouche ouverte. Son fils parlait comme un curé.

Quand Léonce suivait les cours de catéchisme du père Cayla, déjà grandet et capable de réflexion, il avait été troublé par l'histoire du figuier séché. Jésus, sortant de Béthanie, avec ses disciples, pour revenir à Jérusalem, se sentit un creux dans l'estomac. Ayant remarqué de loin sur la route un figuier couvert d'un abondant feuillage, il s'en approche avec la pensée d'y trouver quelques fruits. Mais l'arbre ne porte que des feuilles. Alors, Jésus dit au figuier : « Que jamais personne ne mange de ton fruit et que jamais il n'en naisse de toi. » En effet, l'arbre ainsi condamné sécha en quelques instants jusque dans ses racines. Et Léonce de demander à Jo Cayla :

— Jésus n'a donc pas pardonné l'offense du figuier ?

Et le prêtre, embarrassé :

— Il y a des offenses impardonnables. D'autres qu'on pardonne à moitié. C'est ce qu'on appelle partager la poire en deux.

Et voilà qu'une situation un peu semblable se présentait à Mélanie, fervente disciple de Jésus-Christ. Au lieu d'un arbre, elle pensait condamner son père à une définitive sécheresse. Y ayant réfléchi, elle fit à son garçon la même réponse que Jo Cayla :

— Si tu crois, nous pardonnerons un peu. Nous le recevrons ici quand il voudra. Il est assez riche pour s'offrir le taxi. Mais nous n'irons pas le voir à Condat. Comme ça, nous partagerons la poire en deux.

Ainsi fut fait. Léonce n'eut d'ailleurs aucune occasion de rencontrer son grand-père. L'ancien marchand de toile mourut peu de temps après, laissant beaucoup moins de fortune qu'il n'avait laissé croire. Elle fut partagée entre ses trois descendants. Mélanie employa la part qui lui revenait à acheter la maison bleu-vert où elle résidait depuis son arrivée à Saint-Coutain, changeant son état de locataire en celui de propriétaire. Elle acheta aussi une concession à perpétuité au cimetière, sur laquelle elle fit construire un caveau de granit à six places, pour elle-même, pour son fils et pour ses petits-enfants éventuels.

— Mais il faudra, recommanda-t-elle, te décider à prendre femme. Sans trop attendre.

9

Quoiqu'il fût promis à un avenir assuré, Léonce quitta la *Brasserie de la Paix* après huit ans de service, pour la seule raison que Robert Lavie quitta lui-même ce monde, avant d'atteindre la retraite espérée. Adèle regagna l'Auvergne. Racheté par une agence immobilière, l'établissement fut démoli, remplacé par une supérette. En 1970, Léonce Bros trouva une place dans un café-bar du XVIIIe dont le patron, originaire de Figeac, s'avouait communiste. Lui nourrissait plutôt des sentiments catholiques et conservateurs. Il avait voté en 1969 pour son compatriote Georges Pompidou, un Auvergnat de Montboudif, près de Condat. Presque un concitoyen de sa mère Mélanie. Dans ce café-tabac, la situation était donc paradoxale : le patron coco, le salarié réac. Un réac modéré tout de même ; en fait, il ne s'intéressait à la politique que d'assez loin. Trop occupé par son travail, il n'avait le temps ni de lire les journaux, ni d'écouter la radio. En 1974, le décès prématuré de Pompidou le chagrina. Il vota pour un autre Auvergnat, Valéry Giscard d'Estaing.

— Si le communisme, rêvait à voix haute son patron, arrive à prendre le pouvoir chez nous, je suis sûr que j'obtiendrai une bonne place dans le service du ravitaillement. Je serai, comme on dit en *Urse*, un *apparatchik*.

Les rêves de Léonce ne volaient pas si haut. Il ne demandait qu'à rester dans la limonade jusqu'à la fin de sa carrière. Quand son livret de caisse d'épargne fut plein, il acheta au Crédit Lyonnais des bons de caisse qui produisaient à peu près le même fruit. On appelait ces investissements des « placements de père de famille ». Il n'avait pourtant point cette qualité. Il lui arrivait de temps en temps de fréquenter une bonne amie. Cela durait quelques mois, quelques semaines ; puis ils se séparaient pour incompatibilité d'humeurs, d'intérêts, de professions. Il fallit se marier avec une épicière-fruits et légumes ; mais elle était déjà encombrée de trois marmots qui ne songeaient qu'à lui soutirer de l'argent pour se passer leurs fantaisies ; il se rendit compte que c'était trop, qu'il valait mieux faire des enfants lui-même, et l'un après l'autre, selon la bonne vieille coutume. Il connut ensuite une concierge en état de veuvage qui avait conservé sa loge ; mais celle-ci (une chambre, une cuisine, un cabinet de toilette) manquait vraiment d'espace.

Vint le tour d'une barmaid – on eût dit la sœur de Mireille qu'il avait longtemps courtisée sur les pommes de terre ; mais un jour elle lui déclara :

— Chaque métier a ses obligations. Tu ne peux pas demander à un marchand de vins de ne pas boire. Si donc tu acceptes de m'épouser et que je garde cet emploi, je ne peux pas te faire promesse de fidélité. Il faut me prendre infidèle par profession, ou me nourrir sans travailler hors de la maison, ou ne pas me prendre du tout.

Il ne la prit point.

Il eut une longue liaison avec une aide-soignante de l'hôpital Cochin. Une sorte de grand amour. Ils cultivaient un jardinet au bord de la Marne. Ils se promenaient en barque comme les canotiers de Renoir. Elle le présenta à sa famille. Il acheta la robe et l'alliance. A huit jours des noces, elle attrapa un typhus nosocomial ; elle mourut dans la quinzaine.

Comme monsieur Seguin avec les chèvres, Léonce n'avait jamais eu de chance avec les femmes. La vieille religion reçue de sa mère et de Jo Cayla l'aidait à supporter les déboires. De temps en temps, il participait aussi aux réunions amicales qui se tenaient Cité des Fleurs dans le XVIIe, en présence d'un aumônier cantalien. Occasion de rencontrer des compatriotes, jeunes ou anciens, avec lesquels il parlait le patois de son enfance. On dansait la bourrée au son d'une cabrette. Il assistait à la messe chaque fois que son travail le lui permettait, quitte à sacrifier une heure de sommeil pour entendre l'office de matines. Sa piété – beaucoup disaient sa bigoterie – lui conférait un certain prestige dans les brasseries. Même ses patrons avaient pour lui une sorte de respect sacré. On le consultait en cas de litiges professionnels. Comme au temps des culottes courtes, il était quelqu'un qui « portait sentence ». Il fut d'ailleurs élu à la Chambre consulaire des débitants de tabac.

Le commerce de la limonade changeait autant que les autres commerces. Derrière les comptoirs, les éblouissants percolateurs italiens Cimbali remplaçaient les ternes cafetières d'autrefois. On ne parlait que d'*espresso*, de *cappuccino*, de café long, de café serré. Les bières en bouteilles, alsaciennes, allemandes, belges, concurrençaient la bière-pression, fortes de saveurs nouvelles, bière-cassis, bière-cerise. Les alcools étrangers, whisky, gin, vodka, schnaps, slivovitch, éclipsaient le cognac et le calvados. Le tiercé et le loto enrichissaient le patron autant que les cigarettes. Les salles elles-mêmes s'agrandissaient par des jeux de miroirs. Les sièges, les tables prenaient des formes design. Les terrasses envahissaient les trottoirs. « Tout change, même les oranges », affirmait Ernestine Counil.

Chaque été, Léonce revenait à Saint-Coutain passer trois ou quatre semaines. Il retrouvait son village toujours partagé en deux par la ligne blanche soigneusement repeinte, première curiosité culturelle de la région. Il retrouvait l'hostilité des deux paroisses, les vaches rouges d'un côté, les blondes de l'autre. Saint Christophe et saint Nicol toujours irréconciliables. Dans la rue, les curés ne se montraient plus en soutane depuis que le Vatican les avait autorisés à porter la culotte. La fameuse devinette « Qu'est-ce qui est blanc la nuit et noir le jour ? » n'avait plus de sens. Le successeur de Jo Cayla se promenait en blue-jeans ; et même en short par temps de canicule. Ayant un matin rencontré sa gouvernante, mademoiselle Marie, Léonce l'interrogea sur la couleur nocturne de son maître :

— Porte-t-il une chemise de nuit blanche ?

Elle aurait pu répondre : « Secret professionnel. » Elle osa pourtant faire cette révélation :

— La nuit, il enfile un pantalon et une veste de pyjama à rayures, avec dans le dos cette inscription en anglais : *University of Massachaussettes.*

La devinette lui rappelait Flora Margoël, perdue pour Saint-Coutain, en résidence à Entraygues. Elle avait renoncé à la littérature, jamais il n'avait vu aucun titre d'elle dans les librairies. Maître Campagnac était assez riche pour la dispenser de cette ambition. Mais chaque fois que Léonce entendait les syllabes fleurs, flore, floral, fleuriste, floréal, il éprouvait des palpitations. Celles-ci étaient sans doute l'origine de ses échecs auprès des femmes.

A quelque distance des deux communes, un chêne avait poussé sur un rocher. On pouvait imaginer sa lointaine naissance, le gland lâché du ciel par une pie, tombé dans une fissure de la pierre ; sa germination ; sa croissance obstinée, favorisée par les pluies et le soleil ; puis la plantule, puis le chêneteau, puis l'arbrisseau, puis l'arbre adulte ; enfin le vénérable centenaire dont les racines pénétraient profondément le roc et s'en nourrissaient ; à tel point qu'on ne pouvait plus les séparer. Léonce comparait ce chêne et ce rocher à son ancien amour enfoncé dans son cœur.

Les parents de Flora s'étaient aussi envolés pour un monde sans arpentage ni remembrement. Leur maison restait inhabitée dix mois de l'année. En juillet, elle rouvrait ses volets. Monsieur et madame Campagnac revenaient d'Entraygues pour passer la saison chaude à Saint-Coutain avec leurs deux enfants ; puis ils regagnaient le confluent du Lot et de la Truyère auquel la ville devait son nom. Léonce eut l'occasion d'apercevoir son ancienne fiancée de loin, de constater que ses cheveux grisonnaient, qu'elle négligeait de les teindre ; mais il n'eut pas la hardiesse de s'approcher d'elle.

Les cheveux de Mélanie blanchissaient pareillement. Néanmoins, elle restait vaillante, continuait de tenir sans reproche sa maison, de cultiver son jardin, d'élever son petit cheptel. Les machines à laver le linge lui avaient fait perdre beaucoup de clientèle ; elle pratiquait encore des travaux de couture, de ravaudage, de broderie.

En 1977, elle fut atteinte par cette maladie qu'on ose à peine nommer, qui porte le nom d'un crabe et vous ronge comme un furet. On dut la transporter à l'hôpital d'Aurillac où elle survécut six semaines. Se tenant main dans la main, elle et son fils connurent des moments d'intense bonheur, comme aux jours lointains de son appendicite.

— On n'a pas eu l'occasion, soupirait-elle, depuis tes dix ans, de se donner la main.

Elle lui faisait raconter sa vie parisienne, son travail, ses rencontres, ses amours. Riant avec lui quelquefois quand le récit le voulait, comme lorsqu'il fut question de Mireille et des pommes de terre. Lui qui n'était pas un homme de discours trouvait les mots qu'il fallait pour lui faire oublier ses douleurs. De son côté, elle évoquait son enfance à Condat-en-Feniers, confiée à tante Alice quand son père et sa mère couraient l'Auvergne et la France. Bienheureuses années, disait-elle, des noisettes, des châtaignes, des airelles, des champignons, des framboises. Et aussi des bouriols, ces crêpes à la farine de blé noir, cuites sur une poêle ronde et plate appelée « tuile », suspendue dans la cheminée sur un feu de branches. Les parfums de la pâte et du châtaignier se mariaient. On pouvait manger les bouriols le long du repas en guise de pain. Ou à la fin, sucrés, en dessert. Martin et Marie-Josèphe Bros revenaient tous les mois ; ils restaient une semaine, puis repartaient en campagne. Tante Alice lui avait servi de mère, de père, de grand-mère, d'institutrice, malgré la modestie de son savoir. Elle lui avait appris du moins à compter, à tricoter, à coudre, à cuisiner, à réciter le chapelet. Une femme chrétienne peut bien se passer de tout le reste.

Quand elle se sentait dévorée par son crabe-furet, Mélanie demandait à son fils d'aller lui acheter un tube d'aspirine, bien que ce fût interdit par les médecins.

— C'est le seul remède qui me soulage un peu.

Elle le dissimulait sous son matelas et se bourrait de cette drogue défendue.

Un jour, la voyant décliner de plus en plus, Léonce s'arma de courage pour lui poser la question qui l'avait toujours tourmenté :

— S'il te plaît, dis-moi qui était mon père.

Elle le regarda avec des yeux méchants :

— Si tu me demandes ça, c'est que tu penses que je vais mourir.

— Mais non... mais non... Seulement...

Il mentait très mal. Elle parut réfléchir. Elle répondit enfin :

— Je ne sais plus. J'ai oublié.

— Oublié ?

— Oui. Ça n'a aucune importance. Tu n'as jamais été que mon garçon à moi. Jamais à personne d'autre.

Il ravala sa curiosité. Que de rêves il avait nourris à propos de ce père inconnu ! Le voyant tantôt marin, tantôt aviateur, tantôt vagabond, tantôt pèlerin en route pour Saint-Jacques-de-Compostelle. Tantôt prestigieux, tantôt abominable. Peut-être était-il né d'un inceste. Ou d'un viol. Il devait donc s'y résigner : jamais il ne saurait d'où il venait, qui il était exactement, à qui il devait sa bâtardise. Il restait fils d'escargot.

Mélanie eut une pensée pour son chien Souci. Qu'allait-il devenir ? Il la rassura, disant qu'il l'adopterait, qu'il l'emmènerait avec lui à Paris.

Lorsque les médecins lui en donnèrent la permission, il fit transporter sa mère à Saint-Coutain, dans leur maison habituelle. Tout de suite, elle voulut confier son âme à Dieu par l'entremise du curé de Saint-Christophe. Le lundi 21 mars, jour du printemps, Léonce la laissa quelques heures en compagnie d'Ernestine Counil pendant qu'il allait semer des haricots au jardin. Lorsqu'il revint, il posa d'un ton léger une question oiseuse :

— Ce soir, maman, comment ça va ?

— Ça va très mal, mon garçon. Je t'attendais pour mourir.

Une heure après, effectivement, elle rendit son dernier soupir, toujours lui tenant la main. Elle fut mise dans le caveau de granit qu'elle avait fait préparer. Peu de gens accompagnèrent le corbillard.

Léonce emmena Souci, qui compliqua son existence. Il dut le faire accepter par ses logeurs successifs, lui procurer une niche, le nourrir, le soigner. Au milieu de la nuit, après sa journée de travail, il prenait une demi-heure sur son temps de sommeil pour le promener dans les rues de Paris au bout d'une laisse. En fait, Souci ne fut jamais accepté par les chiens parisiens ; ils sentaient sur lui une odeur étrangère et lui faisaient une sérénade qui réveillait tout le quartier. Ils se passaient le mot d'une maison à l'autre, comme font les coqs de la campagne au lever du soleil :

— Faites gaffe ! C'est un clébard auvergnat !

— Et alors ? répliquait Souci.

— Tu pues le fromage.

Les animaux sont aussi racistes que les hommes.

Léonce n'abandonna point ses habitudes vacancières. Il remontait chaque été passer un peu de temps dans la maison que sa mère avait achetée, et qui lui revenait par droit d'héritage. Au cours des quatorze années qui précédèrent son départ à la retraite, elle fut cambriolée huit fois, bien qu'il n'y eût rien d'important à voler. Avant de regagner la capitale, il installait pourtant sur la table de la cuisine un écriteau, des verres et une bouteille de gentiane :

Avis à messieurs les cambrioleurs,

Vous ne trouverez ici ni argent, ni bijoux, ni objets précieux. Rien que des vieilleries qui n'ont de prix que pour moi. Je vous serais reconnaissant de ne rien casser pour le plaisir. Prenez donc un apéritif à ma santé. Toute peine mérite Salers. Je vous salue bien. Le propriétaire LÉONCE BROS.

A son retour, il réparait les dégâts, ajoutait une serrure, un blindage, un verrou, une alarme. Les voleurs déjouaient toutes ces précautions. Du moins eurent-ils toujours la courtoisie de ne commettre aucun vandalisme excessif. Trois d'entre eux furent arrêtés par la gendarmerie et avouèrent leurs casses.

Léonce Bros fut cité à comparaître comme plaignant devant le tribunal correctionnel d'Aurillac. C'est ainsi qu'il fit la connaissance des malandrins. Un trio de figures angéliques à qui l'on aurait donné le bon Dieu sans confession. Leurs familles, leurs copains, leurs copines étaient venus assister au jugement et soutenir leur moral. Celui-ci ne semblait d'ailleurs guère abattu : les jeunes garçons regardaient leurs proches avec des mines épanouies, leur faisant des gestes d'amitié. Sans la moindre honte. Plutôt fiers d'être les héros de la comédie qui allait se jouer. Léonce se rappela qu'il avait lui-même, jadis, comparu devant un tribunal comme voleur d'orange. Il expliqua qu'on lui avait défoncé quelques portes et fenêtres, mais juste l'indispensable. L'avocat plaida leur cause avec tant de chaleur, exposant de telles circonstances atténuantes que Léonce lui-même en fut ému aux larmes. Les « gamins » furent condamnés à deux mois de prison avec sursis et à trois mille francs de dommages et intérêts dont il ne toucha jamais un centime pour raison d'insolvabilité.

Souci vécut jusqu'à sa dix-huitième année, toujours entouré de soins et d'affection. Lorsqu'il mourut, son maître n'eut pas l'idée de l'enterrer au cimetière pour animaux d'Asnières. Il emporta son corps dans un cercueil rustique confectionné de ses mains et prit le train pour Fontainebleau. Il l'ensevelit dans la forêt, ils aimaient venir y gambader ensemble. Il recouvrit sa sépulture anonyme de feuilles vertes en lui souhaitant un doux sommeil éternel. Les bêtes, malgré leur racisme, n'ont ni paradis, ni enfer ; elles vivent dans l'innocence. La méchanceté, comme le rire, est le propre de l'homme.

La nourriture des brasseries évoluait au même titre que le cadre. Vint le règne du surgelé. Les patrons n'eurent plus besoin de cuisiniers professionnels. Des réchauffeurs de plats leur suffisaient. Leur art consistait essentiellement à disposer d'une façon artistique les mets dans les assiettes.

Vint aussi la nouvelle cuisine, après le cinéma nouveau, l'agriculture nouvelle, la nouvelle philosophie. A vrai dire, elle sévissait surtout dans les restaurants de luxe plutôt que dans les bouchons lyonnais ou les brasseries auvergnates. Mais celles-ci devaient bien suivre un peu la mode, pour n'avoir pas l'air d'être des cantines de ploucs. Elle consistait, pour l'essentiel, à mettre dans de grandes assiettes de petites portions, entourées de feuilles vertes, de grains bleus, jaunes ou rouges, et à doubler les prix ; à mélanger les ingrédients de façon si mystérieuse que le client ordinaire ne savait pas ce qu'il mangeait, quoique le résultat n'en fût pas désagréable ; si les parts étaient minces, il pouvait se rattraper sur le pain et sur le fromage ; sinon, il s'en allait avec un reste de faim excellent pour sa santé. Au milieu du repas, couronné de sa toque blanche, le patron du restaurant étoilé allait de table en table recueillir des compliments ; parfois précédé d'un philosophe qui, devant des hôtes de marque, expliquait de quoi étaient composées les portioncules qui figuraient dans leurs assiettes. Bref, dans ces établissements prestigieux, on mettait sous le nez des clients des palettes de couleurs, on y consommait de la peinture et de la poésie plus que de la cuisine.

Les brasseries auvergnates durent donc se mettre aux grandes assiettes et aux fioritures. On y reconnaissait tout de même le boudin aux pommes, le chou farci, les lentilles vertes aux lardons, l'omelette aux pommes de terre. Aucun philosophe ne les commentait. L'habitude du pourboire variable et facultatif disparut, remplacée par le « service » de quinze pour cent inclus dans l'addition. Ce qui n'empêchait pas les vieux consommateurs, par habitude, de laisser un peu de menue monnaie dans la soucoupe. Le droit de tablier disparut de même. Les contrats professionnels y gagnèrent en précision et en transparence. A son insu, la clientèle payait les charges patronales.

Plus d'une fois, riche de ses économies et de son héritage, Léonce fut tenté d'acheter un café-loto-tabac ; de quitter son état de salarié pour celui de patron. Si nécessaire, des collègues lui auraient consenti des prêts au taux de la caisse d'épargne. La première chose qui le retint fut son célibat. A la tête de cette sorte d'entreprise, un patron ne pouvait se passer d'une patronne. L'association avec un étranger est déconseillée par les proverbes : « Celui qui a un associé a un maître. » Après plusieurs « mariages » à l'essai (il y a les nouveaux couples comme il y a la nouvelle cuisine), s'étant aperçu combien il est difficile de rassembler l'argent, l'autorité et l'amour, il préféra s'obstiner dans sa condition d'homme seul et libre.

Il cabota d'une rive à l'autre, d'une brasserie à un restaurant, d'un patron aveyronnais à un lotois, à un lozérien, à un cantalou. Il prit enfin sa retraite en 1992, âgé de soixante-six ans. Les jeunes d'aujourd'hui, par mépris du temps ou de la vieillesse, disent soixante-six balais. Il raccrocha le sien à son clou, déposa son tablier ; puis, le champagne bu, il serra la main de ses collègues, embrassa sa dernière patronne et son dernier patron :

— Quel dommage ! Quel dommage ! Tu aurais fait un si bon gendre si nous avions eu une fille à marier !

Tout le personnel éclata de rire.

Dès le lendemain, ayant empilé ses affaires dans deux malles, il les chargea dans sa voiture, une Ami 6, et prit la route de l'Auvergne. Avec un peu de mélancolie, tournant la tête, il regarda la tour Eiffel s'éloigner dans le brouillard. Elle avait l'air de lui faire un signe d'adieu avec son petit drapeau.

10

Chaque fois qu'il débarquait à Saint-Coutain, sa première visite allait à sa mère endormie dans son caveau de granit. MÉLANIE BROS 1906-1977.

Il se promena dans les allées sablées, bien ratissées par les soins du cantonnier-éboueur-fossoyeur, successeur de Verjus. Il salua nombre de vieilles connaissances retirées des embarras de la vie, échangeant même quelques mots avec elles. Madame Laroussinie qui avait rejoint son général de mari dans un mausolée imposant, orné des titres et décorations du défunt. L'abbé Jo Cayla et son sacristain Esquirol en train de taper avec les anges une belote perpétuelle. Ernestine Counil, la porteuse de dépêches. Depuis que tout le monde ou presque est pourvu du téléphone, plus personne n'envoie de télégramme ; par bonheur, Ernestine était partie avant cet abandon qui l'eût réduite au chômage. Un jour, les lettres elles-mêmes disparaîtront, remplacées par le fax et par d'autres procédés. Soubiesky, l'horloger qui se prétendait frère de lait de Staline, avait fait planter sur sa tombe, au lieu de la croix chrétienne, une faucille et un marteau qui, faute d'entretien, menaçaient ruine. Monsieur et madame Jalenque, ses anciens maîtres, photographiés côte à côte, lui adressèrent amicalement la parole :

— Te voilà donc revenu ?

— Comme chaque année. Mais cette fois, c'est pour toujours.

— Sois le bienvenu. Ta place est prête quand tu voudras.

Monsieur Rabanel, le vieux maître d'école, puis maire de la commune, montrait dans un ovale la plus belle barbe du cimetière, concurrencée de loin par celle de Garrouste, le maréchal-ferrant.

— Trente-zéro, se dit Léonce en jouant au tennis-barbe contre lui-même.

Il fit ainsi la tournée de ses anciens amis ; puis il regagna sa maison. Protégée enfin par son écriteau, par le bouche-à-oreille qui circulait dans la corporation malandrine, elle n'avait pas reçu de visite indésirable depuis l'année précédente.

La population de Saint-Coutain-des-Sources diminuait d'un recensement à l'autre, comme celle de maints villages auvergnats. Les jeunes partaient au loin chercher un emploi, à Paris, à Lyon, à Toulouse, voire à l'étranger. Faute d'effectif, l'école avait été fermée. Les enfants d'âge scolaire qui restaient étaient transportés en car chaque matin jusqu'à Maurs. Rien n'était plus triste aux yeux de Léonce que cette maison où il avait appris à lire et à aimer Flora, avec maintenant ses persiennes closes, des touffes d'herbe dans la cour sans récréation. Dans le village, plusieurs boutiques étaient fermées de même, en attendant un repreneur éventuel. La boulangerie et le café-journaux-loto survivaient encore. Pour s'approvisionner du reste, les Auvergnats devaient franchir la ligne blanche et aller chez les Nicolauds. Un jour qu'il rencontra le nouveau maire, monsieur Cantournet, et qu'ils se plaignaient ensemble de ces désertions, Léonce avança une solution originale :

— Ici, on manque de monde. En Asie, les Chinois sont si nombreux qu'ils s'écrasent les pieds les uns les autres. Alors, on pourrait peut-être en faire venir quelques-uns chez nous. Qu'en pensez-vous ?

Le nouveau maire sourit jaune.

L'agriculture était de plus en plus délaissée au profit de l'élevage qui exige peu de main-d'œuvre. La condition paysanne, jadis, était avant tout une façon de vivre, en communion avec les animaux, les végétaux, la terre, le soleil, les étoiles, les saisons.

Chaque paysan avait à cœur de produire son nécessaire et un peu de superflu, pour acheter le sel et les clous. D'aider son voisin embarrassé afin de recevoir son aide en cas de maladie. De respecter les gendarmes et d'ignorer les lois. Il ne savait au juste ce qu'il avait gagné ou perdu qu'au terme de sa vie, en examinant son livret de caisse d'épargne. A présent, la condition paysanne est devenue une profession comme les autres, préoccupée avant tout d'efficacité, de concurrence, de rentabilité. Le nouveau paysan sait fort bien ce que gagnent les ouvriers, les commerçants, les fonctionnaires ; il entend que son revenu ne soit pas à la traîne. Il est vrai que le prix du lait à la production court sans jamais le suivre derrière celui du lait au consommateur ; celui du porc derrière la côtelette ; celui du blé derrière le pain. Et voici que l'Europe et l'Amérique s'en mêlent et veulent réglementer tout ce qui pousse chez nous ! Endetté, détroussé par les centrales d'achat, grugé par ses fournisseurs d'engrais et de farines, le nouveau paysan n'a plus le choix qu'entre le suicide par nœud coulant et la jacquerie.

Revenu au pays et constatant cette situation déplorable, Léonce Bros se réjouit d'être resté un Jean sans terre. Riche d'une honnête pension et de ses économies placées au Crédit Lyonnais, il pouvait presque vivre en seigneur dans ce village qu'il avait quitté l'indigence aux trousses. Chaque matin, ayant préparé et mangé son écuelle de soupe, il s'offrait ensuite le luxe d'aller se promener dans le bourg, les mains dans les poches, le nez au vent. On saluait avec déférence le Parisien, il caressait la tête des petits, il essayait de leur parler le patois, mais beaucoup n'en comprenaient pas un mot. Il les entendit même chuchoter derrière son dos :

— Ça doit être un Portugais.

Il s'offrait un café au bar-tabac-loto, constatait avec plaisir que certaines traditions y étaient encore vivantes, la patronne derrière le zinc, le patron offrant sa tournée, les joueurs de belote en casquette autour des tables, atout trèfle, et trèfle, et retrèfle ; le vin rouge ordinaire dans les petits verres à pied, au lieu des ballons parisiens de beaujolais ; la Salers bien en évidence. On le consultait sur la politique. De plus en plus, il portait sentence. Un jour, en témoignage d'amitié on lui offrit un petit chiot ; il l'accepta et l'appela Souci comme le précédent.

A midi, il était parfois invité par une connaissance fière de sa relation. Ensuite, il prêtait la main à qui le lui demandait. Ou encore, il pratiquait dans sa maison des bricolages de menuiserie, de maçonnerie, de peinture. Il se mit à élever comme sa mère des poules et des lapins. Il acheta un poste de télévision en couleurs afin d'être informé de ce qui se passait dans le monde. Le soir, il allait en veillée chez un voisin ému par sa solitude. Ou encore, au clair de lune, peu soucieux de la frontière blanche, il allait passer et repasser sous les fenêtres de la maison Margoël, avec l'espoir d'y voir briller une lumière.

Il trouva un dérivatif en s'inscrivant à *Lo Cobreto*, une société folklorique animée par Gustave Schnintz, un Auvergnat d'adoption. De tous temps, les nouveaux convertis ont voulu donner des leçons aux maîtres. A Paris, le folklore faisait déjà rage parmi les originaires du Massif central, groupés en plusieurs centaines d'amicales qui se réunissaient pour parler patois, pour manger la soupe aux choux, pour danser au son de la cabrette. Nom cantalien de la cornemuse, un des plus vieux instruments de musique qui soient au monde, le vent nécessaire est contenu dans une poche en peau de chèvre que le joueur gonfle au moyen d'un petit soufflet niché sous son aisselle. Pendant ce temps, ses doigts se promènent sur le *calmel*, le chalumeau percé de trous. Les sons qu'il en tire, aigrelets, tremblotants, font aussi penser à la voix de la chèvre. On se déguisait en Auvergnats du dimanche, avec grand chapeau, rubans, blouse, cocardes, pantalons de velours côtelé. Et hardi que je te tape du talon ! Venue de la capitale, la mode du folklore s'était répandue dans les bourgs et les villages afin de rendre vie aux chants, aux danses oubliés. L'amicale coutainoise était aux deux tiers composée de personnes d'âge, heureuses de remettre en mouvement leurs vieux genoux. Le tiers restant était fait de jeunes, contents de montrer leur agilité et leur imagination ; combinant les pas anciens et les rythmes nouveaux, ils voulaient inventer le rock bougnat.

Léonce venait chercher dans ces rencontres la compagnie de ses pareils. Mais le président de *Lo Cobreto*, que tout le monde appelait Gustou malgré son accent un peu rauque et son patronyme de Schnintz qui réunissait une seule voyelle et sept consonnes, était une figure peu ordinaire. Spécialiste de la bourrée aux bouteilles, qui se danse avec un flacon à demi plein de vin en équilibre sur le chapeau ; par terre, en sont disposés cinq ou six autres ; le danseur et sa compagne doivent évoluer sans jamais en renverser un seul, elle soulevant à peine sa jupe, lui prenant bien garde à la stabilité du chapeau ; s'ils parviennent sans accident à la ritournelle finale – « La danse est finie. Faites-vous claquer trois poutouns ! » – ils méritent un tonnerre d'applaudissements. Nul ne brillait plus que le président en cet exercice. Léonce et lui découvrirent qu'ils avaient le même âge, à quelques semaines près. Par bribes et par morceaux, Gustave lui raconta sa vie et son parcours.

« Je suis né en 1926 à Munich, qui fut le berceau du nazisme C'est là qu'Adolf Hitler, devant ses partisans, tira son premier coup de revolver dans la Bürgenbrau pour donner le départ à la révolution nationale-socialiste, dont le premier but était de détruire les effets du traité de Versailles. Mon père, ancien combattant de 14-18, y adhéra tout de suite. Je l'admirais beaucoup dans son uniforme vert-des-champs et ses bottes luisantes qui lui montaient presque jusqu'aux aisselles. Je fus donc élevé dans l'idéologie hitlérienne : j'appartenais à un peuple supérieur d'hommes et de femmes de haute taille, blonds, les yeux clairs ; nous devions réduire en esclavage les peuples inférieurs, petits, sombres de poil et de prunelles, le nez courbe ; nous devions aussi restaurer une Grande Allemagne, conquérir un *Lebensraum*, un espace vital digne de notre nombre et de notre supériorité. J'ai vu, j'ai entendu Adolf Hitler en personne, qui ne semblait pas vraiment être de race aryenne, de taille médiocre, très brun, avec une crotte de moustache sous le nez pareille à celle de Charlot. Mais sa voix était si puissante, ses promesses si convaincantes que les femmes lui envoyaient des baisers, que les hommes s'enrôlaient avec enthousiasme sous ses bannières. Malheur à qui se permettait un haussement d'épaule !

« Il faut dire que toutes ses revendications n'étaient pas infondées. En partageant l'Allemagne en deux, le traité de Versailles avait semé le germe d'une future guerre de revanche. Ajoute à cela le chômage, les désordres créés par les spartakistes ou communistes, l'écroulement de notre monnaie. Et aussi le patriotisme, si profondément ancré dans nos cœurs, le culte de la grandeur, la musique de Wagner, les vacances, le sport, les parades hitlériennes splendidement organisées, les chansons qu'on nous faisait chanter... *la sainte terre allemande... nous monterons jusqu'aux étoiles... Adolf Hitler est notre Dieu... Nous sommes l'avenir de l'Allemagne...* Dans l'histoire de tous les pays, les chansons jouent un grand rôle. Rappelle-toi *La Marseillaise...* Et tu comprendras que je fus moi-même très vite gagné au national-socialisme. A dix-huit ans, prêt à donner ma vie, alors que les forces alliées avaient débarqué en Normandie, je m'engageai dans la Luftwaffe pour rejeter les Américains à la mer.

« En fait, mon avion se fit descendre. Et je tombai aux mains de l'ennemi. De nos libérateurs. Ceux-ci me gardèrent quelques semaines, me soumettant à une cure de désintoxication. J'appris les horreurs commises par les bourreaux hitlériens dans les camps d'extermination et dans les territoires occupés. J'eus honte d'être allemand. Puis les Américains me remirent aux Français qui m'envoyèrent travailler dans une pisciculture située dans le département du Puy-de-Dôme. J'y fis la connaissance de Julienne, une Auvergnate qui devint ma femme. Nous eûmes deux enfants. Tous trois ont achevé ma conversion à l'auvergnacité et à la démocratie. Chacune de nos décisions importantes résulte d'un débat familial qui s'achève par un vote. A présent, je me sens presque aussi auvergnat que toi-même. Nous nous sommes retirés à Saint-Coutain-des-Sources où ma femme possède une vieille maison de famille. »

Après une surprenante métamorphose, ce Munichois de bonne volonté était devenu en effet le meilleur danseur de bourrées, de panlirans, de pélélés de la paroisse. Il n'avait pas son pareil pour lancer en l'air sa cavalière et la rattraper avant qu'elle ne posât les pieds sur le parquet, tandis que tout le groupe criait :

— Pélélé !

Le temps de trois syllabes.

D'où son élection à la présidence de l'amicale. Dans les défilés, il portait la bannière de *Lo Cobreto*. Mieux encore : au temps de la Nativité, il se costumait en Père Noël, barbe blanche et capuchon rouge. Il distribuait des cadeaux autour des sapins illuminés. Grâce à lui, les petits Coutainois apprirent en français et en allemand le plus célèbre noël du monde :

O Tannembaum ! O Tannenbaum !...
Mon beau sapin, roi des forêts !...

Par son entremise, la commune fut jumelée avec un village bavarois, ce qui amena des échanges culturels et gastronomiques du plus haut intérêt. La municipalité fit dresser des panneaux portant la mention : *Saint-Coutain-des-Sources, commune européenne*. Les Nicolauds en furent malades de jalousie.

Nés tous deux en 1926, Léonce eut avec Gustou des relations privilégiées. Il lui raconta son séjour à Trèves dont le principal monument, la Porta Nigra, avait dû être baptisé par un Cantalien de passage. Il fut heureux de retrouver dans sa mémoire quelques mots d'allemand qu'il n'avait pas oubliés.

— Tes enfants, conclut-il, ont de la chance : ils doivent être parfaitement bilingues.

— Trilingues, corrigea Gustou. Ils parlent le français, l'allemand et le patois.

Un soir du printemps 1994 – un printemps froid, encore tout poudré de givre – Léonce regardait *Thalassa* à la télévision. Faute de mieux dans les programmes. Il n'aimait pas les films français ; les acteurs ne savent plus parler, ils chuchotent, ils n'articulent pas, lui ne comprenait rien à leur bredouillis. Les histoires policières américaines, poursuites, sirènes, coups de pétard, l'assommaient. Quoique terrien de naissance et de nature, il aimait en revanche à contempler la mer prometteuse d'espace, de voyages qu'il n'accomplirait qu'en esprit, de silences pleins d'histoires. Trop absorbé par son travail dans la limonade, il avait eu rarement l'occasion de la voir en écumes et en eaux. Deux ou trois fois au cours de sa vie parisienne, il avait pris le temps d'aller la saluer à Deauville. Au cours d'une promenade en barque, il avait souffert du mal de mer et vomi dans les vagues, se couvrant de bave et de ridicule. Aussi préférait-il la voir sur le petit écran.

On frappa à la porte. A neuf heures du soir. Souci numéro 2 aboya furieusement. Léonce éteignit la télé.

— Qu'est-ce que c'est ? cria-t-il à travers le bois.

— J'ai froid, j'ai faim, je suis malade, répondit une voix d'homme.

Une toux suivit, qui ne semblait pas simulée. Léonce réfléchit très vite. Qui pouvait être ce galvaudeux ? Quel risque y avait-il de le recevoir ?

— Je crois que je vais crever, dit la voix, sans colère.

De loin en loin, devant sa cheminée, ses sabots tendus vers les braises, Léonce faisait le bilan de son existence. Il n'en était pas trop mécontent. Il avait toujours aidé, soigné, honoré sa mère ainsi que l'exigeait un commandement. A force de travail et d'économie, il avait amassé un pécule estimable. Jamais il n'avait refusé de prêter la main à un collègue dans l'embarras. Souvent dans le métro, dans les rues de Paris, il avait lâché une pièce dans la paume d'un clochard. Sur la demande des services médicaux, il avait maintes fois donné son sang en échange d'un café et d'un biscuit. Bon enfant de chœur, bon fils, bon voisin, il aurait pu être, si les circonstances s'y étaient prêtées, un bon mari et un bon père de famille.

Et cependant...

Cependant, il gardait sur la conscience trois actions jamais avouées à personne, pas même en confession, ne les jugeant pas avouables.

La première était la rafale de mitraillette dont il avait arrosé le jeune voleur d'essence lors de son service en Allemagne. Par bonheur, celui-ci en avait réchappé. Mais à quel prix ? Avec quels handicaps ?

La seconde action concernait Mireille, sa bonne amie aux pommes de terre. Leur patronne, madame Lavie, l'avait chassée ignominieusement. Mais qu'en était-il de sa complicité à lui ? Il n'avait rien fait pour la défendre, pas murmuré un mot de regret lorsqu'elle était partie, trempée de larmes. Quoiqu'il eût son adresse, il n'avait pas essayé de la revoir, pas répondu à ses appels au secours. Elle n'avait rien été pour lui, hors un plaisir de braguette. S'était-il jamais soucié de ce qu'elle était devenue ? Peut-être une vraie fille de trottoir. Pis encore : quelques jours après son départ, il avait accordé à la patronne la satisfaction qu'elle sollicitait depuis longtemps, en récompense de sa méchanceté. A présent, chaque fois qu'il entendait autour de lui prononcer par hasard ce prénom de Mireille, il sursautait contre lui-même, d'indignation et de honte. Au successeur de Jo Cayla, il n'avait confessé que l'« œuvre de chair » hors mariage.

La troisième action était aussi infecte que les précédentes : une faute de conduite routière. Muni de son permis militaire régularisé, il avait acheté à cinquante ans une Ami 6, petite voiture aux modestes performances. Elle lui servait principalement à faire le trajet Paris – Saint-Coutain. Jamais il ne roulait sur les routes d'Ile-de-France, trop encombrées. Chaque fois qu'il prenait place derrière son volant, il éprouvait un peu de trac et regardait le saint Christophe collé à son pare-brise Les autres automobilistes s'exaspéraient de sa lenteur quand ils peinaient à le doubler ; et lorsque, enfin, ils y parvenaient, ils ne manquaient pas de le saluer avec un bras d'honneur. D'autres se tapotaient la tempe de l'index. Il regardait bien devant lui pour essayer de ne pas les voir.

Un jour, dans un département humide, la Nièvre, aux environs de La Charité-sur-Loire, arrivé à un certain carrefour, il commit par étourderie le délit de « refus de priorité ». La voiture dont il coupait ainsi la route, voulant l'éviter, fit un brusque écart et partit en tonneau dans le terrain plat qui bordait la nationale. Au lieu de s'arrêter pour porter secours à ses victimes comme lui imposaient la loi et la morale, pris de panique, il accéléra et poursuivit sa route. Pas vu, pas pris. Refus de priorité, refus de secours, délit de fuite, six mois de prison, un an de retrait de permis. A Saint-Pierre-le-Moutier, incapable d'atteindre le Cantal ce jour-là, il coucha dans un hôtel. Le patron remarqua sa pâleur et sa fébrilité.

— Ça ne va pas, monsieur ?

— Je viens d'apprendre une mauvaise nouvelle. J'ai besoin de dormir.

Il ne dormit guère. Il se représentait les occupants de la voiture adverse morts. Enfermé dans une cabine téléphonique, il appela le lendemain la gendarmerie de La Charité :

— N'y a-t-il pas eu à tel endroit un accident de la route, une Citroën partie en tonneau ?

— Parfaitement. Vous êtes un témoin ? Vous pouvez nous aider à retrouver le responsable ?

— Y a-t-il eu des victimes ?

— Deux blessés seulement. Rien de grave. Il n'empêche...

— Merci, monsieur.

Ayant bien cherché dans sa tête, il n'en trouva aucune autre aussi honteuse que ces trois-là. Des mesquineries, des accès de colère, ou d'envie, des gourmandises, des luxures, des pingreries lui formaient une belle écharpe d'honneur.

— Il y a des jours où tu vaux peu, lui disait sa mère.

L'homme toussait toujours derrière la porte. Ayant ce soir-là, très vite, fait le compte de son passif, désireux d'inscrire quelque chose à son actif, Léonce tira le battant malgré les protestations de Souci II.

— Jamais vu un printemps pareil, dit l'inconnu. Vent, froid et neige.

— La neige du coucou, répondit Bros.

Il avait devant lui un gueux comme on en trouvait dans le métro parisien, le soir, allongés sur les banquettes. Hirsute, le visage encore jeune sous un paillasson de barbe. Les pommettes bleuies de meurtrissures. Vêtu de guenilles accumulées. La main gauche enveloppée d'un bandage immonde qu'il portait devant sa bouche, par politesse, pour tousser. Un sac de plage sur l'épaule, rempli de ses diverses misères. Il secoua sur le seuil la neige qui lui blanchissait le chapeau.

— Je voulais, dit-il, aller à Saint-Jacques-de-Compostelle. Mais je serai mort avant.

Le chien fut enfermé dans la pièce attenante.

— Mettez-vous devant la cheminée, dit Léonce.

Les flammes y dansaient en pétillant sur un fond tout tartiné de suie. Le gueux ôta son pétase, découvrant un crâne demi-chauve.

— Autrefois, j'avais des cheveux. Les corbeaux

me les ont picorés... Est-ce que vous auriez un coin sec pour me faire coucher ? Même sur un plancher

— Je ne sais pas qui vous êtes.

— Je ne le sais pas bien moi-même.

— Vous n'avez pas de famille ?

— J'en avais une. Nous nous sommes séparés.

Il ne pouvait prononcer trois mots sans une quinte de toux. Léonce mit à chauffer un fond de soupe sur le réchaud à gaz butane. Il disposa une assiette creuse, des couverts. Quand il marchait, ses sabots ferrés produisaient sur les dalles de la pièce un bruit de xylophone.

— Excusez-moi, dit-il, j'ai déjà soupé. Je regardais *Thalassa*. Vous mangerez bien ce qui me reste de soupe ?

L'autre hocha la tête, le regardant avec stupeur aller et venir. Ne croyant ni ses yeux ni ses oreilles. Ayant déposé son sac à misères, il demanda à se laver les mains. Puis il s'assit à la table de chêne. Léonce plaça la casserole sur son rond de faïence.

— Servez-vous.

Toujours interrompu par ses accès de toux, l'homme remplit l'assiette, la vida à larges cuillerées, la porta à sa bouche afin de boire le bouillon restant.

— Il y a bien dix ans, soupira-t-il, que je n'avais avalé rien de si bon. Merci mille fois.

— Je m'appelle Léonce Bros. Je suis retraité de la limonade.

L'inconnu hésita, comme s'il avait oublié son propre nom.

— Appelez-moi Philippe, lâcha-t-il enfin.

Il attaqua le pain et le fromage qui attendaient. Il mangeait si mal que des miettes restaient accrochées dans sa barbe.

— Buvez un canon.

Le vin coula dans le verre, puis dans la gorge du jacquier. Il expliqua son intention d'aller à Santiago non point par dévotion, mais parce que c'était une mode chez les gens de la route. Pour échapper à leur ancienne existence. Pour échapper à eux-mêmes. Pour rencontrer d'autres paumés. Pour faire, avec un peu de chance, une fin honorable dans un hospice, dans une forêt, dans un ravin. Saint Jacques et ses coquilles, il s'en moquait. D'où venait-il ? Disons de Besançon pour simplifier. Vieille ville espagnole. Il avait fait des études qui ne l'avaient conduit à rien. Quel genre d'études ? De philosophie. Savez-vous ce que c'est que la philosophie ? Non ? C'est l'art de dire des choses simples avec des mots très compliqués. Voyez combien elle est utile !

— Si mes études etaient à refaire, j'apprendrais à fabriquer des balais de genêt à l'université de Cussey-sur-l'Ognon. Les hommes, les femmes ont besoin de balais de genêt. Ils n'ont pas besoin de philosophes professionnels.

Léonce écoutait ces propos avec le respect

qu'éprouvent les ignorants devant les personnes instruites. Quand le feu tomba, il fut de nouveau question du coucher.

— Si vous n'avez pas de matelas, dit le routard, j'ai le mien. Pneumatique. Un petit coin devant votre cheminée fera mon affaire.

Il sortit de son sac l'objet en question, se mit à le gonfler avec une sorte de pédale. Léonce apporta des couvertures. Ils se souhaitèrent la bonne nuit. Bros, dans sa chambre, ne dormit guère, l'oreille tendue vers les bruits qui montaient de la salle et qui se résumaient à d'autres quintes de toux.

Quand ils se retrouvèrent, au petit jour, ils s'aperçurent qu'une épaisse couche de neige recouvrait les rues et les toitures. Philippe avait déjà dégonflé son matelas.

— Vous n'allez pas vous remettre en route avec un temps pareil ! Il souffle un *écir* à ne pas mettre un chien dehors.

— Saint Jacques me protégera.

— On va commencer par casser la croûte. Ensuite, vous vous raserez, vous prendrez une douche. J'ai une salle d'eau.

— Si vous croyez...

Il suivit ce programme. Il reparut transformé.

A midi, le vent du nord soufflait toujours. La télémétéo annonça pour les jours suivants un temps moins exécrable.

— Restez jusqu'à demain, proposa Léonce.

Ils passèrent la soirée à manger des châtaignes grillées, à parler de Besançon et du Doubs, un département dont Bros n'avait aucune connaissance. Ils dormirent chacun sur son matelas, dans les mêmes conditions que la veille. Souci commençait à s'habituer au routard qui lui jetait des châtaignes dans la gueule.

Le surlendemain, comme promis, ils revirent le soleil. La neige fumait en s'évaporant. Philippe prit congé de son hôte. Il toussait moins. Comme il lui serrait la main avant de s'éloigner, son sac sur l'épaule, il posa cette question qui prit Léonce au dépourvu :

— Vous avez tous mes remerciements. Mais dites-moi, je vous prie, pourquoi vous m'avez si bien reçu ?

Le retraité de la limonade se gratta la nuque :

— Je ne sais pas trop, avoua-t-il.

— Cherchez un peu. Il doit bien y avoir un motif.

Après s'être gratté encore, Léonce trouva cette réponse incertaine :

— C'est peut-être... peut-être parce que je suis chrétien.

11

« Chacun court derrière le bonheur, même ceux qui vont se pendre[1] », nous enseigne un illustre penseur auvergnat. Léonce n'avait jamais été un bon coureur, ni à pied, ni à bicyclette, ni en voiture. Il s'était contenté de bonheurs minuscules : les cerises de son jardin disputées aux merles, l'*Acte de probité* qu'il retrouva dans les archives maternelles, la soupe de raves et de pommes de terre, la tête de son chien sur ses genoux, la bourrée à deux dansée avec Gustave, le verre de gentiane siroté en sa compagnie, la poignée de main qu'ils échangeaient, le sommeil dans sa maison d'enfance, le lever du soleil derrière la Margeride... Il n'avait jamais attrapé par la queue le grand bonheur, le souverain

1. *Tous les hommes recherchent d'être heureux... C'est le motif de toutes les actions des hommes, jusqu'à ceux qui vont se pendre*. Blaise Pascal.

bien, celui qui vous comble et vous donne envie de mourir afin d'être enveloppé dans ce merveilleux suaire, de sorte que la mort devient presque imperceptible, comme on passe d'une pièce à l'autre rien qu'en poussant la porte. Il le saisit enfin au mois de juillet 1997, la soixante et onzième année de son âge.

Se promenant sur le territoire des Nicolauds, il passa, par une vieille habitude, sous la terrasse des Margoël. Depuis deux ans, les volets de la maison restaient obstinément fermés. Or ce jour-là, toutes les fenêtres ouvertes ! La vieille bâtisse de granit respirait à pleins poumons la brise de l'aube, les cris des hirondelles, le douceâtre parfum des tilleuls en fleurs. « Les Aveyronnais d'Entraygues sont venus passer quelques semaines à Saint-Coutain », pensa-t-il. Il se dissimula derrière un arbre, pour voir sans être vu.

Longtemps, il ne se produisit rien. Les fenêtres béaient. Puis une femme sortit, un arrosoir à la main, et se dirigea vers les lauriers-roses en pots. Grande, svelte, les cheveux blancs mais volumineux, belle encore malgré son âge. Le cœur de Léonce parla plus vite que ses yeux. C'était *elle* !

Elle ! Flora !

Celle qui autrefois mangeait des miettes dans sa main, disant : « Je suis ta minette. »

Sa sœur, sa fiancée des années 36, 37, 38 ! Sa promise de 1947 !

Il s'assit sur un muret. Chaque fois qu'il l'apercevait seulement, il éprouvait la même émotion. Il s'agissait de madame Campagnac, l'épouse du notaire d'Entraygues, mère de famille, sans doute grand-mère. Depuis quarante ans, il n'était plus rien pour elle.

Elle abreuva les lauriers-roses. Il ne sortit pas de sa cachette.

Il la retrouva quelques jours plus tard au marché qui se tenait sur la place du Monument et autour de la fontaine au Manneken Piss. Il l'y attendait depuis deux heures, sûr qu'elle ne manquerait pas d'y venir, comme toutes les ménagères des deux Saint-Coutain. Elle y vint en effet, un panier au bras. De loin, il la vit faire ses emplettes, choisir des pêches, humer des melons. O bénis soient les melons et les pêches, bénis les tomates, le persil, bénie la mortadelle en tranches qui l'avaient appelée en ces lieux ! Elle allait repartir, lorsqu'il sortit de son ombre et lui barra le chemin. Il constata qu'elle s'appuyait sur une canne.

— Flora ! dit-il simplement, embarrassé de ses pensées.

— Léonce ! Tu m'as donc reconnue ?

— Mais vous êtes toujours la même ! Sauf la canne.

— Un peu d'arthrose. Mais tu me dis vous, maintenant ?

— Parce que vous n'êtes plus Flora Margoël. Vous êtes madame Campagnac

— Madame veuve Campagnac.

— Maître Campagnac s'est donc laissé mourir ?

— Depuis trois mois. A quatre-vingt-huit ans.

— Ah !

Il ne savait plus que dire. Il n'alla pas jusqu'à présenter des condoléances.

Ils restèrent longtemps face à face, immobiles, silencieux, au milieu de la foule qui passait, pareils à deux écueils au milieu d'une rivière. Mais se dévorant des yeux, comme pour rattraper un peu ces quarante années sans regards. Leurs paupières oubliaient de ciller. Ils se disaient mille choses muettes.

Elle poussa enfin un long soupir.

— Viens me voir, dit-elle.

— A la Gazelle, comme dans le temps, entre les arbres ?

— Non, chez moi.

— Quand ?

— Ce soir.

— Je viendrai.

C'était la première fois qu'il pénétrait dans la grande maison du géomètre-arpenteur Celui-ci l'occupait toujours, quoiqu'il fût enterré au cimetière nicolaud. Outre son goût pour la géométrie, monsieur Margoël pratiquait en amateur éclairé la peinture à l'huile. Les murs étaient ornés de ses toiles. Chacune soulignée de son titre gravé sur cuivre. *Le marché à Saint-Coutain. Cueillette des châtaignes. Le moulin sur le Célé. La moisson. Jour de foire à Laguiole.*

— Tous ces tableaux sont de mon père, dit Flora. Quand il parlait de lui, il se situait entre Courbet et Corot. Il ne se mésestimait pas.

Il était lui-même, en effet, son sujet préféré. Une dizaine d'autoportraits le représentaient de face, de profil, tête nue, en chapeau, en pêcheur, en géomètre. Les titres disaient modestement : *L'homme au miroir. L'homme à la truite. L'homme à la bêche…*

Monsieur Margoël n'était pas moins visible dans l'ameublement, dans les bibelots qu'il avait choisis, dans ses livres de prédilection, dans ses lustres, dans ses tapis. Et même dans son panama, dans son imperméable encore suspendus au portemanteau, comme s'il allait revenir. Ainsi qu'elle avait toujours fait, Flora se soumettait encore, quinze ans après son départ, aux goûts, aux opinions, aux volontés de son père.

Elle accueillit Léonce comme l'ami perdu et retrouvé qu'il était ; elle l'embrassa sur les deux joues.

Soudain, elle éclata de rire.

— Pourquoi ris-tu ?

— Parce que, depuis que tu es entré ici, je me

sens libre de recevoir qui me plaît. Sans père, sans mari, sans enfants pour me censurer.

— Tu as deux fils, je crois ?

— Ils sont loin. Ils ont d'autres soucis que de penser à leur mère dont ils n'ont plus besoin. A plus de soixante-dix ans, je me sens enfin dégagée de tout lien… Sais-tu déboucher le champagne ?

— C'est mon métier.

Avec une adresse de professionnel, il contint le bouchon, empêcha la mousse de déborder, remplit les coupes. Ils les choquèrent :

— A nous ! dit-elle.

— A nous, répéta-t-il pauvrement, sans trouver d'autres mots.

La quatrième coupe lui délia un peu la langue.

— Je ne t'avais jamais oubliée. Je t'ai cherchée partout, même chez d'autres femmes.

— Et tu es resté célibataire !

— J'ai eu plusieurs occasions de mariage. Quelque chose me retenait toujours de passer devant le maire et le curé.

— Quelque chose ? Précise un peu.

— Ton souvenir. Nos fiançailles d'enfance.

— Et dire que moi, j'en ai épousé un autre ! Pour obéir aux volontés de ma famille ! J'ai vraiment été moche.

— Nous faisons tous des saloperies. Moi, j'en ai fait trois.

— Trois ? Je peux savoir ?

— Non. Je les garde pour moi. J'en ai honte.

Long silence. Il l'entendit fredonner la chanson de Bécaud : « Et maintenant, qu'allons-nous faire ?... » Il se crut en devoir de donner une réponse :

— Peut-être que... si tu crois... que rien n'est perdu.

— Que veux-tu dire ?

— Tu es veuve. Je suis vieux garçon. Qu'est-ce qui nous empêche... ?

— Empêche de quoi ?

— De nous marier.

Elle éclata encore de rire. D'un rire forcé.

— Des mariés septuagénaires !

— Y a pas d'âge. On se marie et on se démarie quand on veut. Si tu n'es pas contre...

Elle voulut pour la cinquième fois remplir sa coupe. Mais il posa la main dessus.

Lorsqu'il repartit vers la maison bleu-vert, il titubait sous l'effet du champagne et du bonheur. Un bonheur incroyable. Pas même attendu, pas même espéré pendant un demi-siècle. En quelques minutes, il avait enjambé toutes ces années inutiles pour retomber de l'autre côté, dans le jardin de son enfance. Dans la classe de monsieur Cholet. Sur la pente verte qui descendait au Céliou. Dans la remise aux calèches. Dans le bosquet de la Gazelle.

Pris de folie, il fit un détour par le cimetière dont la porte ne fermait jamais. Au clair de lune, il marcha jusqu'au caveau où dormait sa mère. Il s'agenouilla devant, informa Mélanie de ce qui lui arrivait.

— C'est toi, sans doute, qui m'as aidé. Merci, merci, merci.

Il baisa la pierre de granit.

Madame Campagnac, quoiqu'elle n'y fût point tenue, demanda à ses enfants l'autorisation de se remarier. Elle leur fournit tous renseignements utiles sur le prétendant à sa main : âge, santé, profession, religion, opinion politique, fortune. Ils donnèrent leur accord à la seule condition que les futurs époux signeraient un contrat en bonne et due forme précisant minutieusement les biens et revenus de chacun. L'acte fut couché sur papier timbré à Entraygues par les soins du successeur de maître Campagnac. Léonce eut ainsi l'occasion de connaître les deux fils de sa femme, qui lui manifestèrent un commencement de sympathie :

— Bien que ce ne soit pas chose courante que de convoler en justes noces après la septantaine, nous n'en sommes pas choqués, admirent-ils.

Ils semblaient même satisfaits que le soin de leur vieille mère fût confié à un époux dévoué plutôt qu'à eux-mêmes. L'inventaire des deux patrimoines fut rigoureusement établi. Restait une question épineuse : celle du domicile conjugal, chacune des parties étant propriétaire d'une maison. Flora voulait demeurer chez elle, entre ses meubles et ses habitudes ; raisonnant de même, Léonce préférait rester chez lui. Ils partagèrent la poire en deux : pendant la bonne saison, ils habiteraient la maison Margoël, plus vaste, plus aérée ; pendant la froide, celle des Bros, plus facile à chauffer. Comment auraient vécu Roméo et Juliette s'ils s'étaient mariés ? Auraient-ils résidé chez les Montaigus ou chez les Capulets ?

Les noces se firent un samedi matin, dans la plus extrême discrétion. Autour du couple, n'étaient présents que les deux fils Campagnac et quelques personnes indispensables. Les bans publiés avaient informé de l'événement la population des deux paroisses. Quelques jeunes malveillants, choqués sans doute par cette association de deux hivers, furent présents à la sortie de la messe. Le petit cortège fut accueilli par leurs applaudissements sarcastiques et leurs ricanements. Ce n'était pas un véritable charivari ; mais il en avait quelque ressemblance.

— Vive la mariée ! crièrent des polissons.

On ne leur jeta point de dragées. Le repas qui suivit rassembla une douzaine de convives dans la salle à manger Margoël, sous les yeux sévères du géomètre en peinture. Il n'y eut pas de festin, pas de danses, pas de chansons. Seulement quelques toasts bien intentionnés.

Lorsqu'ils se trouvèrent face à face dans la chambre que Flora jadis avait occupée seule, qui devenait la leur à présent, ils se regardèrent avec beaucoup d'embarras. Assis côte à côte au bord du lit, se tenant les mains, comme deux voyageurs dans un compartiment de chemin de fer. Ils parlèrent un moment de choses vaines, de la cuisine qui leur avait été servie, du temps qu'annonçait la météo pour le lendemain.

Après un long silence, Flora se leva, disant :

— J'éteins les lumières.

Ils se déshabillèrent dans le noir.

Ils passèrent leur nuit de noces étroitement embrassés, confondant leurs souffles, leurs chaleurs, les battements de leurs cœurs, leurs larmes.

Ce fut vraiment un mariage d'amour. Même s'il ne fut pas plus substantiel que ces premiers flocons de l'hiver qu'ils accueillaient, enfants, la bouche ouverte et qui ne laissaient sur la langue qu'une infime salure. Un souper de neige.

Annexes

1

Préface du cahier de devoirs mensuels

Enfant ! Ce cahier vous est remis pour être le compagnon et le témoin de vos études tout le temps que vous passerez à l'école.

Tous les mois environ, vous y remplirez quelques pages seulement ; vous y écrirez le devoir qu'on vous aura donné à faire ; ce devoir, vous le ferez de votre mieux, en classe, sans vous faire aider de personne, de manière que ce soit bien votre propre travail, et non pas celui d'un camarade ou d'un maître. Et vous continuerez ainsi jusqu'à votre sortie de l'école, c'est-à-dire jusqu'à l'âge de treize ans ou jusqu'à ce que vous ayez obtenu le certificat d'études.

A mesure que ce cahier se remplira, vous aurez le plaisir de voir vous-même, en le feuilletant, les progrès que vous aurez faits : on pourra les mesurer d'un coup d'œil en comparant les dernières pages aux premières ; on verra si vous avez mérité de passer du cours élémentaire au cours moyen, et de celui-ci au cours supérieur.

Ces devoirs mensuels ainsi réunis ne formeront ensemble qu'un bien petit volume. Cependant, ils seront en quelque sorte le résumé de toute votre enfance, l'histoire sommaire de vos six ou sept années d'études. Vous serez heureux d'emporter ce souvenir de votre école le jour où vous en sortirez pour n'y plus revenir ; vous garderez soigneusement ce modeste recueil, qui témoignera devant vous-même et devant tous de ce que vous avez été dans votre jeune âge.

Enfant ! Faites en sorte de pouvoir un jour regarder cet abrégé de votre vie scolaire sans avoir à en rougir ! Il n'est pas indispensable pour cela que vous soyez un des premiers élèves de votre classe : l'avantage de ce cahier c'est précisément qu'il n'a pas pour but de vous comparer avec vos camarades, mais de vous comparer successivement avec vous-même. Il ne s'agit pas de montrer si vous êtes plus intelligent, plus habile, plus instruit que tel ou tel autre élève, mais bien de montrer, chaque année, si vous êtes plus habile et plus instruit que vous ne l'étiez quelque temps auparavant, si vous avez tâché de valoir mieux aujourd'hui qu'hier, si vous tâcherez de valoir mieux encore demain qu'aujourd'hui.

Appliquez-vous, enfant ! Le cahier est là sous vos yeux, encore tout blanc, prêt à recevoir tout ce que vous saurez y mettre de bon, tout ce qui peut vous faire honneur et en même temps faire plaisir à vos parents et à vos maîtres : de belles pages d'écriture, de bonnes dictées, des devoirs soignés d'histoire, de géographie, de calcul. Appliquez-vous dès les premières pages ; si celles-ci sont remplies à votre satisfaction, vous voudrez que les suivantes le soient mieux.

Faire toujours des efforts, afin de faire toujours des progrès ; c'est la loi de l'école, parce que c'est la loi de la vie ; les hommes y sont soumis tout comme les enfants. Ce cahier vous aidera peut-être à vous la rappeler en vous invitant à vous examiner vous-même fréquemment.

Enfant ! Songez encore à ceci : on ne travaille pas pour soi seul dans ce monde, on travaille aussi pour les autres. Les petits-enfants eux-mêmes sans y penser travaillent pour leur pays, car les bons écoliers feront les bons citoyens. Si vous employez bien vos jeunes années, si vous profitez sérieusement de tous les moyens d'instruction que la République prend soin d'offrir à tous ses enfants, vous pourrez rendre un jour à la patrie ce que la patrie fait aujourd'hui pour vous. La France a besoin de travailleurs et de gens de bien ; vous serez un de ceux-là si vous vous y préparez dès maintenant. Ne perdez donc pas votre temps, vous n'en avez pas le droit : le paresseux fait du tort à lui-même sans doute, mais il fait tort surtout à son pays.

Si vous traversez quelque moment de faiblesse et de découragement, enfant, ne vous laissez pas abattre, et pour reprendre courage, dites-vous tout bas à vous-même : non, je ne veux pas être inutile sur la terre, un ingrat envers ma famille, un ingrat envers la France. Je veux travailler, je veux devenir meilleur, mais pas seulement parce que c'est MON INTÉRÊT, *mais parce que c'est* MON DEVOIR.

2

Les marchands de toile

1

Nous étions trois avec Auguste
Et Saturnin de Lascanaux.
Nous montions trois mules robustes
Avec nos sacs et nos rouleaux.
Dans les mares ensommeillées,
Pour nous, le chanvre rouissait.
Puis, de leurs doigts un peu mouillés,
Nos fileuses le pétrissaient.
Enfin, le jour et aux veillées,
Pour nous, les tisserands tissaient.

Refrain

Mais que Dieu protège l'Auvergne,
Le Sancy, le plomb du Cantal.

Et qu'il patafiole le reste,
Qui n'vaut pas dix sous le quintal.

2

Par les sentiers des Pyrénées
Qui étincelaient sous le fer,
On s'en allait pour une année,
Trois mois d'hiver, neuf mois d'enfer.
On se graissait un peu les tripes
Quand on avait quelques douros.
En passant, pour le bon principe,
Nous tirions tous notre chapeau
Devant saint Jacques dans sa crypte,
Mais fidèles à saint Géraud.

3

Nous avons vu l'Estramadure,
Et la Castille, et l'Aragon.
Nous avons dormi sur la dure
Et mangé par procuration.
N'ayant rien à compter qui vaille,
Les jours de dèche et de besoin,
Nous avons compté les étoiles
En attendant l'or du matin.
Pourtant, nous défendions nos toiles
Des voleurs, le laguiole au poing.

4

Nous ne savions point l'écriture,
Mais le chiffre était notre fort.
Un jour enfin, las d'aventures,
Nous tournions bride vers le nord.
Méconnaissables sous le hâle
Et nos chemises de couleurs,
Nous revenions chargés de châles
Pour nos mères et pour nos sœurs,
Et pour celle dont le nom seul
Nous mettait le cœur en chamade.

5

Ainsi, portant notre escarcelle,
Offrant partout notre fourbi,
Chantant, ou cassant la vaisselle,
Volés, rossés, presque estourbis,
Nous avons vu l'Europe entière,
De Barcelone à Palaiseau.
Villes, provinces étrangères,
Pourtant vous n'aurez pas mes os.
Je les ai gardés pour la terre
Où règne le grand saint Géraud.

3

La sopa de caou

Prendès oun caou d'obouor, oun gro è brabe caou,
poumà, dur è pa tro froustì pè la giolado.
Ouno combo de pourc del pois, miè-usclado,
E dou tolhous de grai, dou boun tolhous : les caou !

Del lar mesclodì, ronce oun boucì, mès plo paou,
Dei nobè plonesars d'Ussel o d'o Lusclado.
Lo combo – j'ai pa di – dèou d'estre morelado ;
Car souls li pouorcs d'Oubernho oun los combos otaou.

Boutas, son bous preissà, tout ocò dint un'oulo,
Oumb oun gal plo forcì ou cauco bielho poulo,
Oun gorou de bedel, ouno costo de biòu ;

Un souper de neige

Boutas-li de lo car, boutas-ni, c'obès pòu ?
Oublidossias pa l'al, li cebos, los corotos,
E penden kinze jiour, bou'n lecouorès los pouotos !

Traduction de l'auteur

Prenez un chou d'abord, un gros et joli chou,/Pommé, dur et qui ne soit pas trop flétri par le gel./Une jambe de porc du pays, au poil à demi roussi,/Et deux morceaux de saindoux, deux bons morceaux : il les faut !/Du lard mi-gras, mi-maigre, rance un peu, mais très peu,/Des navets planézards d'Ussel ou de Lanusclade./La jambe (je ne l'ai pas dit) doit être mi-blanche, mi-noire ;/Car seuls les porcs d'Auvergne ont les jambes ainsi./Mettez, sans vous presser, tout cela dans une marmite,/Avec un coq bien farci ou quelque vieille poule,/Un jarret de veau, une côte de bœuf ;/Mettez de la viande, mettez-en, n'ayez pas peur./N'oubliez pas l'ail, les oignons, les carottes,/Et pendant quinze jours, vous vous en lécherez les lèvres !

4

J'ai z'un amant qu'a trois bosses,
Deux derrière, une devant.
L'a aussi les jambes torses.
Maman, quel désagrément !

Puis-je prendre en mariage
Un homme aussi mal bâti ?
Que vont dire les parages ?
Que vont penser mes amis ?

— Va, ma fille, va, ma gosse,
Tout ça ne tient pas debout.
Ses écus n'ont pas de bosse,
Le chapeau couvrira tout.

Riront seuls les imbéciles.
Trois bosses, c'est mieux que deux.
Dans les moments difficiles,
Suffit de fermer les yeux.

Prends-le donc, n'en aie point peine :
C'est le fils d'un gros marchand.
Vive les bossus, pardienne !
Les bossus qu'ont de l'argent.

ŒUVRES DE JEAN ANGLADE

Romans

Le Chien du Seigneur (Plon – Julliard)
Les Mauvais Pauvres (Plon – Julliard)
Les Convoités (Gallimard)
L'Immeuble Taub (Gallimard)
Le Fils de Tiberio Pulci (Laffont) ou *La Combinazione* (Julliard)
La Foi et la Montagne (Laffont)
Le Péché d'écarlate (Laffont – Julliard)
La Garance (Laffont – AEDIS)
Des chiens vivants (Julliard)
Une pomme oubliée (Julliard, Presses Pocket)
Le Point de suspension (Gallimard)
Un front de marbre (Julliard)
Le Voleur de coloquintes (Julliard, Presses Pocket)
Un temps pour lancer des pierres (Julliard)
Le Tilleul du soir (Julliard, Presses Pocket)
Le Tour du doigt (Julliard, Presses Pocket)
Les Ventres jaunes (Julliard, Presses Pocket)
La Bonne Rosée (Julliard, Presses Pocket)
Les Permissions de mai (Julliard, Presses Pocket)
Le Pays oublié (Hachette)

La Noël aux prunes (Julliard)
Les Bons Dieux (Julliard)
Avec flûte obligée (Julliard)
La Dame aux ronces (Presses de la Cité)
Juste avant l'aube (Presses de la Cité)
Un parrain de cendre (Presses de la Cité, Presses Pocket)
Le Jardin de Mercure (Presses de la Cité, Presses Pocket)
L'Impossible Pendu de Toulouse (Fleuve noir)
Gens d'Auvergne (Omnibus)
Suite auvergnate (Omnibus)
Auvergne encore (Omnibus)
Y a pas d'bon Dieu (Presses de la Cité, Presses Pocket)
La Soupe à la fourchette (Presses de la Cité, Presses Pocket)
Un lit d'aubépine (Presses de la Cité, Presses Pocket)
La Maîtresse au piquet (Presses de la Cité, Presses Pocket)
Le Saintier (Presses de la Cité, Presses Pocket)
Le Faucheur d'ombres (France Loisirs)
Le Grillon vert (Presses de la Cité, Presses Pocket)
La Fille aux orages (Presses de la Cité)

Biographies

Hervé Bazin (Gallimard)
Sidoine Apollinaire (Volcans – Horvath)
Pascal l'insoumis (Perrin)
Les Montgolfier (Perrin)
Qui t'a fait prince ? (Laffont)

Histoire

La Vie quotidienne dans le Massif central au XIXe siècle (Hachette)
La Vie quotidienne des immigrés en France (Hachette)
La Vie quotidienne contemporaine en Italie (Hachette)
Histoire de l'Auvergne (Hachette)
Les Grandes Heures de l'Auvergne (Perrin)

Essais

Les Greffeurs d'orties (La Palatine)
Grands Mystiques (Pierre Waleffe)
Solarama Auvergne (Solar)
Le Pape ami du diable et autres histoires mystérieuses (Le Rocher)

Albums

L'Auvergne que j'aime (SUN)
Drailles et burons d'Aubrac (Le Chêne)
L'Auvergne et le Massif central d'hier et de demain (Ed. Universitaires)
Clermont-Ferrand fille du feu (Xavier Lejeune)
Clermont-Ferrand d'autrefois (Horvath)
Mémoires d'Auvergne (De Borée)
Merveilles de l'Auvergne (La Martinière)
L'Auvergne vue du ciel (De Borée)
Trésors de bouche (De Borée)
Mon beau-pays la Haute-Loire (De Borée)
Le Puy-de-Dôme que j'aime (De Borée)

Divertissements

Riez pour nous ! (Robert Morel)
Célébration de la chèvre (Robert Morel – Coralli)
Cent Clés pour comprendre le feu (Robert Morel)
Les Zigzags de Zacharie (CREER)
Les Singes de l'Europe (Julliard)
Jean Anglade raconte (Le Cercle d'Or)
Fables omnibus (Julliard)
Mes montagnes brûlées (ACE) ou *Le Pain de Lamirand* (De Borée – Coralli)
L'Auvergne et son histoire, BD (Horvath)
Confidences auvergnates (De Bartillat)

L'Auvergne aux tisons (Coralli)
Auvergnateries (Canope)
La Bête et le Bon Dieu (Presses de la Cité)
Le Faon sans héritage (AEDIS)

Traductions de l'italien

Le Prince de Machiavel (Le Livre de poche)
Le Décaméron de Boccace (Le Livre de poche)
Les Fioretti de saint François d'Assise (Le Livre de poche)

Poésie

Chants de guerre et de paix (Le Sol clair)

Théâtre

Le Cousin des îles, scénario en trois temps, d'après *Les Bons Dieux*

Films

Une pomme oubliée, réalisation de Jean-Paul Carrère
Les Mains au dos, réalisation de Patricia Valeix

Cassettes, CD

Contes et Légendes d'Auvergne (Nathan)
Si Lempdes m'était chanté, musique de Patrick Brun

Vidéocassettes

Mémoires d'Auvergne (Films Montparnasse)
Le Tour de France des métiers en Auvergne (BETA Production)

DANS LA MÊME COLLECTION

Jean Anglade
Un parrain de cendre
Le Jardin de Mercure
Y a pas d'bon Dieu
La Soupe à la fourchette
Un lit d'aubépine
La Bête et le Bon Dieu (essai)
La Maîtresse au piquet
Le Saintier
Le Grillon vert
La Fille aux orages
Sylvie Anne
Mélie de Sept-Vents
Le Secret des chênes
La Couze
Jean-Jacques Antier
Autant en apporte la mer
La Croisade des Innocents
Le Rendez-Vous de Marie-Galante
Marie-Paul Armand
La Poussière des corons
La Courée
tome I *La Courée*
tome II *Louise*
tome III *Benoît*
La Maîtresse d'école
La Cense aux alouettes
Nouvelles du Nord
L'Enfance perdue
Edouard Axelrad
Au fil du fleuve
Erwan Bergot
Les Marches vers la gloire
Sud lointain
tome I *Le Courrier de Saigon*
tome II *La Rivière des parfums*
tome III *Le Maître de Bao-Tan*
Rendez-vous à Vera-Cruz
Mourir au Laos
Annie Bruel
La Colline des contrebandiers
Le Mas des oliviers
Les Géants de pierre
Marie-Marseille
Michel Caffier
Le Hameau des mirabelliers
La Péniche Saint-Nicolas
Jean-Pierre Chabrol
La Banquise
Didier Cornaille
Les Labours d'hiver
Les Terres abandonnées
La Croix de Fourche
Etrangers à la terre
L'Héritage de Ludovic Grollier
L'Alambic
Georges Coulonges
Les Terres gelées
La Fête des écoles
La Madelon de l'an 40
L'Enfant sous les étoiles
Les Flammes de la Liberté
Ma communale avait raison
Les blés deviennent paille
L'Eté du grand bonheur
Yves Courrière
Les Aubarède

Anne Courtillé
Les Dames de Clermont
Florine
Dieu le veult
Les Messieurs de Clermont
L'Arbre des dames
Annie Degroote
La Kermesse du diable
Le Cœur en Flandre
L'Oubliée de Salperwick
Les Filles du Houtland
Alain Dubos
Les Seigneurs de la haute lande
La Palombe noire
La Sève et la Cendre
Alain Gandy
Adieu capitaine
Quand la Légion écrivait sa légende
Un sombre été à Chaluzac
L'Enigme de Ravejouls
Les Frères Delgayroux
Les Corneilles de Toulonjac
Michel Hérubel
La Maison Gelder
La Falaise bleue
Denis Humbert
La Malvialle
Un si joli village
La Rouvraie
La Dent du loup
L'Arbre à poules
Les Demi-Frères
Michel Jeury
Au cabaret des oiseaux
Louis-Jacques Liandier
Les Gens de Bois-sur-Lyre
Jean-Paul Malaval
Le Domaine de Rocheveyre
Jean Markale
Notre-Dame de la Nuit
Dominique Marny
A l'ombre des amandiers
Du côté de Pondichéry
La Rose des Vents
Henry Noullet
Sur la piste de Samrang
La Falourde
La Destalounade
Bonencontre
Michel Peyramaure
Les Tambours sauvages
Pacifique Sud
Louisiana
Frédéric Pons
Les Troupeaux du diable
Claude Riffaud
Mékong Palace
La Crique de l'or
Rêve de Siam
Jean Rosset
Vir'vent
Les Derniers Porteurs de terre
Jean Siccardi
Le Bois des Malines
Jean-Claude Sordelli
La Dernière Saison
Jean-Michel Thibaux
La Bastide blanche
Le Secret de Magali
La Fille de la garrigue
Le Roman de Cléopâtre
La Colère du mistral
L'Homme qui habillait les mariées
Violaine Vanoyeke
Les Schuller
Le Serment des 4 rivières

Brigitte Varel
Un village pourtant si tranquille
Les Yeux de Manon
Emma
L'Enfant traqué

Colette Vlérick
La Fille du goémonier
Le Brodeur de Pont-l'Abbé
La Marée du soir

Impression réalisée sur CAMERON par

BUSSIÈRE CAMEDAN IMPRIMERIES

GROUPE CPI

à Saint-Amand-Montrond (Cher)
en janvier 2001

N° d'édition : 6831. — N° d'impression : 010049/1.
Dépôt légal : août 2000.

Imprimé en France